名家散文
自选集

散文就是同亲人谈心

# 远　影

汪浙成／著

民主与建设出版社

# 远 影

![black bar] **目录**

## 第1辑·浪迹塞外

## 第2辑·故乡山水

## 第3辑·他乡萍踪

## 第4辑·雪泥鸿爪

第 1 辑 · 浪迹塞外

# 兔 祭

　　"文革"后期在中滩农场搞斗批改时，曾参与过一次兔肉宴。兔仅一只，食者半百——我所在单位全体。其景其情，其状其味，心萦多年，至今在脑海中挥之不去。

　　中滩农场原是内蒙古劳改农场，孤零零坐落在天苍苍野茫茫的古敕勒川上。四周荒滩野地，最近的村子离农场也在十里之外。森严的大墙墙头上，带刺的铁丝网在风雨中已锈迹斑斑，四角岗楼也人去楼空。由于林彪那个一号文件，劳改犯们迁徙到雁门关内去了。农场兵营式的一排排空房子，大部分被生产建设兵团占用着，剩余的则住着我们自治区这些与所谓文艺黑线有着千丝万缕联系的人。新居民虽不是劳改犯，有行动自由，但却同样是有罪愆的人——思想言论上犯有这样那样的过错乃至罪孽——需在广阔天地"服刑"改造。

　　记得我们是在前年一个风雪凄迷的寒夜里，自己扛着硕大的行李卷，在满是坑洼的乡村大道上步履蹒跚地摸进来的，然后按军队建制，分班、排编入住在一间间带有土炕的小房，与兵团战士在一口锅里搅马勺。物质生活的清苦不难想见，主要还是在精神上。两年过去了，按上级布置，我们虔诚地完成了运动的所有阶段：斗的已经斗倒，批的早已批臭，哭已哭过，笑也笑过。下一步何去何从，连领导我们的那几位军人都语焉不详。大家深深意识到，自己已沦为社会的"处理品"，在这里等待着最后的发落。

一天清晨，出操时发现院子里一片莹白。原来夜里下了场大雪。连长宣布改为自由活动。正待队列散去，不知谁惊讶地叫起来：

"大伙看，这是什么脚印？"

洁白的雪地上，清晰地烙印着一行动物足迹：三朵梅花大小的爪印，并排着从大门外怯怯地蜿蜒过来，穿过院子，进了伙房，然后沿着原路又出去了。一时间，谁也说不出这三只脚是个什么怪物？

经过一阵仔细辨认，发现中间稍大一点的，原来是两个脚印合并而成。从大小和间距推断，似乎是猫。但猫的步态不可能前后足落在同一条线上，何况猫很注意保护自己脚爪的锋利，通常总是缩在里面行走。

正争论际，还是一位来自基层的蒙古族青年诗人为大家破解了谜团。

"说你们这些人脱离实际还不服气，连兔子蹦跳的脚印都认不出来了！"他大声嚷道："快跟我撵去吧，中午咱们有兔肉吃啦！"

全排的人呼啦一声——不分男女，不论老幼，也不顾身强体弱——都跟着青年诗人朝外拥去。打我进单位以来，还从没见大家这么心齐过，以至出大门时，那你推我搡的急切情状，活像越狱暴动的囚犯在夺门而出！

雪霁的原野上，迎面一轮纤尘不染的红日，正从千里冰封气象苍茫的黄河对岸冉冉升起来。洁白晶莹的辽阔雪原上，感染着阳光的照耀，每片雪花都迸射出璀璨的光芒。

面对这大自然的绚丽和辉煌，大家情不自禁嗷嗷地叫起来。有人还在没踝深的雪地上撒野狂奔，有的如同出笼的鸟儿雀跃欢呼，还有的竟相互玩上了雪仗。大家忽然"老夫聊发少年狂"起来，感到自己年轻了！

青年诗人俨然以这支撵兔大军的指挥者自居，对跟在身后的我不停地下指示：

"向后传话，注意保护兔子脚印！"

茫茫雪原，四野万籁俱寂，天地间只活跃着我们这群撵兔的人。撵兔人中有蜚声国内文坛的作家，有刚从塔什干亚非作家会议庄严的讲坛上发表完讲演回国就进了"牛棚"的诗人，有艺满京华的丹青巨擘，还有在世界青年联欢节上一举夺魁的才华横溢的民族歌手。过去，只有神圣的艺术灵感，才会让这些人类灵魂工程师们激动。如今，一行细小的兔子足印，便惹得他们一个个像疯子似的大呼小叫，手舞足蹈，兴奋不已！

大家深一脚浅一脚，磕磕绊绊地奔跑了三里许，那足印进了一片林子，然后又沿着林边干涸的渠道上了公路。过桥时，一直跑在前头的诗人突然朝前一指：

"瞭见兔子了，快追呀！"

从桥上望去，前方不远的雪地上，果然有个小黑点在向前滚动着。大家精神一振，呼啦啦冲下桥去。那小黑点发觉大队人马追杀过来，加快速度，不一会便从众人视线里消失了。

有人开始有点泄气。臃肿的冬装，没踝深的积雪，使我们一个个都大汗淋漓，终于有人体力不支，陆陆续续退了下去。

诗人见自己队伍不断减员，大声背诵"宜将剩勇追穷寇"来鼓舞士气，一边气喘咻咻向大家解释：

"兔子长力不如人，超不过20里地。只要足印不丢，肯定逮住它了！"

我尽管跟着他继续"追穷寇"，可心里嘀咕上了：就算兔子只能跑20里，可我们还得回农场。这一出一回，就是两个20里，体力哪里吃得消呀？

撵兔的人迅速减少下去，只剩下稀稀拉拉七八个人。我也感到自己快要支持不住，两条腿机械地来回摆动，抬起来，踩下去，脚下发出咯吱咯吱的响声，恍惚间，蓦地发觉自己又绕回来了。定睛审视，分明码着兔子足印在跑，未曾有丝毫偏离。这么说，是兔子绕回来了！原来动物和人一样，有其固定的活动地盘——生活圈！

这多少使大家感到有点释然。更为可喜的是，诗人又有了重大发现，指着地上足印向大家解释：刚开始时兔子体力充沛，每次纵跳不但间距大，两只后足落在前足之前。这会儿情况不同了，间距越来越短，后足已无力超越前足，这说明：兔子体能已消耗殆尽！

果不其然，当我们拼着最后一点力气爬上前面大渠，发现那猎物竟悄悄地躲在渠下歇息喘气，距离之近使我看清了它背部灰褐色的毛色。小灰兔一发现我们，慌忙逃开去，但蹦跳的动作明显已十分吃力了。

"弟兄们，加油呀，兔子不行啦！"

悲惨的是撵兔的弟兄们比兔子还要不行。当诗人带头冲下大渠时，其他的人仍在原地一人抱着一棵柳树哇哇呕吐。我虽跟着冲了下来，但双腿软得像面条，随时都会摔倒似的。

然而我们和猎物之间距离毕竟在慢慢缩短：20米，15米，10米。小灰兔大概意识到末日来临，慌得竟想不到逃开去，在大渠下面的开阔地上跟我们兜起圈子来，开始了一场奇特的人和兔的赛跑：小兔在前面逃窜，我们在后头追赶。到后来实在累得追不动了，只好撵一阵，停下来歇息。小灰兔也到了山穷水尽，见我们停下，它也停下，趴在雪地上大口大口喘气。就这样。撵一程，歇一程，双方始终保持在两步光景。留在大渠上的人惟恐我们垮下来功亏一篑，一直在不歇气地狂吼疯喊，为诗人和我鼓劲加油。

最后一幕的情景至今想起仍怦然心动。可怜的小灰兔终于体能耗尽，一屁股瘫坐在雪地上，像俘虏似的对我们举起两只短短的有点滑稽相的前腿。圆而大的红眼睛里，流露着一个生命死到临头时那种令人颤栗的求生目光。

诗人犹豫了。由于气急和劳累，两只白毛茸茸的（由于须眉鬓发结满冰霜）眼睛，充满血丝，红得像兔眼。四只红眼睛就这样充满潜台词地无言地对视了一阵，诗人突然发一声喊，接着一个漂亮的饿虎扑食，把猎物一下子按在雪地上。

渠上腾起一片乌拉声，人们兴奋得有如盟军攻克柏林，欢呼着连滚带爬地冲下渠来，把诗人四脚四手地抬起来，高高地抛向空中。

然而不知怎的，这位意气风发的凯旋英雄，中午在过节般热闹的兔肉宴上，竟郁郁寡欢，像是在思考什么重大问题。上午大家兴高采烈回营后，对如何结果这小灰兔生命，一下子提出18种死法。有人主张用刀杀死，有的建议用棒打死，有的提出用绳勒死，有的说沉入水中溺死。各种主张，言之凿凿，都摆出一大堆理由，似乎都是最佳的死法。正在相持不下时，食堂炊事班长风风火火跑来说，锅里的水都开老半天了，还讨论到什么时候？说着夺过兔子，往地上狠狠一摔，只听得一声摄人心魄的惨叫。我不禁悚然一惊，没想到兔子的惨叫竟与孩子的啼哭一模一样。那声音在屋里久久回荡，有绕梁三日的效果，几乎所有人刹那间都惊呆了，诗人惊得都有点木然，过了好久才恢复常态。

为了这顿难得的兔肉宴，全排50人打破平时按班打饭的规定，大家欢天喜地地围着一桶热气腾腾的胡萝卜炖兔肉，坐了一圈。值日排长亲自掌勺，从满桶胡萝卜块里，煞费苦心地挑筛出50块骰子般大小的兔肉，在每人碗里分了一块。为犒赏诗人的劳苦功高，经全体一致同意，又额外奖赏一块精华——一小块兔腿肉。

由于长期没吃荤腥，大家一边低头狂吞，一边兴致勃勃追忆着早晨撵兔情景，称今天的经历是史无前例的。从打娘胎下来，从没在雪地上跑过这么长路；又说凭着人的两条腿，把野兔撵得累趴下，要不是亲眼目睹，准保认为是神话；还不无惋惜指出：小灰兔这回吃亏就吃亏在轻敌上，不过也难怪，兔的前辈只教导它要警惕狗，狗能撵兔。没想经过史无前例的"文化大革命"，两条腿的人也能撵上兔子了！

大家嘻嘻哈哈，难得有这样欢乐的气氛，风卷残叶般吃完这碗名不副实的兔肉，还把各自碗底舔了个一干二净。当大家恋恋不舍放下碗时，发现诗人面前的碗里，留着两块香喷喷的诱人兔肉！问为什么。他摇摇头，苦涩一笑。那天晚上，有人发现，他一夜未眠，在雪地上踱躞到天明。

后来，我离开内蒙古回浙江老家工作了。前不久听说他有诗集获奖，书名《兔祭》，也不知此兔是否就是彼兔？

2001年11月25日星期五改定

（载《解放日报》2002年12月19日）

# 苍　狼

　　狐死必首丘，是《楚辞》里的一句诗。上学时听游国恩教授在课堂上讲，狐狸将死时，必定头冲山岗倒下，以示对生养自己故土的至死不忘。听后对动物的这种义行和天性一直萦绕于心。后来去内蒙古工作，草原上常有狐狸出没，却始终无缘目睹，也不止一次请教过有狩猎经验的牧民，都笑着摇摇头，许是南国的狐狸与北方有所不同？不过由此倒引出一则同样有震撼力的有关苍狼的故事。

　　那是"文革"前的一个冬日，我去乌拉特草原采访民兵演习。回来时和基干民兵队长巴斯尔同行，傍晚时分，天上纷纷扬扬飘起雪来，便留宿在他家里。

　　巴尔斯独自一人住在准备结婚用的新蒙古包里。那时不像现在要保护野生动物，为减少狼害，有时当地政府还组织民兵打狼。巴斯尔就是个打狼能手，没想家里却养着头小狼，一条后腿用铁链拴住，固定在蒙古包前的拴马桩上。小狼看去与狗没什么两样，只是吻比狗要尖而长，两只竹削似的耳朵，尖尖的笃立在头上，显得比狗更机警。背部的毛色黄得像冬日枯草，大概便于匍匐在草原上偷袭猎物。等到草绿花开的夏天来临，毛色随季节转换而变深，呈灰中带青。苍狼的名字大概也由此而来。

不过，小苍狼现在可丝毫看不出凶残的狼性来。当我们从旁边走过，它胆小得甚至不敢抬头正面看我们，只是低着脑袋，乜斜着瞥了一眼，显得胆怯而温顺，甚至还有点羞涩。

晚饭后，我们盘腿坐在"图鲁嘎"（蒙古包里用的火炉子）边闲聊，巴斯尔讲起小苍狼的来历。那是刚接完春羔时候，那天早晨，他刚把羊群在冬营盘上撒开，听见远处一声呼喊，只见山岗上几个骑手策马飞奔在追赶什么。等他认出那是只狼时，便提着套马杆迎了上去。

那狼大概急于甩掉身后追兵却忘了留意前头。等发现巴斯尔迎面阻截过来，慌不择路地朝旁边草场遁去。巴斯尔在马上欠了欠身子，枣红马像离弦的箭，飞般地尾随过去。等他估摸套马杆能够到时，便扬起右手轻轻一抖，绳套在空中划出一条优美的弧线，恰好套在狼的脖颈上。大灰狼感到自己大难临头，使出撒手锏：突然收住脚步，掉转头向他扑来。巴斯尔对此早有防备，将马缰朝外一抖，枣红马心领神会，立即朝旁闪身一躲。狼因为惯性，脚下一时倒换不及，一下子被拖翻在地。枣红马风驰电掣飞奔了一程，巴斯尔回头一看，大灰狼被拖得浑身是血，早已断了气。

　　就在这时，发生了一个意想不到的情况：当巴斯尔勒住马头，收回套马杆将死狼拽过来时，发现原来是只怀崽的母狼，身后血污中，一个血肉模糊的东西在蠕动着。

　　巴斯尔没等做爸爸却干起了接生的活。他跳下马来，嘴里发出啧啧的感叹声，一边用草揩净狼崽身上血污，用手熟练地抠出它嘴里的黏液。怕狼崽冻坏，把它放在自己蒙古袍怀里带回家来。

　　然而，狼崽给巴斯尔带来的可不是欢乐。当他弯下腰来想进包时，家中惟一的伙伴——牧羊犬黑子，便嗅出了主人身上的异味，立马用警觉的目光注视着他的一举一动。等把绒毛未干的狼崽刚放到地上，黑子伸出前爪给了它一巴掌。

　　"嘿，黑子！你怎么啦？"巴斯尔喝住牧羊犬，耐心地开导起自己伙伴来："人家没爹没娘的，咱们要不收留它，这天寒地冻的叫它上哪儿呀？"

　　一向听话的黑子这回却一反常态，对主人的开导丝毫不予理会，嘴里充满敌意地呜呜叫着，随时准备发起攻击，吓得狼崽缩在巴斯尔脚上的两只香牛皮靴之间直发抖。

　　"不许胡来！"巴斯尔提高了嗓门："再不听话，我可要把你撵出去了！"

　　为防万一，他没敢把狼崽放在地上，一连几天就抱在怀里用奶瓶喂奶。

　　风雪渐渐大起来，盖在"陶勒"（蒙古包天窗）上的毡片，被风刮得"忽哒忽哒"的响个不停。风暴呼啸中，隐隐约约传来几声凄厉长嚎，像是有人对着旷野在伤心呜咽，又像歇斯底里发作时的尖声嗥叫，在风雪夜听来格外森人。

　　"这是咱们小狼在嚎，"巴斯尔说："它一定是嗅到什么了。狼的鼻子可灵了，嗅得比看得还要远！"说着起身出去察看。过了一阵，他抱着两只小羊羔进来，说今晚怕有暴风雪，他去羊圈把这两只体弱的小羊带回包里过夜，以免冻死，然后坐到"图鲁嘎"旁继续他的狼崽故事。

　　狼崽在巴斯尔精心抚养和黑子时刻防范这种奇特的氛围中渐渐长大，野性似乎有所消解，巴斯尔把它当作未成年的狗带在身边，走来出去，俨然成了家庭一员。但狼崽的这种定位，却得不到黑子的认可。这三方于是在家庭中的关系，始终协调不好。直到不久前在夏营地狩猎狐狸，狼崽由于形迹可疑，巴斯尔把它用铁链锁在拴马桩上，不再带在身边了。

　　"它怎么着你了？"我问。

　　巴斯尔往"图鲁嘎"里添了几块干牛粪，拍打拍打两只青筋饱绽的大手说："要说倒也没什么，但提高警惕总不会有错。东郭先生的故事，我在小学课本上读过，印象太深了！"

　　原来那次在夏营盘，巴斯尔带着黑子和小苍狼猎到两只狐狸后，感到有点累，想躺在山岗上歇息。迷迷糊糊刚要睡过去，忽听见身边的黑子呜呜叫起来，一边用爪子爪他蒙古袍。巴斯尔惊醒过来，睁眼察看四周。黑子蹲在他脑袋旁边，小苍狼远远地蹲在一边地上，一切都很正常。巴斯尔又渐渐地阖上眼睛要睡过去，不料黑子又呜呜起来用爪子爪他。巴斯尔抬起头来看看四周，仍没发现什么异常情况。他火了，伸出拳头狠狠揍了黑子几下，把它从身边轰走。正待迷迷糊糊要睡去时，心里忽一激灵，感到事情有些蹊跷。于是，他假装睡着，留心着四下动静。不一会儿，蹲在一边的小狼慢慢起来，蹑手蹑脚走到他身边站下，两只眼睛里似乎闪烁出觊觎的光，然后又顺时针绕着他走了一圈，最后像黑子似的向他伸出狼爪。巴斯尔从地上一跃而起，没等弄清怎么回事，小苍狼已被斜刺里蹿上来的黑子一口咬翻在地。

　　夏营盘事件后，三方关系出现了某种危机的端倪。黑子自持有功，对小狼的对立情绪几乎发展为某种霸道；巴斯尔经过这次考验，越发倚重黑子，而对小狼心存戒备；而小狼不知是因为自己心怀叵测的面目暴露，还是原来多疑的天性一旦意识到不被信任，而主动疏离了主人，以至竟有过一次逃跑，被黑子发现后撵了回来。

　　巴斯尔说到这里从"图鲁嘎"旁抬起头来，苦涩一笑，他为此伤透脑筋，不知该怎么办好？他几次打算杀死小狼，都因自己抚养多时有了感情，下不了手；让它回归大自然，又恐草原从此多了只吃羊的害人虫。后来有一次，旗（相当于县）里组织民兵干部参观劳教所受到启发，遂决定用铁链锁它起来，除限制行动外，对小狼的其他一切待遇不变，以观后效。

当天晚上，我头冲"哈那"墙脚抵"图鲁嘎"，躺在暖和的皮被褥里，一时睡不着觉，老在想巴斯尔家的矛盾：狼若要进入人类社会，与人共同生活在一起，除非像狗一样来个脱胎换骨的改造，将自己变成畜或畜的变种——人的宠物。除此别无选择。

问题是，狼自己愿意吗？

再说，我们人类对动物是否就一味地征服？人类要不要同包括狼在内的动物和谐相处？怎样才算和谐相处呢？

迷迷糊糊地睡到半夜，包门突然大开，随着一阵暴风雪，不知什么时候出去的巴斯尔满身是雪冲进来大叫着：

"快起来，圈里的羊跑了，快帮我拢羊夫！"

原来暴风雪刮坏了羊圈门，羊群从圈里跑了出来，要不及时拢回，在野地里会被大雪埋住冻死的！

我们在黑子带领下，顺着风向，在暴风雪的呼啸中磕磕绊绊奔跑着，也不知摔了多少跟头，终于追回刮跑的羊群，又顶风冒雪赶回圈里，固定好圈门。回到包里，累得一头倒下，醒来时天已大亮，一摸身边，巴斯尔又不在了，我担心是羊圈又出什么事情，忙起身钻出包门。外面已雪霁风住，一片银白世界。只见巴斯尔一脸沉思地站在拴马桩旁，三股白色的气流，从他鼻孔和嘴里不停地汹涌出来。

"是羊群又出事了？"我问。

巴斯尔眉宇间扭起个酒盅大的疙瘩，摇了摇头，目光沉沉地落在面前地上那根空荡荡的铁链上。我这才意识到，原来小狼不见了！可铁链完好依旧，一头仍固定在拴马桩上，另一头原来栓狼的地方，现在只留着一小段毛茸茸的东西。蹲下去仔细辨认，原来是一截齐关节咬下来的狼的断爪，血糊糊的断面上，露着白格森森的骨头岔子，上面清晰地留着一排锋利的牙印！

我脑袋顿时轰的一声：没想到这未成年的苍狼，最后竟这样切断了与这个抚养它长大的人类社会的联系，回到它来的那个世界中去了！

更想不到的还是，在巴斯尔指点下，我发现这滴落在雪地上的一点一滴的血迹，先向包门蜿蜒过去，然后顺时针地绕了巴斯尔住的蒙古包一圈后，便向北去，很快在雪地上消失得无影无踪！

我和巴斯尔望着这万籁俱寂的茫茫雪原，一时都没说话。极目东方，广袤无垠的地平线上，一轮又圆又大的红日正从云层中挣扎着爬上来。


2003年10月4日星期一于杭州嘉绿苑

（载《浙江日报》2004年2月3日）

# 蒙古长调：草原天籁

风像是个到处漂泊的流浪歌手，走到哪里，便惹得那里草原一阵欢呼和骚动。

我和贾漫半躺半倚地坐在勒勒车上去五一牧场采访，头上是万古长空，悠悠白云。地上的羊群，仿佛是白云的倒影在草原上缓缓移动。

乌珠穆沁草原不如呼伦贝尔草原的牧草长得高，都快挨到马肚子，远远望去，马群宛如庞大的船队，在大海般草原上从容不迫地扬帆航行。乌珠穆沁在蒙语里是葡萄的意思。据说，当年成吉思汗看到这片草场地土肥沃，想从西域把葡萄引进来在这里种植生长。这一念想虽未曾实现，但他的后人们从此却将葡萄和这片草场联系了起来。八百年过去了，现在这里四下望去，黑油油的牧草，显着劲气十足，在阳光下一闪一亮地翻动着叶片。被车轮辗压过的道路上，裸露出两条纤细的车辙，仿佛两条并行的黄丝带。尽管车辙碾过的地方已长出青草，然而路的痕迹依然清晰可辨，渐远渐细，从我们脚下向着云雾迷蒙的天际渐渐蜿蜒过去。

路边偶尔有马贩子们遗弃的地灶，几块烧黑的石头仿佛史前化石，在述说着亘古旷野上人类活动的遗迹。还有上额吉诺尔盐池拉盐人支搭的简陋帐篷，上面覆盖着几块破毡片，在风中不时地发出翻动的声响。勒勒车经过的草丛里，有时会扑棱棱惊起一对正在"敖包相会"的地鵏，吃力地煽呼着和它硕大躯体很不相称的短小双翅，慌不择路地飞往别处去寻找继续幽会的地方。倒是百灵鸟最喜欢和人类亲近，像两个顽皮好客的孩子，总是在勒勒车前方草丛里像直升机似的突然腾空升起，亮开婉转动听的歌喉兴高采烈地唱了一句，就捉迷藏似的一声不响地躲回到草丛里。草原上倏忽间变得万籁俱寂，笼罩在一片寂静里，只有一只雄鹰在我们头上悄无声息地盘旋着。

我和贾漫一时都没说话，感受着这草原上阒无人迹的寂静，思想像风一样天马行空地驰骋着。就在这时，远处忽然传来一缕游丝般颤抖的声音，似有若无，初听像是风在草尖上小心翼翼地行走，侧耳细听，原来是有人在歌唱。因为是蒙语，听不大懂，好在词少腔多，声音十分甜美深情，气息绵长，随着风的吹拂还有些飘忽不定，后来渐渐高亢起来，听得越来越真切清晰，仿佛一股暖流在一点一滴地滋润着心头。那悠长徐缓的旋律在草原上荡漾，让人觉得就像那鹰张着两翼巨大翅膀，煞着风在空中盘旋，时而姿态优雅地向一边滑翔过去，时而又矫健地拐了回来，在草原上空滑出一条优美流畅的弧线。

过了一会，大概由于换气，歌声骤然停顿了一下，接着以更加高亢豪放的音调，开阔的意境，不紧不慢，持续地向上攀升，就如同那鹰朝着雪峰般的云端，不着痕迹地一点点向上飞升，速度虽不快，却很固执坚定，一直上升到自己身影与浩渺的苍穹融为一体从视线里消失，我的心情随着歌声，也上升到了顶峰，让人想起日落时分在古长城外传来的一声驼铃，又仿佛夜晚在昏黄的灯光下捣奶的远嫁女儿对自己额吉的思念，还有背井离乡的人偶一抬头，见大雁从长空飞过时那眼中怅茫的目光……

等到再听到时，荡气回肠的上行旋律已经结束，开始向下滑行，不断地插进来大量的富有变化的装饰音和华彩的拖腔，然后在一连串颤音的抖动中，渐趋渐轻，缓缓地停息下来直到歌声终止，让我们听歌的人久久沉浸在一种草原特有的苍凉和难以言说的忧伤中，把我们感动得柔肠寸断，怆然涕下。

歌声结束好半天了，我们仍未回过神来，倚在勒勒车上闭着眼睛在回味。等过了很久才睁开眼来，发现贾漫眼眶里满是泪水。

"太享受了！"他直起身子叨叨自语，情不自禁地喃喃赞叹着："此曲似应天上有。这是上苍赐予蒙古民族的瑰宝！"

我说："我不懂蒙古长调。没想在草原上唱起来，声音能传得那么远，听得我心都颤抖，这是真正的草原的歌。"

"它就是草原天籁嘛！"贾漫深有感触地说："尽管我们不懂蒙语，却无法不为蒙古长调所动容。因为这是心灵对心灵的直接倾诉。"

"记得歌舞团小杜对我说过，马头琴的音色很像是风在草尖上吹拂。当时听了也没去细想，其实他这是在说蒙古音乐与牧民田园式生活方式的关系。"

"莫要说是马头琴，蒙古长调又何尝不像是风在草原吹过的样子。"贾漫说着抬起手来指着眼前的景象。"你看，那拍天草浪向着无边天际缓缓涌动过去，难道不像是长调舒缓悠扬的旋律？那长风拂过草梢在微微颤抖摇曳，仿佛长调下行时不停滚动变化的装饰音。蒙古长调最大魅力就在于它是离自然最近的一种音乐，本身就是一幅美丽的自然画卷！"

贾漫是位诗人，富于想象，又有才华，性格有点落拓不羁。他岁数不大，却已在内蒙古生活了20多年。他最早是文工团里的小提琴手，对音乐无疑拥有一定话语权。说到长调，他侃侃而谈。

长调是牧民在生产劳动中创造的一种民间艺术。他说，历史悠久，几乎与蒙古民族同时存在。哪里有牧民，那里就有长调。它在草原上，一直靠民间艺人口头传授在流传。由于地域差异，演唱艺人的不同，形成了众多不同的艺术风格。呼伦贝尔有呼伦贝尔的长调，锡林郭勒有锡林郭勒长调，阿拉善有阿拉善的长调。

内蒙古自治区最早演唱长调的代表性艺术家，有宝音德力格尔、哈扎布等。宝音德力格尔系呼伦贝尔新巴尔虎左旗人，18岁在家乡那达慕大会上因演唱呼伦贝尔长调民歌《辽阔的草原》崭露头角，不久调入内蒙古歌舞团，在第五届世界青年联欢节演唱又获金奖，被誉为"罕见的民间女高音"。她嗓音甜美，音质纯净，气息充沛绵长，是呼伦贝尔长调的杰出代表。

贾漫说，宝音德力格尔自幼父母双亡，经历磨难，家庭条件并不好，她在长调演唱上获得卓越的成就，完全凭着自己对长调艺术忠贞不渝的挚爱和顽强刻苦的学习精神。她不仅注意学习继承本民族艺人长调的优秀传统，还重视借鉴吸收汉族民歌的演唱技法。

那是"文革"前，我们文联和内蒙古歌舞团同在文化大院上班。歌舞团在西边，文联小楼在最后面。领导上号召蒙、汉民间歌手要互相交流学习，取长补短，提高演唱质量。宝音德力格尔便来文联找韩燕如先生学习爬山歌的演唱技巧，以丰富蒙古长调的演唱方法。

时值酷暑，宝音德力格尔每天气喘吁吁地跑来向韩老师请教唱爬山歌。韩老师年事已高，但教唱极其认真负责，每教一句，对其行腔和唱法，反复推敲细扣。那时办公室里都没有空调，每次下来，一个教得嗓音喑哑，一个学得满头大汗。如是多日，有一天，宝音德力格尔学唱结束从楼上韩燕如老师办公室下来，找她在《花的原野》编辑部做编辑的爱人回家吃饭。这天，《花的原野》和《草原》编辑部正在一起开会，见宝音德力格尔进来，大家关心地问她学了几首爬山歌？她迟疑了一下，笑着说：

"一首还没学会呢！"

举座愕然。

"怎么会呢？"众人惊讶地问。"爬山歌每首不是只有上下两句，学了这么多天怎么一首还没学会？"

宝音德力格尔涨红着脸，有些不好意思。

"主要是我嘴笨，捉不住调！"

后来听她爱人说，老先生虽系国内著名爬山歌专家，却不识乐谱。驼来咪发嗦拉西哆八个音阶，一律用驼来驼来两个音发声，一边还伸出一根食指在宝音德力格尔鼻子面前一钩一钩地弯曲着，来帮着表达爬山歌行腔的抑扬顿挫婉转起伏。尽管老先生教得极其卖劲，但随意性太大，无法做到规范，每遍唱得都不一样，弄得宝音德力格尔莫衷一是，不知所从。后来我们文联内就流传开一句歇后语：韩燕燕教学爬山歌——只可意会，不可言传！

至于长调作为传统的蒙古音乐的代表，其中脍炙人口的极品为什么总蕴含着一点淡淡的苍凉和悲怆？这原因究竟是什么？贾漫和我两人一路上高谈阔论地说了半天，觉得有这么几层意思，也不知道是否正确？

一是由于歌曲承载的内容。这类长调多系思亲怀乡，表达男女之间在爱情上的互相思念和爱慕。这种自古以来就对人类心灵产生过奇妙影响的纯洁美好的情怀，在现实生活中由于种种无法跨越的原因，特别是因为时代社会因素，蒙古民族历史上长期遭受压迫，处于分裂。尽管成吉思汗统一蒙古诸部后，他的后人曾建立横跨亚欧的蒙古大帝国。据《蒙古秘史》上描述，其版图大到东至外兴安岭和高丽，西到地中海、黑海以东广大地区，包括今天的基辅、莫斯科在内的伏尔加河流域；向北扩张至叶塞尼河，南抵印度支那，帝国版图之大实为世界历史上之最。但不久便分崩离析。元顺帝妥懽帖睦尔被朱元璋统率的明军赶出大都，重新退回到塞外。历史的辉煌早已一去不复，然而蒙古上层代表人物中想重新实现统一，像圣祖成吉思汗一样成为宗主大汗的，仍不乏其人，但最后都无法如愿。蒙古诸部长期陷入封建割据的分裂局面，致使蒙古人民一直生活在战乱动荡中，无法实现美好的愿望，在内心深处留下挥之不去的伤痛。这种渗透在民族灵魂深处的集体无意识，有时会不知不觉地烙印在文化上。正像传统的呼伦贝尔长调《辽阔的草原》中所唱的：

虽然有辽阔的草原，

却不知道何处有泥潭坑洼；

虽然有美丽的姑娘，

却揣摩不出她内心的想法。


再一个是，因为严酷的地缘环境。音乐作为草原文化的组成部分，与该民族的生存环境有着密切的关系。蒙古族先民，据历史典籍记载，最早出现在唐朝，一直活动生息在北方辽阔的草原上。广袤的大地赋予了蒙古人宽广大气的胸怀。然而由于地处高寒，气候寒冷，干旱少雨的恶劣生存环境，致使他们祖祖辈辈过着逐水草而居的漂泊不定的游牧生活。除了部族内部的种种矛盾争斗，还有来自自然界的各种灾难的袭击和伤害，无法掌控自己的人生命运。这种独特的地缘特征对音乐艺术风格的形成，也具有内在的影响力。

还有一点，可能与蒙古民族的宗教信仰有关。在藏传佛教传入前，古代蒙古族广泛信仰的是萨满教。他们敬奉包括上天大地，山川河流，和风雨雷电等在内的各种大自然神灵，认为是它们在主宰着人类的生老病死、祸福婚丧和牲畜财富，体现了草原民族对大自然的敬畏心理。这也会不可避免地烙印在表达人类情绪和心灵的音乐上。

# 火凤凰

　　五一牧场最早是军马场，为部队输送作战需要的马匹。后来国家开始实施五年计划转入经济建设，贯彻牧区要以牧为主、发展牧业抓经济，军马场改成了种马场。"文革"中，中央决定组建北京军区内蒙古生产建设兵团，种马场和周围几个牧业生产队一并划归建设兵团第三师，成了三师54团团部所在地。但当地人习惯上仍叫"五一牧场"。

　　团部大门口旁边是供销社，门脸不大，却是这里唯一的商业中心，兵团战士戏称它是咱们团部的王府井百货公司，每天出入的人不断，除了兵团战士，还有来自周边骑马来采购的牧民。我刚来不久，在供销社买洗衣皂出来，发现两个背挎包的兵团女战士在向一个牵着枣红马的青年牧民打听什么。那青年牧民正在拴马桩旁忙着拴马，大概没听懂。女战士反复地指指他的枣红马，一边比比划划地说着什么，青年牧民听了半天才恍然大悟，对两位女战士笑着摆摆手，径自进到供销社购物去了。女战士脸上显出失望的神情。正在这时，一个骑着云青马的牧民朝这边过来，两个女战士背着鼓鼓囊囊的挎包，又急急忙忙地跑上前去打听什么。

中午在团部食堂和宣传干事小胡一起排队买饭时，我说了供销社门口那俩女战士的事。小胡说：

"上次救火的事在我们团里影响很大，我给报社还写过一篇报道，你想了解的话，回头我给你送去！"

买好饭，我和小胡俩就在饭桌上聊了起来，同桌吃饭的有些一起在现场救火的团部干部，也七嘴八舌地不断插话补充，我听后很受感动。根据大家说的情况，再结合小胡那篇报道，我将这件事的前因后果，写成下面这个完整故事，但愿能为54团和那俩女战士寻找救火英雄助一臂之力。只是故事里主人公至今仍不知名字，根据内容就权且叫嘎尔迪（蒙语，意即凤凰）。

正在草场上打草的嘎尔迪，远远瞭见54团那边起了荒火，把长柄刈刀往地上一插，招呼了一声弟弟，将一个指头伸进嘴里打了个呼哨。不一会，正在附近草场吃草的两位主人的坐骑，一头枣红马和一头云青马，听到主人的紧急召唤，飞快地跑将过来。弟兄俩一把抓过缰绳，飞身上马，拍马向着火场飞驰过去。

半袋烟工夫，嘎尔迪便看见54团草场上空，一片冲天烈

焰，浓烟滚滚。灼人的巨大旋风，带着草屑烟尘，呼呼地迎面
扫荡过来，呛得人连呼吸都困难。透过烈焰浓烟，嘎尔迪两兄
弟看到两个兵团女战士，在重重的火焰包围中东奔西突，情况
万分危急。

嘎尔迪朝身后弟弟使了个眼色，策马朝后驰去，跑了一段
距离，然后勒转马头，两腿用力一夹，飞箭似的朝着熊熊燃烧
的火场直奔过去。

约莫离火场还有一百米的距离，嘎尔迪伸手拍拍马的脑
袋，发一声喊，开始加速。只见那奔马飞快捣动的四只蹄子，
快得仿佛悬空了起来离开地面，跟马的身子拉成一条直线。远
远望去，宛如一前一后两支飞箭在嗖嗖地飞行，先后穿进浓烟
滚滚的火海。

正拿着笤帚、铁锹、拖把在手忙脚乱灭火的兵团战士们，
远远看到这情景都惊呆了。只见前面那匹枣红马突然前蹄着
地，不前不后，恰好落在那个惊慌失措的女战士身旁。骑在马
上的嘎尔迪弯下腰来，伸出胳膊一把将其紧紧搂住。趁着枣红
马纵身向前跳跃的力量，借势把她拽到空中，然后稳稳放落在
自己前面的马背上，疾驰而飞地穿出火海。

然而身后云青马上的弟弟，在营救另一名女战士时，却发
生了意外。

正当嘎尔迪弟弟骑在云青马上，弯下腰去伸手搂着女战士

往上拽时，马鞍突然滑向一边，骑手和女战士两人双双滚落在燃烧的草地上，发生了"滚鞍"的意外情况。这是由于事先固定马鞍子的肚带勒得不够紧，当马上的人往一侧用力，重心移向一边时，马鞍子跟着也就朝一边滑去。

只见嘎尔迪弟弟在地上一个鲤鱼打挺，立马蹦了起来，这时身上蒙古袍边缘已经燃起火苗，他顾不上去拍打，赶紧拍拍马子脖颈稳住云青马，重新系紧肚带，将女战士一把抱起放到马鞍上坐好。这时，连人带马都已经烧起来了，眼看烈火顷刻间就要将生命吞噬，嘎尔迪弟弟慌忙在马屁股上狠狠抽了一鞭，就在云青马向前纵跳那一瞬间，他拽住马尾巴，趁势一纵，飞身落在马屁股上，然后箭一般地在火海中朝前驰去。

这时，云青马的鬃毛和尾巴都已燃起火苗，发出哔哔剥剥响声。嘎尔迪弟弟身上蒙古袍，也燃起朵朵火焰。红色的火苗，像袍襟闪光的镶边，在风中呼呼飘舞，酷似骑着神马的火神在冲天的烈焰中驰骋疾飞。

当嘎尔迪弟兄俩把两个女战士带到安全地带放在草地上，没等她们问一声姓名，又勒转马头忙着救火去了。

大火扑灭后，团部领导对这场荒火的原因立即展开调查，结果很快出来了，并不是由于阶级敌人破坏，而是因为雷电击中遗弃在草山上一块牛头骨起火引起的。当时，火势向山谷蔓延。负责在这一带灭火的是二连八排女战士。她们拿着铁锹和笤帚正在奋力扑打荒火。没想风向突然改变，上风头成了下风头，火势迅速地朝救火的兵团战士扑来。本来这里地势三面环山，现在由于气温骤然升高，刮起呼呼的强烈旋风。霎时间，大火吞噬了草场，山谷变成一片烈焰冲天的火海，将救火的兵团战士团团围住。强大的灼热的气流借着风势，扑面扫来，大家无法睁开眼睛，慌乱中有两名女战士一时撤不出来，被困在火海中。

然而两位救火的牧民究竟是谁，尽管经多方寻找打听，却始终不得而知。两位被救女战士当时也来不及问救命恩人姓甚名谁，更不知他们住在什么地方，经众人回忆，只记得那两匹骏马的毛色，一头像是枣红马，另一头是云青马。

从此，54团的人每天都能看到两个身穿兵团制服的女战士，徘徊在团部所在的供销社门口，像是在等待什么人。她们每人背着两个草绿色大挎包。一个包里装着当时被称为红宝书的《毛泽东选集》和精美的塑料封面笔记本，另一个包里装着北京家里寄来的各式各样的糕点糖果。她们只要看到有骑枣红马或者云青马的青年牧民过来，就会急急忙忙地跑上前去，打听起那次救火的具体细节来。

# 点燃在草原上的一炷心香

——追思塞外故人贾漫

每次收到《草原》，那欣喜心情有点像远嫁的女儿收到娘家寄来的礼物，忙不迭地拆开来读。最近一期《草原》封面上，印有贾漫兄《永远的怀念》，心想不知他在怀念哪位友人？读罢才知是悼念邓青兄，感到十分震惊悲痛，同时心里又充满深深的歉疚和自责。老邓是《草原》勋臣，在业务上是我师长。当年我向《草原》投稿，曾多次得到过他指点。1960年9月，他离开编辑部上内蒙古大学文研班深造，我调入《草原》接替了他的工作，无论在业务还是做人上，他都给过我许多难忘的帮助和教益。读后思绪万千，往事历历，心里忽然有种不可抑止的强烈冲动，想打电话对贾漫倾诉心中这份对老邓迟到的悼念。

　　我不知道世上存不存在亲近人之间的异常感应？正在我这样想着时，放在卧室里的手机响了，起身接去，一听是东芬声音，一种不祥的预感倏然而生。因为此前电话，大都是贾漫打的，东芬有时在一旁插上几句话，这回莫非是他得了什么重病？

　　我情不自禁地"哎呀"了一声，冲口而出："是你呀东芬，是不是……"

　　"你已经猜到了，贾漫他……"电话突然窒息了，随后东芬便在电话上失声恸哭。

　　我拿着手机，悚然而立，竟一时无语。我本想问贾漫是不是病了，压根没想他会这样突然走了。这几年我们也曾有过几次难得的聚首，印象中他身体很好，逸兴遄飞的诗人气质丝毫不减当年，也从未听他讲起有什么病痛，觉得是我们中间能活得最长久的一位，怎么说走就走了？！

　　悲痛的泪水慢慢流下来，我和东芬相隔千里，抱着话机对哭了一阵，然后她一边哭一边断断续续诉说，终于知道了事情经过。

　　原来贾漫得的是胃癌，确诊时肆虐的癌细胞已浸润到其他组织，家里人没把真实情况告诉本人，直到转院去天津手术后，在他生命最后的日子里，依然乐观地对人说自己得的是胃溃疡，以为有治愈的奇迹出现。所以一直没敢把得病情况告诉我。昨天深夜他终于走完了一位诗人生命的最后一分钟。

东芬的电话是中午时分从天津打来的。下午，浙江全省上下便动员起来，迎战今年登陆大陆的最强大的台风"海葵"。而我心中也在经历着一场超强的感情风暴。

认识贾漫，是我调入《草原》编辑部上班不久。此前，尽管已知道他是内蒙古一位有代表性青年诗人，但只闻其名却不识其人。那天，我正在编辑部看稿，进来一位风度倜傥的高个子男士，穿藏青色华达呢制服，下身是浅灰色毛料西裤，黑皮鞋。就这身打扮，在当时我这个工作两年不到的文学青年眼里已经有了几分钦羡。他推门进来后，举止潇洒地跟屋里其他几位编辑打了个招呼，大家说了声回来了？他说昨晚回来的，就径直坐到剑羽对面那张空着的靠窗办公桌前。我由此猜到他就是出差刚回来的贾漫。

剑羽隔着桌子丢了根烟过去，贾漫点着后吐出一口，终于发现一声不响坐在门后办公桌前的我，于是立马起身走到我面前。

"你就是新来的汪浙成？"他一边问一边朝我伸出手来，显然已知道编辑部来了我这个新人的事。

我忙站起来恭恭敬敬握住，回答说："是的。"

"我叫贾漫，咱们坐下说！"他说话有点像朗诵诗似的拿腔拿调，一边还摇头晃脑，像是在开玩笑又像是正儿八经地问："听说你是北大中文系毕业的？"

"是。"

"大学中文系都学些什么呀？"

"主要课程有中国文学史，从一年级学到三年级。"

"那你中国文学史一定很熟了。"

我忙说："虽说学了三年，但自己学得不好，只了解一点皮毛。"

"我国文学史上第一个有名有姓的诗人是屈原，对呀不对？"

我点头回答："对。"

"屈原最具代表性作品是《离骚》，对吗？"

"对。"

"《离骚》一开头：'帝高阳之苗裔兮，朕皇考曰伯庸。'我没记错吧？"说着，他那双炯炯有神的眼睛怔怔地望着我。

"没错。"

"接下来是'摄提贞于孟陬兮，惟庚寅吾以降。皇览揆余初度兮，肇锡余以嘉名：名余曰正则兮，字余曰灵均。'这是《离骚》第一节，是不是？"

"很抱歉，我只记住开头两句，下面就记不得了。"我笑着回答："我们老师游国恩教授当时要求每个学生把全文背下来，但我没学好。不过，我想你记得完全正确。"

贾漫像个大孩子似的装出一副得意的样子，动作夸张地吸了口烟，然后抬起那只拿烟的手停在空中，像朗诵似的抑扬顿挫开始念《离骚》第二节。

第二节的文字比第一节长得多了，他竟一口气背诵下来，没打一个磕巴。那滚瓜烂熟的程度，一下子把我给镇住了。

看我仰着脸目瞪口呆地坐在椅子上，贾漫笑着解释："只是因为喜欢，读的遍数多了，也就全文记下来了。以后有机会，咱们切磋切磋。"说完，转过身去坐回到自己办公桌前，埋头处理堆积如山的稿件了。

率真的个性，幽默风趣，惊人的记忆力，让我第一次见面就对这位小有名气的青年诗人很有好感。随后交往很快多起来，发现他虽很早参加工作，但身上少有那时党员常有的那种让人难以接近的味道。他秉性耿直，为人正派，颇有燕赵之士的侠义精神，敢于仗义执言。他后来曾在《咏玻璃》一诗中自况："玻璃人生最透明，望破东西南北中。任它风雷云雨密，粉身碎骨总晶莹。"确实是他一生坚守的品质。我在与他共事过程中，曾多次感受到他这种人格魅力。

那是我来编辑部第二年，尽管当时还是全国人民挨饿的年月，但主编敖德斯尔为人宽厚，是位富有亲和力的领导，在管理上宽松民主，编辑部气氛和谐，编辑之间互相关心帮助，特别是对我这个新编辑，大家像老大哥老大姐似的在业务上手把手指点，帮助我尽快熟悉编辑业务。记得那年自治区领导邀请一批国家级文化名人曹禺、老舍等来内蒙古采风讲学，编辑部将老舍先生在一次会上的讲话整理成文，题为《关于文艺工作杂谈》（手边无书，标题恐记忆有误），蒙先生慨允，在我们《草原》上发表。那期刊物责任编辑是剑羽和我。剑羽像师傅带徒弟似的教我对要发稿件，从计算字数，版式编排，字号选用，插图安排，到发稿跑印刷厂，并介绍我认识厂里业务科和排版车间的师傅海舟和黄河，帮助我从头到尾熟悉了一遍编辑工作的整个流程。到了付印那天，剑羽临时有事，去不了工厂，只好我独自去签字付印，叮嘱我目录和重点稿像老舍文章，付印前一定要从头到尾再认真看上一遍。

那天下午，记忆中好像是周末，车间里上班的人不多，就负责拼版的黄河师傅陪着。因为是最后一遍校对稿，按规定对红即可，改正付印。目录和老舍先生文章，按剑羽嘱咐又从头到尾看了一遍，签完字交黄河师傅付印。这是我当编辑来第一次参与刊物付印，前前后后也就一个多小时便搞定了，并没有像老编辑所说的白纸黑字、责任重大、如履薄冰的那种战战兢兢感觉。离开车间，轻轻松松跨上车去内蒙古大学找温小钰（当时我们还未结婚）一起过周末了。

哪知道这第一次付印便捅下了大娄子！

刊物出来不久，一天工间休息时，大家在编辑部围观贾漫与剑羽对弈，住在隔壁房间的老敖手拿一封打开的信，笑眯眯进来了。

"咱们下期刊物什么时候出来呀？"他不动声色地问大家："恐怕得补登个勘误表！"

观棋的人都抬起头来，转向老敖问："出什么事了？"

原来他刚接到老舍先生信，说是寄他的刊物收到了，读了发在上面他的讲话，发现编辑在校对上错误不少。一些错别字就不管它了，但是像他在讲话中提到的《二十年目睹之怪现状》一书，现在讲话中却变成了《二十年同睹之现状》。人家会想，这个老舍究竟看没看过这本书，连书名都没搞对，还到处下车伊始，哗哩哗啦，影响太糟糕了！

老舍先生的信像炸弹在编辑部爆炸开来，冲击了紧张的杀伐。大家回到各自座位，从案头上翻找出新近出版的这期《草原》来看。不看不知道，一看真还吓一跳。读完全文，发现老舍先生这篇文章我在校对上存在着不应有的大大小小错误竟有十七八处之多！作为这期刊物的责任编辑，我一下子头都大了，全身血液直往脸上涌。老舍先生文章我从头到尾明明校对了好几遍，该改的都改过来了，怎么还有这么多地方没看出来？最纳闷的是吴趼人《二十年目睹之怪现状》，这个作品我不但在学校时听老师在课堂上讲授过，而且课后自己还翻阅过，怎么把书名也弄错了呢？我感到又愧又羞，无地自容！

老敖说，正好大家都在，我们就开个编辑部会，把这个问题谈谈，看看如何补救法。主要还是以后要引起注意，重视校对工作，防止再发生此类事情。

会开得很认真，这很可理解。《草原》能组到老舍先生文章，这本是件幸事。可是由于我的疏忽，却给刊物造成被动，带来了负面影响。作为一个新编辑，我自然感到十分痛心，在会上首先做了检讨。接着大家针对我的过错发表意见。平心而论，这些意见都很正确。只是我参加工作不久，缺乏历练，有点受不了。特别是一位同事的发言，把这次校对上的问题与我平时搞业余创作联系起来，认为是没有摆正工作与业余创作关系等等，使我这个新来编辑思想上压力极大，一时难以接受，又觉得有些委屈。

会上气氛一时间有点紧张。看我涨红着脸垂头丧气的样子，贾漫突然站起来，像斗争我似的拿手指着我说：

"汪浙成，"说话声调仍像朗诵似的抑扬顿挫："你甭感到委屈。我开始当编辑时出的问题比你要大多了，在目录上把自治区领导人名字给弄错了。刊物出来后大家在编辑部正帮着往外寄发，进来内大一位老师，随手从桌上抓起本《草原》来看，忽然发现目录上自治区领导人名字弄颠倒了。那天，我和原来绥远省几个老人在一起商量什么事情，听到后慌得从炕上跳到地下直奔编辑部来，一看果不其然，顿时傻眼了。大家说，刊物先别往外寄了，这样发出去影响就大了！赶紧打电话通知邮局发行科，刊物因故暂不外发，需送回印刷厂重新装订；然后又与印刷厂联系，目录重新印过，把原来的撕下来换上新的。编辑部里已经装信封的那些刊物，再一个个拆开来送工厂重新返工。等把这一切安顿好，一个绥远省老人拎着我的一只皮鞋进来了，说是我刚才在他家里把他的一只鞋给穿来了。"

"哄"的一声，大家忍俊不禁地笑起来，连主持会的老敖也忍不住开心地笑了。会上严肃紧张的气氛一下子又变得和风细雨了。

贾漫坐回到自己椅子上继续说："我说自己这件事主要是想说明，初当编辑的人，以为认识几个字就能做好校对，致使在校对上常常闹出笑话，影响出版物的质量。文字编辑的校对工作，有它自己的一套规则，思想上要重视。我们老编辑要重视，新编辑更得重视。另外，我建议编辑部在制度上要有审读。每期刊物出来后，至少责任编辑要先从头到尾审读上一遍，也好做点亡羊补牢的工作。"

会后，主编老敖还把我叫到他房间谈心，对我进行了耐心的帮助和教育。

这次会让我受益匪浅，终生难忘。以后我在当《江南》主编时，对新来编辑部的工作人员老提起当年自己在校对上的过错和教训，提醒大家要重视校对工作。当然这是后话。

编辑部会不久，我们用餐的文联食堂去武川拉土豆。那时，因为饥荒各单位都自己抓生活，要编辑部出两名劳力，领导上派了贾漫和我去。车到后山拉土豆村子天已黑了，搞后勤的人说先吃点东西饱饱肚子，不然没力气干活，就煮了一大锅土豆。我和贾漫放开肚子吃了个饱，到土豆地里黑灯瞎火地扛麻袋装车，撑得都弯不下腰来。

后山深秋的夜晚，冷得已经上冻了。回来时，我们两人坐在车后装土豆的麻袋上，不一会儿，寒风吹得我簌簌发抖，觉得身上的毛衣薄如纸片，冻得饧不住。我因初上后山，走时只多穿了件毛衣。幸亏贾漫带着大衣，从身上脱下来两人伙盖上。但因为都是大个子，一件大衣拉来扯去盖不严实，最后，只好钻到盖土豆的大苫布下面，并排躺下，将脑袋露在外面，身上再伙盖上大衣，才感受到有点暖意。

"这下好了！"我和贾漫头挨头躺在土豆上说："得亏有你这件大衣，要不我可冻灰了！"

"我看你这个南蛮子还挺能吃苦嘛！"他说。

"苦我倒不怕。"我说："怕的是跟当面一套背后一套的人打交道。不过我们编辑部的人都挺好。这次我捅了娄子，弄得编辑部很被动，老敖没说过一句重话。但我心里很难过，感到对不起大家。你在会上的发言，我口服心服。我这次犯错误，就错在思想上过于大意，觉得自己认识几个字，校对便不在话下了。其实，认识字不等于就会校对。老舍先生文章我从头到尾至少看了四、五遍，就是发现不了问题，瞪着眼睛让错别字从鼻子下面一个个溜过去了。这回我才体会到，校对不是阅读。校对有校对的要求。今后我要好好学习。"

"事情已经过去了，就当是缴一点学费，不要太在意了！"贾漫宽慰我说。停了一会，他望着夜空，像是对天上寒星又像是在对我说似的：

"现在是和平建设时期，面对面跟敌人斗争不会很多，主要是来自我们内部的矛盾，有正确的，也有不很正确甚至是不正确的，要经得起自己人的种种误解甚至委屈，这才是最难的。今后你我都要加强这方面的修养。'亦余心之所善兮，虽九死其犹未悔。''伏清白以死直兮，固前圣之所厚！'"

我往贾漫身边靠了靠，激动地说："贾漫，今后你就多帮助我吧！"

这一夜，我们两人就这样头挨头并排躺在凉津津的土豆上，望着塞外夜空上寒星如沸，一路畅谈文学，谈各自经历，谈人生和友情。卡车迎着呼呼寒风，盘旋在夜色沉沉的大青山崇山峻岭上，也不知是因为钻在苫布下面挡风御寒，还是由于这坦诚相见的畅谈转移了注意力，我再也不觉得冷。当车过蜈蚆坝，从大青山上下来时，远远瞭见夜色中灯火万家的呼市，我突然憬悟到：只要有朋友在身边，再艰苦的环境也成了美丽的好地方！

从此，在我心目中，就把贾漫当成一位善解人意的可信赖的兄长，遇到什么难事，总想先听听他的意见；心有郁闷，爱向他倾诉排解；他和李东芬结婚不久在文化大院的简陋新居，成了我除编辑部和内大温小钰处外最常去的地方。

不久，文艺界贯彻"文艺八条"，让文艺从过去为政治服务狭隘的理解中解放出来。贾漫和我像当时大多数文艺工作者一样感到鼓舞，感受到一点春天的气息。就在这股思潮影响下，他出版了诗集《春风出塞》，我开始了小说创作，很快出现创作上一个小小的井喷。可惜好景不长，为配合"阶级斗争天天讲"，文艺界首当其冲被两个"批示"钦定为"裴多菲俱乐部"，一批硕果累累的作家艺术家被打翻在地，就连我这个区区小人物也未能幸免，小说被打成"中间人物论"，正在北京由全总话剧团上演的话剧《大兴安岭人》，也被煞有介事地描绘成是影射我被冤假错案的父亲而停演，我成了"反革命修正主义文艺路线的黑苗子"。在这黑云压顶的日子里，贾漫和我同学诗人王磊，没有嫌弃落难中的朋友，悄悄告诉温小钰要设法传话给正在农村参加"四清"的我，语重心长地叮嘱我，"千万千万要严格要求自己，好好参加运动，好好改造！"给予了我难忘的关爱和温暖。

当然,贾漫不仅对我,对编辑部其他同事也是如此。给我印象最深的,是他对刚参加工作时结识的朋友李冶,尽管五七年被错划,却始终不忘旧日友情,一直保持联系,且多有诗词互相唱和赠答。平时在与我交谈中,对其才华和人品,每每赞不绝口。在那个政治统帅一切的时代氛围里,父子因此划清界限,夫妻因此离异的事,时有耳闻,屡见不鲜。比照贾漫,更使我觉得他真诚待人、不为雷电风雨左右的玻璃人生的难能可贵!

20世纪80年代我调离内蒙古回浙江工作后,贾漫一直与我保持着联系,常有书诗相赠。他在2002年1月7日信中写道,"回首往事,我们之间数十年,几乎没有不愉快的回忆,都是愉快的,充满幽默笑声的,充满肝胆相照的,充满开心玩笑的,充满无伤无损的,充满自鸣得意的。想起我一去内大,小钰向屋里正在苦思冥想的人说声'二爷来了!'写作再忙,也得出来迎接。这真是多少蓬莱旧事,空回首,烟霭纷纷。念多情,但有当时皓月,向人依旧。"

2010年,我因女儿患病穷愁潦倒,身陷困境,与许多亲友都断绝了音讯。但远在塞外的贾漫夫妇耳闻后,随即来信关切地询问,"我们多方打听并通过某某了解泉泉情况,都不清楚。我又不敢直接问你。如你有情绪写信,请告知一二是盼。"并附《感遇赠汪浙成》五言律诗一首："难拥长春树，青青友谊存，风吹无尽叶，日映有情心。荏苒同成绿，飘摇共作庆，太空知别苦，万古静无痕。"无限的牵挂，深情的思念，从字里行间无声地满溢出来。

记得贾漫第一个女儿贾谊出生时，他和我同去医院接东芬母女回家。当时囿于条件，虽是隆冬时节，交通工具却只有我的一辆破自行车。第一次做妈妈的东芬在产房先把自己从头到脚武装好，然后贾漫扶着她坐到自行车后座上，我则抱着刚出生的满脸皱皱巴巴的贾谊跟在车后。刚出医院大门，襁褓散了，却忘了带带子。我连忙从自己脖颈上扯下新买的羊毛围巾，让贾漫帮着扎住，遮盖好孩子头脸，防止在路上冻着。就这样，第一次当爸爸的贾漫推着破自行车，我抱着贾谊跟在车后，两人高高兴兴地把东芬母女接回到文化大院家属宿舍。东芬一进门便笑着告诉她老妈妈：

"医院的人都把贾漫和浙成当成弟兄俩了，个子都长这么大，哥俩感情又这么深，说这家老太太真有福气！"

可如今，贾漫走了，我再也见不到这位共事20多年情同手足的兄长了，再也听不到他感情激越抑扬顿挫朗诵《离骚》的声音，再也感受不到他钻在苦布下头挨头对我畅谈人生和文学的情景，再也看不到他那诗人的逸兴遄飞的音容笑貌，再也听不到那梦魇般年月里他不顾政治高压传送给我的殷殷叮嘱，再也感受不到他不以荣辱取友，真诚待人的人格魅力！

但是我不相信，这是我们最后的一次。总有一天，贾漫，我的兄长，我要去追寻你，我们会在天堂再聚首，重相逢！

2012年9月7日贾漫病逝五七写于西子湖畔

（载《草原》文学月刊2012年11月号）

# 夜宿牧民诗人布和巴雅尔家

　　布和巴雅尔是内蒙古自治区"文化革命"前涌现出来的一位富有创作潜力的牧民诗人。他在一首歌颂牧民打井劳动的诗中，说太阳都落山回家歇息了，但我们社员仍奋战在井底挥汗如雨，在"文革"中遭受到严酷的批判和斗争。批判者说他这是恶毒攻击伟大领袖。毛主席明明是我们各族人民心中永远不落的红太阳，怎么会下山歇息？真是用心险恶，罪该万死！参与批斗的人在会上将一只30多斤重的铁炉子，用铁丝拴住挂在他脖颈上，斗完后还将他抬上骒马（不备鞍子的马），拉着一个挨一个蒙古包地游斗过去，并且在他家的蒙古包顶插上一面巨大的黑旗。

　　布和巴雅尔一气之下，发誓从此再不拿笔写诗了。

　　邓小平复出提出"整顿"以来，批判"文化工作危险论"，重新组织创作队伍，繁荣社会主义文艺。新组建不久的自治区文化局遵照上级指示精神，开始贯彻落实，在全区范围内去一个个发现寻找那些在运动中风流云散的作者，决定借纪念《在延安文艺座谈会上的讲话》发表30周年，在呼和浩特举办"文革"以来全区首次文艺创作学习班。我和贾漫（自治区文联当时因被砸烂尚未复建，大家在等待分配，有些人员因需要临时抽调在文化局文艺处帮助工作）受文艺处领导朝革处长派遣，到乌珠穆沁草原采访知青撰写报告文学，顺便还肩负着一项任务，为这即将举办的首次创作学习班遴选学员。

布和巴雅尔家在西乌珠穆沁旗新宝力格大队，蒙古包坐落在一条弯弯曲曲的小河弯旁。我们到时已是黄昏，暮色苍茫的草原上，吃饱草的牛群陆陆续续地牧归回来。正在畜圈里忙碌的布和巴雅尔妻子其木格，看到一头小牛犊朝鼓胀着乳房的母牛跑去要抢着吃奶，忙一把拉回来拴在柳芭墙的木桩上。我这才知道，原来我们人喝的牛奶，是从牛犊嘴里截留下来的。

正当陪同我们的西乌旗知青办副主任哈斯乌拉，（作家，后任内蒙古文联专职副主任），在向我们介绍人牛争奶的事时，布和巴雅尔家两条硕壮的牧羊犬，气势汹汹地狂吠着冲上前来，被女主人一声断喝，立马缩进脑袋退了回去。

其木格穿件蓝色蒙古袍，细而长的眼睛，迷得毛茸茸的，和眉梢一起向额际飞峙着，显得很有精神。哈斯和布和巴雅尔都是西乌旗的作者，彼此相熟，与迎上前来的女主人其木格用蒙语相互问候。两条狗一看是熟人临门，立刻改变态度，对我们大摇其尾巴。变脸之快，让人想起"文革"中的某些风派嘴脸。

布和巴雅尔家的棚圈四周，木桩上都挂着一件铁器：有破脸盆，旧炉箅，锈三角铁，破烟筒等等，用来吓唬狼在夜里来偷袭羊圈。他正蹲在自家羊圈外地上宰羊。他先用刀在羊脖颈下方割一小口，将沾染鲜血的屠刀锋刃朝外地咬在嘴里，然后用一条腿压着羊身，把血淋淋的右手从刀口伸进去在羊肚子里掏来摸去。看着他这副样子，我实在很难把他和诗人的身份联系在一起。

哈斯乌拉告诉我们，布和巴雅尔这是用手在掏羊的心脏，想要摸到靠羊脊背的中心大动脉，然后用指头将它钩断，彻底了结羊的生命。

我这回算是真正见识了绵羊性格的温顺。它在屠刀下几乎毫不挣扎，更谈不上有什么反抗，一动不动地躺在草地上任人宰割，只有那两只瞪得大大的泪汪汪的眼睛里，流露出在忍受难以想象的极度的痛苦。

哈斯乌拉大概见我想开口说什么，忙朝我眨巴眨巴眼睛。

"汪老师，我们牧区的蒙古人认为，"他凑近我们小声地解释："让羊临死时望着蓝天，灵魂便能直接飞升天堂。这时忌讳说任何对羊惋惜的话，否则，羊就亡魂不散了。布和，是呀不是？"

布和巴雅尔嘴里咬着屠刀说不了话，蹲在地上重重地点了点头。

我很感激哈斯，差点犯了禁忌，坏了主人家的一片好心。

这时羊完全死了，大概灵魂已经飞升天堂，布和巴雅尔开始动手剥皮，四脚朝天地开膛剖肚，掏出下水。那屠宰技术的娴熟利落，就如同一位高级技师在拆卸一部摆弄了一辈子的机器。

"嗨，布和，快请两位老师进包坐呀！"女主人其木格拎着一桶水过来拾掇下水，对丈夫说："你快放下，这些都交给我了，快陪两位老师进包吧！"

到底是牧民宰羊技术高超，自始至终不用一滴水，就把羊肉拾掇得干干净净，放在刚剥出来的羊皮上，然后把手在自己蒙古袍上擦抹了一下，就从地上站起来和我们热情握手，对哈斯乌拉说："哈斯，你是这里的熟人，快领两位老师进包里喝茶！"

"人家现在当官了，你还哈斯哈斯的，该叫哈主任才对！"其木格半正经半开玩笑地说。

布和巴雅尔个子不高，身材瘦削，黝黑的脸上，一双忧郁的眼睛打量起人来时流露着怜悯的神情。由于长年累月骑马，双腿粗短而微微向里弯曲。不过因为绸腰带扎得靠腰下方，使他上身仍显得魁梧，别有一种豪迈的气势。

"啊呀，怕不合适吧？"布和巴雅尔脸上故意做出为难的表情。"叫人家职务,多少让人觉着自己也和人家一样在单位里做事似的。咱们生来是社会最底层的牧民。先前小时跟哈斯一起玩时是牧民,如今哈斯当主任了还是牧民,明天他升旗长书记了,咱仍当咱的牧民。还是不改了吧,显着咱们仍是朋友。蒙古人最看重的不就是朋友吗?哈斯你说呢?"

在一片哄笑声中,主人将我们让进门,蒙古包里已摆上矮桌,桌上放着一盘待客的油炸果子和一碗炒米。中央地上的"朱哈"(新式炉子)炉火正旺,上面坐着钢精茶壶,空气里飘散着一阵阵诱人的奶茶香味。

我们按照蒙古民族的礼节互相问候过后,便坐在"锡尔得"(经过加工在上面衲出云纹状花样的毡巴)上。贾漫被安排在西北角上挂着毛主席像下面最尊贵的位置,我和哈斯乌拉分列两侧。坐定后,哈斯用蒙语问布和巴雅尔,队里的会计张成福考上大学走了,牧民们有什么反映?

正忙着给我们倒奶茶的布和巴雅尔笑着说:"嗬,你消息倒是很灵通!"

"小张是我们旗里的知青标兵,能不关心吗?!"

张成福事迹我们在旗里听哈斯乌拉介绍过,他是新宝力格大队会计。按当时规定,大队会计每月补助工25个。可他每月参加劳动都在10天以上,月月超过。在账目上,他做到月结月算,按月公布,每月初每个牧民按规定预支的应支部分的

70%现金，他亲自送到各家蒙古包，同时将每家所得所欠部分都交代得一清二楚，还为牧民合理安排生活当参谋，使全大队牧户的借款数额逐年减少。牧民乌日图家生活安排缺少计划。一家三口人，他、老婆和一个16岁的孩子，喝酒，抽烟，吃零食，各支各的花，年年都要欠大队的钱。在小张帮助下，做到合理安排，每年非但不再借款，还能逐年偿还一部分，现在只剩三百元了。牧民贺希格图孩子得了急病去医院，小张在路上遇到他，知道后给了贺希格图30元。这次小张考上北师大数学系，贺希格图要把这钱还给小张，还了三回都没还成，张成福坚决不要。这次为了庆贺他考上大学，牧民们一致决定要欢宴小张，大队还要派人送他到北京。张成福推辞了几回都不行，只好半夜三更偷偷地离开新宝力格。大家知道后都哭了，布和巴雅尔也哭了。小张到北京后特地给他来信表示，放寒假过年还要回大队来接受贫苦牧民的再教育。

"看来，这个典型我们树立得还是正确的！"哈斯乌拉高兴地说。

布和巴雅尔喟然长叹一声。

"唉，可现在我们牧民里，"他说："有的人恨北京知青，说是他们挖内人党搞逼供信逼死了人。但我不恨。我忘不了小张。要是没有他，今天我真不敢说还能不能这样面对面跟你们说话。"

原来布和巴雅尔那时被当作"内人党"挨斗时，三天三夜的车轮战不让他睡觉，要他交代所谓的反党叛国罪行。到了第三天晚上，他被折磨得站在那里摇来晃去，迷迷糊糊，说话颠三倒四。有人不耐烦提来一桶凉水，说是让他清醒清醒，说着提起桶来站到凳子上，就要从头顶浇下来再让他站到门外冰天雪地冻着去。正在这时，张成福大喝一声，一把夺过水桶，对那些人大叫了一声："你们还讲不讲政策了？"说着举起水桶，把一桶水哗哗哗地浇在自己头上。批斗会一下子乱了套，大家七手八脚上去拉正在朝门外走的张成福。就这样，把斗争会给搅了。

布和巴雅尔说："我不恨知青。为什么要恨这些外来的学生娃娃？你们替他们想想，他们离开自己父母，告别从小熟悉的大城市，来这里战天斗地，容易吗？他们响应上级挖"内人党"的号召，不了解情况，受蒙蔽，被人操纵利用了……"

布和巴雅尔说得激动起来，伸手到头上像揭盖子似的，一下一下地掀着帽子，仿佛担心有什么东西会从头上浇下来似的。

"我同意你对知青的看法。"哈斯乌拉喝了口奶茶，抓起一把炒米泡在自己的奶茶碗里，然后摸了把嘴又继续说："要是你对文艺创作也像对知青这样就好了。这次两位老师从呼市专程来看望你，希望你能去呼市参加创作学习班。请假问题用不着你去向场部说，等内蒙古有关文件通知到了，我会去给你请好假的。"

我连忙接着哈斯的话说："是呀是呀，去年我们领导带我来西乌调查摸底，就想过来看你来着。后来临时有个紧急会议不得不回去没来成。这次领导上特别关照要我们来看看你。蒙文作者在运动中受到的冲击格外厉害，眼下重新组织创作队伍上问题更多，人才缺乏。问问你有什么困难？经济上的问题，包括来回差旅费、住宿吃饭和误工补贴等等，均由我们会议上负担，希望你能把家里生活安排一下上呼市参加学习班——"

"啊呀，你们可不能叫他去了！"正在忙着做晚饭的其木格突然打断我的话，惊恐万状地大声叫起来。

大家吃了一惊，忙回过头去。只见其木格的两只衣袖高高撸起，脸色涨红地端着一大锅切开的羊肉从外面进来，将锅坐在"朱哈"上炖着。然后回过身来对大家说：

"上回斗他差点被整死，是我把他背回家来的，至今脊梁骨上仍有三节腰椎，怎么也直不了。"其木格讲起这事，情绪至今仍很激动。那两只在水里浸泡过久而有点微微发红的手，也不由自主地簌簌抖起来。"那次斗回来他在家里躺了整整三个月动弹不了，家里家外啥活就是我一个人干。有一回倒场搬家，我装车没经验，一下子被车辕压在地下，疼得一动都动不了，好不容易才从车辕下一点点挪出来。布和他看着我当时痛苦的样子，流下泪来，对我说：为了这个家，他今后不再拿笔写诗了……"

谈话一下子陷入僵局。蒙古包里静静的，只听见羊肉在锅里沸腾的声音。举目四顾，"哈那"墙上琳琅满目地挂满了各种物件，有毛主席像，年历，塑料油卡，搪瓷漏斗和茶缸。"乌尼"杆之间拉扯着绳子，上面搭着洗脸毛巾，头巾，切肉的蒙古刀，蒙马靴和衣服，毡房里显得拥挤而杂乱。但这就是布和巴雅尔为之放弃写作的家呀！

我忽然想起上个月在乌兰察布盟应堂子公社财神梁大队拜访一位作者的情景。我们在他家里做思想动员工作，只要一提到创作学习班，他就恐惧得如同听到瘟疫，在炕上显得忸怩不安，不停地眨巴眼睛示意我们不要作声，一边紧张地转过头去朝里间张望。原来因为写作，他在运动中被打成县里的"三家村黑店"，老婆因此受株连跟着他一起下放到了公社，不许他再搞写作。然而他对文学创作却痴心不改，每天晚上等老婆睡觉躺下，就着油灯做贼一样地偷偷摸摸写点东西。可第二天他下地劳动去时，老婆便将他头夜写好的稿子翻找出来，不由分说地往炕洞里一塞，付之一炬。后来，他想了个办法，把写好的稿子藏到房梁上去，以为这下万无一失了。谁知过年扫除刷家，秘密被老婆发现了。两人大吵了一架，老婆气得跟他正式提出离婚，使这位作者至今还陷在要小说创作还是要这个家的尴尬选择中！

静默了一会，哈斯乌拉开腔试图打破这尴尬的局面。

"照我说，那是运动中的事，"他对布和巴雅尔说："群众发动起来了，难免的。如今这些都已过去，再也不会有了——"

"不对吧！"正端起奶茶要喝的布和巴雅尔，放下茶碗，一脸严肃地打断了自己朋友的话："你这个当官的怎么也忘了，最高指示不是已经指示了，以后每过七、八年，还要搞一次文化大革命！"

眼看谈话又要出现顶牛，贾漫伸出手来挡在这两个朋友中间，仿佛企图截断他们之间的交锋。

"啊嘿嗨，布和老弟，听我老哥说句话，要不要得？"贾漫摇头晃脑地说，企图用轻松的口吻来冲淡一点严肃的气氛。

"请贾老师随便说吧！"布和巴雅尔真诚地邀请。

"要说受冲击的问题嘛，"贾漫想了一会，慢悠悠地说："是不是得这么看，你我都受到过冲击，这么大运动，比咱们水平高的多少领导都受到冲击，有的比你我都厉害得多，但不曾倒下，如今又重新站起来在抓工作。他们说，嘿，亲娘老子打自个孩子，还有打错的时候呢！"

"就怕咱们把人家当娘，人家压根就没把布和巴雅尔当孩子！"其木格愤愤不平地说。

蒙古包上的"陶那"（天窗）黑下来，漏下星光数点。女主人点亮了挂在"陶那"上的马灯，昏黄色的灯光仿佛黄色的浓雾从包顶上洒落下来。小小的蒙古包里霎时间便有了一种温馨的气息。

其木格揭开锅盖看了看煮着的羊肉，说手扒肉已经可以吃了，再煮下去怕变老就咬不动了，大家先喝上点酒，边吃边聊。

正当我们拾掇好桌子盘腿坐下来，夜的草原上忽然从远处传来一阵急速的马蹄声，接着是此起彼伏的狗的狂吠，最后听到包门外"腾"的一声，像是什么重物突然坠落在地，包门随即应声开了。一个身材魁伟的牧民弯腰进来。

"啊哈，来得早不如来得巧！"声音里带着很重的喉音。

"你这小子鼻子真长，就候着我们手扒肉端上桌来？！"布和巴雅尔笑着说。

"不是我鼻子长，是其木格妹妹煮的手扒肉香。我十里路外都闻到了……"

"草原上的人，就数玛尼扎布这张嘴巧了，"其木格开心地哈哈笑着，露出洁白的牙齿，转身从橱柜里拿出只酒盅和一双筷子放在桌上。"快坐下来一块吃吧！"

玛尼扎布显然与布和巴雅尔一家很熟，也不推让，盘腿在桌边坐下，顺手拿起放在桌上装酒的行军壶，给贾漫和我面前的酒盅——满上，然后端起酒盅态度庄重地说：

"先敬内蒙古来的两位老师一杯！"说着一仰脖率先将杯中的酒一口闷了。

玛尼扎布从前是草原上出名的骑手，后来被自治区马术队选中，成为马球运动员。在一次比赛中，不慎从马背上摔下来得了脑震荡，退役回到草原。现在只能干点零活儿。他老婆包放一群羊，住在远处的蒙古包里，还没有搬来新宝力格。

大概是酒精的作用，不一会儿，他和布和巴雅尔之间突然爆发了一场剧烈的争论，你一言，我一语，话赶话，声音越来越高，双方脸红筋胀，从坐着的地上情绪激动地单腿跪了起来，语速极快，彼此用蒙语剧烈地思想交锋起来。

贾漫和我一句也听不懂。等争论告一段落，哈斯用汉语向我们翻译介绍说，他们争论的中心是国营牧场如何扭亏为盈，增加牧民的收入。玛尼扎布认为主要得发展牧业生产，牧区劳力缺少，要靠机械化。布和巴雅尔则认为，关键在领导要改正作风，走群众路线。

"哈斯说得不准确！"布和巴雅尔用半生不熟的汉语急煞白扯地喊起来，一边还连连摆手："哈斯不准确，他翻译得不行！"

"对对对，还拉了一条，"哈斯笑着补充说："还要坚持以牧为主的方针，搞多种经营，对不对？"

"对！还有呢……"

哈斯摊开双手，表示自己无能为力了。

"我可记不全了，记不全了！"哈斯哈哈笑着。"这样吧，布和，你自己用汉语，慢慢地向两位老师说说。"

诗人两只眼睛在灯光下一闪一闪，亮晶晶的发着光。他双手捂脸，思考了一会，抬起头来富有表情地描述说：

"你们没看见，我们场部里坐着那么多吃闲饭的干部。他们啥也不干，还要好吃好喝，对发展牧业生产出过什么好主意没有？也许有过，但我记性不好说不上来。就说那个从部队犯错误下来的大干部。每回来咱们分场，就知道检查库房，问皮子的价钱。听了后还拿脚踢踢那些一个月不到就宰杀的羔皮说，这么些破皮子，还要这么多钱！"

蒙古包里哄的一声，爆发出一阵笑声。玛尼扎布开怀大笑倒在毡巴上。

"布和，你们场部领导每回做报告，都说你们是国家主人！"玛尼扎布笑过一阵后说："为什么国家主人都只是在嘴头上说说干部有问题，为什么不起来跟他们干呢？难道你们的嘴巴都被牛粪塞住了吗？"

"国家主人，那只是在报纸上写文章时使用的一个概念而已。"布和巴雅尔单腿跪在"锡尔得"上，醉意迷蒙的双眼在昏黄的马灯光下一闪一闪地亮着。"多少人都在说人民群众是真正英雄。可英雄算什么，屁也不顶。你看国家领导人和国家领导人会谈，双方都说两国人民怎么怎么友好。可是友好的人民之间彼此既没争吵又没红过脸，忽然兵刃相见打枪开炮互相残杀起来，能说是人民自己的意愿吗？再比方说，我们老百姓，对你这个干部不感兴趣，有意见。我们能使用主人的权力，把你这个干部揪下来吗？……"

"我说布和，你快算了吧！"其木格一本正经地提醒自己丈夫："你指挥指挥中国字，还险些把自己命给送了，如今倒还想去指挥中国人了？"

布和巴雅尔眼睛里的光倏然熄灭了，神情颓然地坐回到原处。

"唉，算了算了！"他摆摆手说。"这不是咱们这些丑牛粪能解决的问题。你们没见咱们场里那个大干部训起人来，总爱说没你这块丑牛粪，照样做得奶豆腐！"

那天晚上，我们在布和巴雅尔家里喝酒喝到很晚，很是尽兴。然而话题却再也回不到文学上来了。第二天回呼和浩特路上，我和贾漫都有点情绪低落，心里沉甸甸的，觉得自己没完成好领导交给的任务。

没料到，创作学习班开幕那天，我在民族饭店会场上意外地遇到了布和巴雅尔。热烈地握过手后问他怎么又来参加学习班了？诗人指指站在身旁的哈斯乌拉，憨厚地笑起来：

"还不是他做的工作！"

（载《草原》文学月刊2015年第5期）

# 那达慕：草原的盛会

## 彩色的河流滚动在草原上

夏天是草原的黄金季节。

崭新的212北京吉普，穿过险峻的蜈蚣坝，翻越过古时边塞诗人反复吟咏的阴山山脉，在开满鲜花的草原上风驰电掣地狂奔起来。

这天晴空万里，我们陪同革命样板戏《红色娘子军》的音乐主创人员老吴和《人民日报》资深记者老傅，去四子王旗查干敖包参加那达慕大会。那个年头，由于众所周知的原因，地方上领导对下基层来的样板戏演创人员，就如同中央高层领导，诚惶诚恐地做好一切服务，唯恐有所怠慢，把最好的车辆供他们使用，以保证其安全。我就这样沾了北京客人的光，挤进了这辆刚调拨给我们单位的可谓最新款式的国产越野车里。

客人一时显得有些矜持，很少说话，气氛暂时有些沉闷。

静静的车上只有马达在低声均匀地轰响着。新出厂的吉普车跑得十分平稳，车头盖板上突起的三道楞子，看去就像个壮实的小伙子眉头紧皱地在似火的骄阳下，卖劲地奔跑着。

不一会儿，吉普车行进前方飘来一朵雨云。铅灰色云头，宛如乳牛巨大的乳房悬挂下来，低低压在地平线上。云层上端颜色乌黑，望去深不可测，有点恐怖。往下来逐渐变得浅淡，但却剧烈地翻滚着，激荡着，变幻着，往四下里迅速扩展，天空随即也阴沉下来。突然一阵凉风吹进闷热的车内（那时车上不像现在装着空调），紧接着便听到雨点像石子般气势汹汹地打在车棚顶上，发出像是放爆竹一样的噼里啪啦声。再看前方，透过雨水哗哗流淌的车窗玻璃，草原上早已笼罩在一片遮天盖地的密集的雨帘中。

夏天草原的雨就这样没有任何过渡，迅雷不及掩耳地降临了。

然而来也匆匆，去也匆匆。仅仅热闹了一会儿，便偃旗息鼓，雨住天晴了。乌云随风飘去，四周复归寂静，前方又依然艳阳高照。夏日明亮的阳光从云层的缝隙间穿射下来，云脚落在草原上，阴一块，晴一块，仿佛一个漂泊者在不慌不忙地赶路，向着远方天际慢慢地移动过去，越发显得雨后草原的辽阔和深邃。

这次四子王旗查干敖包那达慕大会，是"文革"后期全国人民只有八个样板戏的沉寂岁月里第一次举办，引起中央和邻近省、市有关部门的重视，都派员纷纷前来。只是没想到，从呼和浩特到查干敖包四百余里的车程上，竟经历了七次这样的忽晴忽雨天气，却丝毫没影响人们向往那达慕大会的高涨热情。

草原不通电话，那时更没手机。但那达慕大会的喜讯却像骏马在草原上飞驰着，从这座蒙古包传向另一座蒙古包。

寂静的草原沸腾了。喜讯在牧民心中仿佛燃起把火。他们对那达慕大会已经渴望得太久了。现在，他们要把所有活儿都安排在那达慕前结束掉。正在忙着收获羊毛的社员们，个个都自觉地比太阳起身还早，天蒙蒙亮便像阵旋风似的冲进羊圈，拽过羊的一条后腿拖到圈外草地上摔倒在地，用皮索麻利地把两条前腿和一条后腿捆在一起，然后抄起剪刀顺着剩下的那条后腿上毛茬，咔嚓咔嚓飞快地剪起来，一边往剪刀支点上呸呸地吐着唾沫润滑刀身。不消一袋烟工夫，便剪下一摊完整的羊皮状的羊毛，卷起捆成一扎，剪得又干净又快当。为了不耽误参加那达慕大会，人们干起活来都扑上命了。原本一个月的剪毛任务，不到二十天就大功告成了！

等到出发那天，牧民们对这渴望已久的草原传统盛会真是隆重极了。清早起来，准备赴会的全家人，头等重要的事就是穿戴。每家蒙古包里，男女老少，都在翻箱倒柜，忙着比试衣装，扎腰带，梳头戴头饰，包头巾，乱得家里鸡飞狗跳。

青年小伙因为差不多都是摔跤手，那达慕大会是他们千载难逢的大出风头的日子，穿戴上自然格外费思量。我们所在这家牧民儿子朋斯克，年轻力壮，这两天有些腹泻，老额吉（蒙语，母亲）担心儿子身体，叫他不要参加摔跤了，但他坚持要去，这会儿正忙着在美化自己。

他先从箱子里翻找出一件白色线衣套在身上，然后在外面穿了件浅蓝色新府绸衬衫，然后又套了件新的白衬衫，最后才在外面穿戴上新的宝蓝色蒙古袍，恨不得将所有新衣服都穿在身上。不分内衣外衣，也不管彼此色彩上是否相配，凡是自己相中的都往身上套。等一切穿戴上身，才在蒙古袍外系上一条浅绿色的腰带。

腰带是蒙古男人重要的佩饰，一般都是长约3至5米的整幅绸缎或棉布，在腰间紧紧地围成一圈，既可巧妙地箍住宽大的蒙古袍，又能安全地护住胸腹，保护骑手在马上颠簸而不使内脏受到损伤。腰带的系法很有讲究，先从中间由前向后左右同时缠绕，系时要先将蒙古袍往上提一截，留出空间，显得前胸宽阔，不仅骑马方便，还别有一种蒙古男人的英俊和豪迈。

腰带还是蒙古男人尊严的象征，睡前要先将腰带解下来叠好放在枕头低下或头的上方，禁忌腰带打死结。据《蒙古秘史》记载，成吉思汗年轻时有一次差点被蔑儿乞人抓去，认为是不儿罕山救了他的性命，于是面向太阳，把自己腰带像念佛珠似的挂在脖颈上，给不儿罕山行九叩礼，表达感恩之情，并叮嘱说："我的子子孙孙，切切记牢！"男人系腰带不能有丝毫马虎，不管多忙也要把腰带扎好。拖着腰带走路被看成是无能的表现，腰带系不整齐或者拖着腰带头，也要被众人笑话。小小一条腰带，在蒙古人心目中却有着沉甸甸的分量！

女人们的穿戴自然更为繁琐复杂了。他们个个衣着鲜艳，穿红着绿，做工讲究，尤其是蒙古袍的领部，据说过去都绣有极其精细繁复的花样，现在大都用织锦缎代替了，但袍子周边的镶边和纽扣却依旧是传统的花样，腰上扎着金光闪闪的腰带。有的还头上戴着漂亮的头饰，那是用镶银的红珊瑚做成的圆形练子，坠在辫梢上。大多数妇女则都扎着花头巾。她们扎头巾时那飞舞的手指真是灵巧极了，能摆弄出无数的扎法和花样，让人眼花缭乱。在这上头，恐怕连心灵手巧的江南女子也要在草原民族女人面前略逊一筹。她们称得上是艺术家，可以根据自己年龄、脸型、肤色、兴趣、爱好、场合需要和季节变换，摆弄出最出跳的扎法来。即便是在冬天，为了抵御塞外严寒将大头巾层层围起来只露出两只眼睛，在缠绕上也都有章法，要注意留下层次，留出妩媚和美，决不能像女护士包扎伤病员似的，看起来给人一种恐怖感。

等到全家男女老少穿戴整齐，男主人牵来马笼头上装着彩饰的骏马，套上大车，赶着带毡蓬的勒勒车，带着全家老少出发了。财大气粗经济条件较好的生产队社员，则坐在全身大红的东方红拖拉机上，带着优越感飞也似的越过各种古老的车辆朝前驶去。大家把所有交通运输工具都动员出来了。参加那达慕大会的队伍，望去像一条条彩色河流在草原上滚动，从四面八方汇入查干敖包。

查干敖包坐落在四子王旗和达茂联合旗交界处，是一个毗邻蒙古人民共和国的边境公社。这天全体男女老少，人人脸上喜气洋洋，穿着平时舍不得穿的各种颜色鲜艳的缎子面蒙古袍，人人怀里揣着刚刚分得的当年分红，准备去那达慕大会物资交流会上奢侈一把，买回一批平时买不到的称心如意的生产和生活必需品。让我们感受到，即便在物资匮乏的年月，中国各民族广大消费者，照样充满强烈的消费激情和欲望！

热恋中的小伙子，要为自己即将到来的婚礼去那达慕大会置办礼物。在当时农区，小伙子想要结婚，必须得准备下"三大件"：手表、自行车、缝纫机。条件高一点的，还要有收音机，合称"三转一响"，而且指名手表要上海牌的，自行车要飞鸽牌或者永久牌的，缝纫机则要蜜蜂或者飞人牌的，用今天的话说才上档次。拥有手表的人，喜欢卷起左边衣袖，看时间时故意在众人面前将手腕抬得高高的。新买的自行车，比今天装饰汽车还要仔细讲究，车座上佩饰着带红穗的华丽座套，车梁用彩色塑料带一层层缠绕起来，带着新媳妇回村时，故意到人多的地方去绕上一圈，惹得那些孩子们跟在车后稀里哗啦的高声叫嚷：

"稀奇稀奇真稀奇，快看公鸡带母鸡！"

是否拥有三大件，不但成为衡量这个家庭经济实力的重要标尺，还折射出它令人钦羡的社会地位和人脉关系。倘若没有准备下三大件，姑娘是决不肯过门来的。

牧区的情况和农村基本相同。说"基本上"是因为牧区"三大件"没有一个公认的版本。除了手表缝纫机，由于地广人稀，自行车大多改成了摩托车。我们在的这家牧民儿子朋斯克，就很想拥有一辆。他还想为自己心爱姑娘，挑选一块19钻的上海牌全钢手表，作为定情信物送给她。但这些东西当时均需凭票卷购买，一般人平时是买不到的，但那达慕大会上却适当放开，这就极大地刺激起广大牧民的购买欲。

至于女人们的打算就五花八门了。有的女孩子计划为自己买两件颜色鲜艳的漂亮毛衣（那时还没有羊绒衫）和花头巾，有的想悄悄为自己心上人买双上等香牛皮靴。喜欢听蒙古族说书艺人毛一罕《三国演义》的老阿爸，嫌家里那只红灯牌收音机携带不便，想去物资交流会上新换一只日本佳能半导体；

年轻的额吉则盘算着选购一台蝴蝶牌缝纫机，再扯上点灯芯绒布，为丈夫和上学的儿子踩上两套又好看又结实耐穿的灯芯绒服装；当然，不能错过内蒙古歌舞团的精彩演出，这可是个千载难逢的机会，听说斯琴塔日哈（内蒙古著名舞蹈家）的《盅碗舞》现在能顶到五个碗了。哈扎布（内蒙古著名歌唱家）唱的《莜面窝窝羊肉汤》，听着听着就满嘴口水了；当然还要去呼和浩特下乡来的国营食堂里，痛痛快快喝上两箱昭君啤酒，来它个一醉方休；还要会会平时难得见面的亲朋好友，观赏心爱的摔跤、赛马、射箭等等比赛。总之，草原上的人们天寒地冻、风餐露宿地辛苦了一年，这回要去那达慕大会上过几天痛快日子啦！

"那达慕"在蒙语中有游戏、娱乐的意思，内容有传统的赛马，摔跤、射箭等丰富多彩的活动。大会期间，蒙汉毕集，观者如云，号为盛举。

蒙古民族历史上，那达慕大会究竟始于何时，至今未有统一的说法。据《蒙古秘史》记载，成吉思汗统一蒙古诸部后，在采取重大行动前或取得战斗胜利后，每每要祭天祭祀敖包。活动结束后，有时部族内部结合军事训练还举行赛马摔跤等等，这大概就是那达慕的最初雏形或者是某些元素。到了清代，才慢慢地形成为一种蒙古民族集体性的娱乐活动，一般均在每年牧业年度结束的夏天，含有庆祝丰收的意思。至于今天内蒙古有些地方在冬天举办冰雪那达慕，那是为了发展旅游吸引游客，可以说是传统意义上的新发展。

举办那达慕除了与生产有关，有的蒙旗遇有活佛坐床，王爷寿辰等重大活动，也都要举行那达慕。至于各项赛事，随着时间推移也逐步规范起来。如漠北的喀尔喀部于1729年会盟，特地制定了一部《赛马条例》，对比赛规则、奖品颁授以及有关注意事项都作了详尽规定，充分说明蒙古族上层对该项盛大活动的重视。

新中国成立后，传统的那达慕大会又增添了不少新内容，如召开大会总结当地工作，表彰奖励先进，开展物资交流，文艺演出，体育表演，放映电影，图片展览和交流生产经验等等，有点像汉族正月里的庙会活动，成为蒙古民族人民喜爱的草原上最隆重的节庆盛会。

在这支浩浩荡荡的赶庙会大军里，最数东方红拖拉机神气活现了。

它像头戴红帽子的钢铁骏马，发疯般地在草原上狂奔着。剧烈的颠簸，把坐在车上的青年男女，忽儿抛向空中，忽儿又重重地东倒西歪摔在一起，爆发出一阵阵嗷嗷的惊叫，和嘻嘻哈哈的青春欢笑。

就在这样飞驰的拖拉机上，竟还有个小伙子像杂技演员金鸡独立似的站在车后牵引闸上（车上大概已经没他立足之地了），看着真是有点惊心动魄。可他却若无其事地在呛人的尘土中，一路上与车上的伙伴们纵声谈笑着。

牧民们太酷爱那达慕大会，渴望文化生活了！

就在去查干敖包路上，北京客人向我们透露了毛泽东前不久对《创业》编剧张天民信的著名批示："此片无大错，建议通过发行。不要求全责备。而且罪名有十条之多，太过分了。不利调整党内文艺政策。"

对我们来说，这个消息比牧民听到那达慕大会的喜讯，还要欢欣鼓舞。举国上下，八亿人民，像久旱盼甘霖似的，渴望着调整党的文艺政策！

去那达慕大会路上沿途这片草原，属荒漠草原。从车上望去，远远的一片绿茸茸草色。可近前一看，却植被疏稀。裸露出来的沙砾土上，短而稀疏的牧草，像癞痢头一样这里一撮，那里一片，中间露出一块块丑陋的斑秃。

两位北京客人一路上很少说话，态度严肃。这时《人民日报》资深记者老傅忍不住说了一句意味深长的话：

"不仅是草场，眼下我们国家的形势，又何尝不是这样？！"

老傅身材瘦小文弱，穿件那时最普通不过的蓝布列宁装，看去像个南方人，却不料对这一带历史情况十分熟悉。车从百灵庙旁边山坡上驶过时，她颇有感慨地说：

"这里草场虽不怎样，但却是你们内蒙古历史上值得书写一笔的重要地方。"接着，她侃侃而谈地讲起30多年前，发生在这片草原上一场举国欢腾的对日伪军作战的胜利——百灵庙战役。

老傅说，内蒙古地处北国边疆，战略地位却十分重要，是通往苏、蒙两国的重要国际通道。后来，苏联宣布对日作战，苏、蒙联军兵分四路最后击溃日本关东军，也是借道内蒙古草原得以实现的。

但在当时，1936年日本军国主义占领我国东北后，按照他们制定的侵略计划，夺取内蒙古，进兵新疆，再在南进过程中封锁东南沿海，切断我国周边所有的国际通道，妄图将我国置于死地。为此，他们积极扶植以德穆楚克栋鲁普（德王）为代表的一小撮蒙古民族败类，在这里的百灵庙成立了"蒙政会"，通电全国，要求所谓"高度自治"。不久，又策划拼凑伪蒙古军总司令部，德王以成吉思汗第三十世孙自居任总司令，打出蓝底三色蒙古旗，改用成吉思汗年号，公然改元易帜，企图将内蒙古从祖国版图上分裂出去。此外他们还在这里附近修建了机场，建造营房，架设电台，驻有日本特务机关和军事顾问团，还囤积了枪械、弹药和汽油等大批军用物资，将百灵庙经营成为日伪在内蒙古的军事重要基地，同时又是他们的政治据点——蒙奸德王傀儡政府的所在地。

就在这年冬天，他们自以为条件成熟，由日本特务机关长田中隆吉指挥日伪军5000余人西进攻打绥远。绥远守军傅作义兼任省主席，不满蒋介石"攘外必先安内"的政策，认识到绥远乃西北门户，决心为国抗战。然而真格要实行起来，却又困难重重！

"这是为什么呢？"我问老傅。

她微微一笑，说当时绥远境内驻军派系林立，关系复杂。除了傅作义的部队，还有蒋介石的中央军，还有傅作义老上级阎锡山的晋军。他们对于抗日态度，却各有盘算。傅作义从抗日大局出发，亲赴洛阳太原两地，向蒋、阎二人反复陈明利害，蒋才算勉强同意，但规定了许多条条框框，指示他只是"有限度的攻势防御战"，对手以伪军为限，区域以绥境为界。阎锡山深知日军若占领绥远，势必危及他山西老巢的势力范围，态度倒比蒋介石积极。

百灵庙战役打响后，由于伪军多系招募土匪和散兵游勇组成，遭到傅作义部队迎头痛击，惨败而归。傅作义决定乘胜追击，捣毁百灵庙这一日伪经营多年的军事政治中心。为了迷惑敌人，他命令部队每天早晨到归绥（即今呼和浩特）以东30余里的白塔一带野外演习，天黑即返。一连数日，给日本特务机关造成只是日常演习并非作战行动的错觉。与此同时，一些担任主攻的部队领导和参谋人员，化妆成商贩潜入百灵庙，对该地地形，敌人工事构筑，兵力配置，和我军的行动路线，集结地点以及攻击位置均作了详细侦察。全体官兵斗志昂扬，士气高涨，冒着零下30度严寒，和草地上没膝深的积雪，各战斗部队均按时到达攻击位置。一声令下，各路人马迅即占领百灵庙周围的各个山头，居高临下，对驻守该庙的日伪军造成合围的攻势。双方激战四小时，敌军在日本特务机关长督战下，依仗工事进行顽强抵抗。这时离天亮只有两小时，倘若不能及时结束战斗，天明后敌人援军赶到，再加上空中飞机助战，形势可能逆转。在这关键时刻，傅作义命令担任主攻的孙兰峰将预备队投入战斗，出动铁甲车队对山上守敌实行摧毁性射击，掩护步兵冲锋。各级指挥员都身先士卒，率队冲锋。有的连队伤亡达三分之二，仍冲锋不止，终于将敌酋击毙。敌人纷纷向庙内败退，我军跟踪冲入。与此同时，我骑兵控制了敌机场，切断了敌人后路。

这一夜，傅作义彻夜未眠，直到第二天早晨8点，担任主攻的孙兰峰传来捷报：毙敌300余名，俘敌400多人，伤敌数百，缴获大量枪支弹药，光复了百灵庙。

胜利的捷报一经传出，一时举国欢腾，国内外祝捷电报和慰问信有如雪片般飞向绥远。中共中央在贺电中称傅作义的这次绥远抗战为"全国抗战之先声"。毛主席在给傅作义亲笔信中，高度赞扬绥远抗战"四万万人闻之，神为之旺，气为之壮，诚实可贺可敬"。

百灵庙战役胜利，打击了日本侵略军的嚣张气焰，震慑了伪军，纷纷反正，投归傅作义部队。致使关东军侵占内蒙古的阴谋受到重大挫折，撤换了日本在内蒙古的特务机关长田中隆吉。

听完老傅的百灵庙战斗故事，我十分惊讶。

"老傅同志，"我说："想不到你对当年这里的战斗情况了解得这么周详，连许多细节都一清二楚。我在内蒙古工作了十多年，也只是知道个大概，有些还与历史事实有出入。"

《红色娘子军》的老吴高声叫起来：

"啊呀，你们大概还不知道，傅冬同志就是我们水利部傅作义部长的女儿，当年北平和平解放的有功之臣。她讲的可都是第一手材料！"

"什么有功之臣？"傅冬也高声叫起来。"你这话就不真实可靠不是第一手材料了！"

若干年后，我从一些有关资料中查阅到，傅冬女士当年确实为北平和平解放作出过特殊贡献。她系傅作义将军长女。抗战期间就读西南联大时，就参加党的外围组织民主青年同盟。毕业后在天津《大公报》工作，在北平地下党组织领导下从事进步思想的宣传。1948年冬，东北全境解放后，中共中央为加速解放战争的胜利进程，针对傅作义有接受和谈可能，加紧其转化工作。11月，中共北平地下党负责人刘仁根据聂荣臻指示，将傅冬调到北平，安排在她父亲身边工作。

傅冬住进国民党华北总部傅作义中南海办公室后，除经常不断地做促使他接受和谈的思想工作外，还将她所能接触的情况，包括她父亲每天情绪变化，每两天向地下党学委会秘书长、分工负责上层统战工作的崔月犁（50年代我在北大学习期间崔任校党委副书记）汇报，再由崔通过地下电台发往前线司令部。有时头天晚上发生的事，第二天一早我方前线最高指挥官便知道了；上午发生的事，下午便知道了。得到了聂荣臻司令员的表扬，说："你们对傅作义的动态了解得真是清楚。在战场上，像这样迅速、准确地了解对方最高指挥官的动态乃至情绪变化，在战争史上是罕见的。它使我军作出准确判断，及时下定决心，进行周全部署，具有重要作用。"

当然这些皆是后话。

## 沸腾的帐篷城

牧业生产由于与农业不同，每年决算分红时间不在年终，而在夏季。那达慕大会因此一般都安排在七、八月间的热天。

举办那达慕大会消息一经传出，家家户户都在盘算着该邀请的亲戚。亲友们相约着从几百里外骑着马，赶着大车勒勒车，浩浩荡荡，仿佛草原大军从四面八方向会场集结。不消两天工夫，"天苍苍，野茫茫，"人迹罕至的边境草原上，聚集起数万像过大年一样穿着一新的牧民，紫黑色脸上洋溢着喜气洋洋的神情。往日阒无人迹的草场，现在像雨后蘑菇一样，遍地是一排排洁白的蒙古包和毡棚，望去宛如一座沸腾的帐篷城。

中央大会广场上，搭建着一座高大的主席台，入口处是高矗巍峨的彩色门楼。会场四周，彩旗飘舞，歌声飞扬，满眼横幅在风中呼啦呼啦地来回舞动着。各单位的队旗，迎风招展，扑啦啦作响。还有来自北京、天津、呼和浩特、太原和保定等城市百货公司搭盖的席棚里，摆放着琳琅满目的商品，有牧民欢迎的各色真丝绸缎，好烟名酒，上等砖茶，百色食品，糖果服装和漂亮的皮靴皮夹克。每座商铺的席棚前，每条蒙古包的胡同里，都人头涌动，摩肩接踵，拥挤着来自四面八方参加那达慕的人们。

会场附近的这片草地，草很高，开满了各种各样鲜花，紫的，白的，黄的，蓝的，红的，可惜我们都叫不上名字来。这些花大多花瓣很小，一丛丛开放着，分散地点缀着一色浓绿的原野，酷似闪烁在夜空的繁星。

草地边缘放牧着成群的马匹，脚上都系着绊子，不时地发出响鼻声。干涸的河滩上停满了来自四面八方的各种各样车辆——大巴车，解放牌卡车，拖拉机，胶皮大车，勒勒车，毛驴车，牛车和二饼子车（那时不像现在，难得见到小车）——和正在咀嚼饲草的犍牛，空气里飘荡着一阵阵牲畜身上散发出来的浓重的汗和尿的气味，俨然是古代出征大军临时驻扎的一座座庄严热闹的营帐。

漠野落日，满天彩霞。我们到达时，已是薄暮时分。只见暮色沉沉的草原上，轰鸣着发电机的声响。一片闪闪烁烁的灯火，明亮璀璨，橙色的光气射向天空，逼退了夜色，将草原渲染成一座天上人间的不夜城！

按照日程安排，第二天那达慕大会正式拉开序幕。召开大会总结当地工作，是解放后那达慕活动新增加的一项重要内容，但牧民们对此似乎并无多大兴趣。他们尽管在会场上席地而坐，但三五成群地凑在一堆互相敬烟说笑，并不去关心旗长在主席台上的报告。许多妇女怀里拥着孩子，干脆就背对主席台坐着。尽管她们身上的服装像花朵一般鲜艳，一团团，一簇簇，围坐在一起，望去宛如一片鲜花盛开在会场上。但她们隆重盛装并非出于对大会的重视，而只是为了彼此欣赏，指指点点地议论着各自服饰的做工和花色，开心地格格笑着。就那么在阳光下你看看我，我瞅瞅你，便感到十分高兴和满足了。

这让我想起牧民们常说的一句话，啥叫"红火"（热闹）？"红火"就是人看人。可不是嘛，在地广人稀草原上，有时汽车跑上半天，看不到一座蒙古包。浩特里的牧民，除了和自家人在一起，一年到头就是和牲畜打交道。现在突然看到这么多来自外面世界的人，有北京的，上海的，内蒙古的，还有盟里旗里的，各行各业，穿着各异，操着不同口音，还带来琳琅满目平时看不到买不到的货物。生活在物资匮乏年月里的草原牧民，光看看这些就喜气洋洋心花怒放了！

其实，在那达慕上，除了看文艺演出，电影说书，购物喝酒美食，更多时候是闲串。我们随便进到一家蒙古包里，刚一坐定，主人就端上一壶热气腾腾的奶茶请我们享用，边喝边添，十分热情好客。据说这是草原民族的传统，凡是来到家里的都被视作客人，即便毫不相识，也照样斟茶敬客。如不这样，会被人认为是不懂礼节，一旦传开去，有损名声，以后各路客人都会绕道而行再不光临。

正当我们在这样喝着茶时，周围蒙古包里的人闻讯后，轮班结队，都兴致勃勃地前来观看，说一声"赛音白奴"（蒙语：你好），友善地冲我们笑笑，便一声不响地在门口席地坐下来，什么话也不说，默默地坐上一会儿就高高兴兴离开了。印象最深是一位老阿爸，据说是放羊能手，和我们问过好后就坐在门口。他不懂汉语，又有点耳背，不管是否听懂我们的话，只要我们之中任何一个人张嘴，他就对着他点头，爽朗地哈哈笑着，一边还把手罩在眉毛上，努力地辨认着说话人的长相，感到很高兴。小伙子们大概精力过剩，没看演出时同样成群结队地在帐篷城里的蒙古包之间闲串，游来逛去，嘻嘻哈哈，想方设法地和姑娘们搭讪。倘若小伙子们在一起，没说上三句话，便拉开架势在空地上摔起跤来。

第一次参加那达慕大会，我们几个人都感到很新鲜，在帐篷城里游来逛去，来到改良牲畜评比的现场。

在牧区，牲畜是金子，是牧民不会说话的朋友。在牧民家作客，通常第一句问过"赛音白奴"（您好）后，接着就要问主人家的"牲畜好吧？"。重视牲畜，开展牲畜评比，提高牲畜质量，也就成了那达慕的一项内容。

四子王旗近年来注重牲畜改良。他们的改良绵羊叫三北羊。每个大队参评的三北羊耳朵上，都有个识别的耳记子，标志出参评大队的名字。

评比现场上临时搭建起一排排羊栏，关着各大队参评的改良羊，在羊栏里昂着头发出高低粗细不同的咩咩叫声，仿佛一群陌生人碰在一起在互相间发出各种各样的询问。

这时，羊栏前走来一群人，迈步的姿态一个个都显着庄重而威严。这是改良畜评比小组的成员在审查检视每只改良羊的质量。先由工作人员从每只参评三北羊的脖子、腹部和臀部三个部位，分别拔下一撮毛来装在标本皿内，请评审大员们鉴定。每检视过一只羊，他们便凑在一起低声发表意见，交换彼此看法。成员中有个穿大红蒙古袍的人，身材胖大魁梧，从身旁走过，仿佛驶过一辆救火消防车。他在这批人中似乎地位也更重要些，每次评审委员们交换意见，都是他最先发表看法，声音洪亮，带着权威的架势。其他委员则都一手拿着小本一手拿笔，低头在本子上记录点什么。

"这只羊绒毛粗细不一，含粗率超过指标。"他指着手中的标本皿侃侃而谈。"绒毛要末都粗，要末就都细。粗细混杂，会影响到纺织品染色的均匀，需要女工用镊子先把粗毛一根根挑出来。绒里含粗率超过规定，说明改良不纯，可能是用杂交公羊和本地母羊交配的结果。大家刚才都已看了，说说嘛！"

大胖子评委用不容置疑的口吻结束发言。然后，其他人跟着也说了些与他大同小异的话，就来到旁边另一个羊栏前鉴定，从羊身上三个不同部位拔下三撮毛来，放入标本皿内递请评委们鉴定。

"这只绒毛比刚才的好些，基本上合格。"又是穿大红蒙古袍评委当仁不让地首先表态。"纺织出来的成品相当于50支纱。改良羊的身个也达到规定要求。"他说着伸手在羊身上摸摸，最后探到羊肚子底下摸了几把："其他部分毛的厚密度尚可，就是肚子底下绒毛密度不够。尽管刚剪过毛不久，但脊背部分的密度与肚皮下面比起来，相差还是很明显的。原因依旧是不够纯。"

接着，专家们来到红格尔大队的改良羊前，大胖子评委弯腰摸摸羊肚子下面的毛，顺手拔下一撮来，捧在手上高高举着，嘴里发出一迭连声啧啧啧的由衷赞叹：

"你们大伙都瞅瞅，这才叫真正的三北羊绒毛！"

这团洁白柔软的羊绒，又细又密，仿佛一团云彩在阳光下闪发着丝丝缕缕的光泽，让人爱不释手，以至所有参加评比代表都忍不住从红格尔那只优秀改良羊身上拔下一撮毛来，疼得秉性温顺的绵羊无法忍受。正当一位评委弯下腰去摸羊肚子时，"呼隆"一声，那羊从关着的圈里纵身蹿出，将正在拔毛的评委撞翻在地，四仰八叉地躺在地上，惹得围观的人们一阵哈哈大笑。

大畜的改良评比场地上又是另一番景象了。

这里人们的注意力不在绒毛的质量，而是改良大畜的个头、体重和出肉量。

种牛西门得尔显得很温驯听话，一动不动地像堵高大结实的墙头，赫然耸立在进门处。四周围观着一堆人。两个工作人员拿着马尺正在量它的身长。

牛身的长度在测量计算上有约定俗成的规定。只见工作人员将马尺一端，固定在西门得尔脖颈上一块打着旋儿的毛圈上，另一人将马尺小心翼翼地向后拉去，一直量到种牛肥硕的臀部。然后抬起头来，亮开不无自豪的洪亮嗓音，向我们宣告：

"西门得尔，身长2米40！"

"哇塞！"

围观的人群不约而同地发出一声惊叹。

种马卡拉巴金俨然像位大牌明星，在配种站工作人员牵引下目空一切地走上场来。

它身高1.76米，高昂着头，那俊美的体形，健硕的胸部和臀部的肌肉，随着自信的步伐，韵律般地颤动起伏着。它毛色纯净，是一种黑色和棕色的完美融合，看去像绸缎般细润光洁。仿佛一个身披华贵斗篷的王子，用睥睨的眼神打量着自己周围。

卡拉巴金实在过于张狂，一点不听调遣，压根不把配种站工作人员放在眼里，时不时地对他们闹点小脾气，岔开四只斗大的蹄子，像四根粗大柱子牢牢地撑在地面上，任你怎么拉拽都不听调遣，气得配种站小伙子下决心要调教调教这位心高气傲的"王子"了。

我们几个人平生从未遇到过这场面，十分好奇，想方设法地挤到围观的人群最里面看热闹。

四周人群围观的空场上，一个人高马大的小伙子紧拽缰绳，与卡拉巴金面对面对峙着。只见他一点点收紧缰绳接近马匹，伸出一只手去慢慢地触摸到马的吻部，然后顺着两眼之间的鼻梁一点点往上摸去，快摸到脑门心时，冷不防地用双手一下揪住卡拉巴金两只耳朵，用力地扭动马头，左一下，右一下地来回晃动。

起先，"王子"压根不吃那一套，还想反抗挣扎。哪知道小伙子青筋饱绽的双手像铁钳一样有力，越钳越紧，不容它再使什么性子。

卡拉巴金的两只耳朵被揪得有点受不了，头也被摇晃得晕晕乎乎。就在这当口，小伙子两只手猛然一锉，将马头一扭，高大的卡拉巴金站立不住，一个趔趄，像堵墙似的倒塌下来瘫在地上。就在这时，斜刺里倏地闪出个人影，飞身压在它身上。说时迟那时快，没等大家反应过来，这个壮实的小伙子手疾眼快，伸手从马的两条后腿中间一把拽过马尾巴，极其娴熟地在卡拉巴金一条后腿上缠绕了两圈。

这一手可谓是撒手锏。

倒在地上的"王子"似乎还不甘心失败，抬起头来不停地踢腾，想挣扎着站起来。无奈后腿被自己尾巴缠绕着，越挣扎得厉害就越疼痛，最后只好垂下自己高傲的头颅，嘴啃地皮地再也不动弹了。它大概意识到自己已无能为力，身上又压着两座山样的大力士，再有能耐，也休想蹬踢逞强了。

我突然有点可怜起卡拉巴金来，走上前去察看。只见它躺在地上喘着粗气，眼睛里流露出讨饶的神情，全然没有了先前的桀骜不驯。

## 惊心动魄的赛马

早晨起来忽然下起了大雨。对干旱草原来说，这是一场难得的好雨，但那达慕大会的各项活动因此中断了一会儿。好在雨势不久就收敛了些，虽依旧淅淅沥沥下着，但心情急切的人们已经不耐烦等在蒙古包里了，纷纷跑了出来，完全不拿这点雨当回事了。孩子们在草地上嬉戏着跑来跑去，妇女们照常摇曳着鲜艳的长袍忙进奔出，广播里宣布赛马照常进行，摔跤也按时开始，人们观看比赛的热情丝毫未受影响，照样端坐在雨水未干的草地上，着迷地等待着精彩的赛事。

赛马作为蒙古民族的一项重要活动，受到自治区各级政府重视。在呼和浩特，建有专门的赛马场。我在那里曾多次观看过，以为也不过如此。谁知草原上的赛马，就不单纯只是一项体育竞技了，它充分地彰显出蒙古民族爱马崇马特有的民族情感和心理素质，成为了一种文化符号，既是勇的高扬，力的较量，又是一次民族审美情趣的集体大爆炸！

这次那达慕上赛马，从日程安排上看，分两批进行。今天赛的是四岁子马，全程60里。两天后还有一场成马赛。按竞赛规则，参赛的人必须在同一起跑线上起跑，不得中途参赛。旧时赛马盛典上，还有喇嘛设坛诵经祭神，现在这些当然已不再保留了。

赛马作为那达慕大会的重场戏，是所有参会观众所拭目以待的。当广播上奏响激越的马头琴齐奏《万马奔腾》，参赛骑手出场时，等待在彩旗飘舞赛场上的数万名观众沸腾了。只见50名选手骑在高大的骏马上，由裁判带领着排队上场，骑手都是9–13岁孩子，其中还有一位小姑娘，穿着中间开口镶红边的白色长袍，头上戴着白色红边帽顶饰着长长彩穗的小帽。小男孩大多背心短裤，头上扎着彩色飘带，看去一个个都十分精神可爱，庄重的神态中带着些许紧张。马匹都是清一色的蒙古骏马，也都经过精心打扮，不少马脖颈上的鬃毛都扎成小辫，上面打着红蝴蝶结。有匹得过奖的黄骠马，头上还挂着得奖来的各色彩带。

裁判对小骑手们交代过比赛规则和线路后，吹响哨子，宣布出发前选手们骑马绕场一周，在观众们面前亮相。观众席中立即发出嗷嗷的欢呼，一些熟悉情况的当地观众当骑手从自己面前经过时，伸出手去指指点点，高声大嗓地激动议论着，有的三五成群，交头接耳，对马匹和选手纷纷发表着各自的预测。可惜我们听不懂，否则对观赏这场赛马一定会有许多帮助。

突然，全场肃静，只见裁判手中的号令枪举了起来，在空中发出一声清脆的"叭"声，站在起跑线上一字排开的50匹马，像泛滥的洪水冲出闸门，"呼啦"一下汹涌向前。当马群从我们面前飞驰过时，马蹄带起的草屑和湿漉漉的土块，向四面八方飞溅起来，雨点般纷纷落在观众们的头上脸上衣服上。大家嘻嘻哈哈乱了一阵，等到平静下来，发觉已看不清骑手们的背影。只见远处地平线上，氤氲着一团淡淡的烟尘。

按照比赛规定，为了便于大家观赏，我们站着的地方，既是起点又是终点。骑手们从这里向东出发，在摩托车引导下绕圈跑完赛程，然后从西返回。在等待的时间里，人们七嘴八舌，议论纷纷，从眼前赛马谈到马与蒙古民族密不可分的关系。

蒙古马作为赛马，尽管奔跑的速度不及诸如阿拉伯马和纯血马这些世界名马。但蒙古马有着其他马种所没有的优势。它吃苦耐劳，不娇气，耐力持久，适合长距离奔驰。像今天60里赛程，蒙古马的表现会是非常出色的。即便是100公里的赛程，它也能一口气跑下来。而其他马种是很难不出现肺出血现象的。

草原多牲畜，牲畜是牧民的亲密朋友。马牛羊驼四大宗中，蒙古人最爱的是马。明代萧大亨在《北虏风俗》中描写说："其爱惜良马，视爱惜他畜尤甚。得之则旦视而暮抚，剪拂珍重，更无以加，出入不以骑，惟蓄其力，以为射猎战阵所需而已。"从历史上看，哲里木盟马匹，素称良骥。索伦马身长足健，毛短而泽，也算是内蒙古雄骏。（见《蒙古鉴》）加上牧人饲养得法，每至秋高马肥，驯马有方，致使"马之脂膏皆凝聚于脊，其腹小而坚，其臀大而实，向之青草虚膘至此皆坚实凝聚，即尽力奔走而气不喘，即经阵七八日不足水草，而力不竭。"在搏杀对阵中屡建奇功。

生活在草原上的民族，从生到死都离不开马。小儿出生后弥月及晬日，均要设筵待宾，这喝的酒就是马奶酒。等长到五六岁开始练习骑马，过起了马背上的生活。以后放牧劳动，倒场迁徙，婚嫁娶亲，哪一样离得了马？直到人死，尸体还得马拉出去。至于古时，蒙古人皆隶军籍，打仗更离不了战马。13世纪成吉思汗大军建立蒙古帝国，铁骑犹如狂飙横扫亚欧大陆，除了蒙古人的勇敢善战，坚韧耐劳的蒙古马也功不可没。成吉思汗军队七大克敌利器中，又有哪一样离得了马？作为核心部队的骑兵更是不言而喻，行动迅如闪电，在快速运动中歼灭敌人。西方历史学家惊呼蒙古骑兵"来如天坠，去如电闪"。我国《元史》也说"元起朔方，善骑射，因以弓马之力取天下，古或未之有。"难怪成吉思汗生前四大爱好中，爱马是首位。即便他死后，祭奠在王陵上的圣物苏勒德，其箭镞状锋座四周的垂缨，也是用黑公马鬃制成。蒙古族文学传统中，从古到今贯串着一个重要主题，就是对马的赞颂。这是在继承古代蒙古族赞词基础上，更加细腻和深刻地表现了蒙古人爱马崇马之情，体现着蒙古人特有的情感和心理素质。今天自治区首府呼和浩特市的标志性建筑——内蒙古博物馆楼顶上，仍是一匹凌空飞奔的白色骏马。可见在蒙古人心目中，马已成为神圣的文化符号，是蒙古民族力量的象征。

突然，有人小声地喊了声：

"快看哪，过来了过来了！"

站在终点线上等待的观众群里立刻激起一阵骚动。我们踮起足尖引颈远眺，只见天与地接壤的远方，扬起一片冲天尘土。渐渐的，在天幕映衬下，出现一群小小的奔马剪影。每匹骏马的尾巴，大概由于用力和速度的原因，高高飘扬起来，与身躯和脑袋几乎连成一线悬浮在空中，望去宛如一条条正在腾飞的龙，又像是一支支疾飞的箭镞！

渐渐的，随着跑道方向的变换，这群剪影又叠加在了一起。等感受到脚下的大地在马蹄敲打下，发出一阵阵微微的颤动时，观赛的人群中有眼力好的人，突然发出一声惊呼，发现跑在最前头那匹骏马上，不见了骑手的身影。人们的心一下子抽紧了。大家嘤嘤嗡嗡地窃窃私议，担心骑手从马背掉下去摔在半道上了？！

随着距离的渐渐拉近，终于看清跑在最前面的枣红马上，有个小男孩，弓身弯腰，整个人几乎匍匐在马脖子上。他身上只穿背心裤衩，光脚丫子，骑在软鞍上紧紧拽着飞舞的马鬃。紧挨在他身边，是两匹更加高大的紧追不舍的骏马。有一阵子，那两骑手似乎已超过小男孩，但再定睛细看，小男孩仍处于半个马身的领先位置。三个骑手你追我赶，扣人心弦。他们身后是一片呼啸疾驰的马群，尘土蔽日，万马奔腾，有如浊浪滔天的滚滚大潮从远处呼啸着迎面涌来。

观众们激动起来了。一个个踮起脚尖伸长脖颈，屏声息气地睁大眼睛，一边指指划划，交头接耳，拍手跺脚，大声地议论纷纷。这种万人争看的兴奋紧张热烈的场面，很像我家乡八月观潮节时观看天下奇观——钱江大潮的情景。

突然，一个身穿紫缎蒙古袍的青年牧民，发狂似的从观众队伍中跑出来，拍手打掌地发出一声石破天惊的喊叫。

"嗨，那是咱们家的小子朝格今呀！"

毕竟是当阿爸的眼力好，最先认出了跑在前头的是自家儿子。他太兴奋激动了，手舞足蹈，大喊大叫，几乎到了癫狂状态，朝终点线上跑去。站在旁边负责安全的工作人员立即上前劝阻，拉他下来，却被一把挣脱，还回过头来挥舞着胳膊，不知在朝人群里什么人报喜似大声嚷着：

"嗨，你倒快出来呀！这是咱们儿子朝格今，跑了第一啦！"

观众们发狂似的"嗷嗷"欢叫着，有的高兴得挥舞头巾，有的干脆把头上的帽子——前进帽，干部帽，礼帽——摘下来一齐抛上空中。在众人山呼海啸般的欢呼声中，枣红马飞舞着火焰般长鬃，宛如划破云层的闪电从我们面前一闪而过，越过终点线。那马蹄踢带起的草屑土块，往四下里高高飞溅起来，弹雨般地飞射在观众们的身上脸上脑袋上。

朝格今父亲不顾一切地朝夺得冠军的儿子飞奔过去，眼睛里放射出狂喜的光芒。我此生从未见过这种近乎疯狂地带着野性的喜悦，这是人类的全部感情和灵魂最炽热最真挚最充分的燃烧！

朝格今阿爸跟在马后，一边跑一边朝儿子声嘶力竭地吼喊着：

"快把缰绳给我，别停下，别停下！"

"还有马刨子呢，马刨子在我这儿！"冠军的"额吉"（蒙语：母亲）这时也从人群里跑出来朝儿子狂奔过去，用马刨子忙不迭地刨着枣红马汗涔涔的脊背，一边扯下自己头上簇新的花头巾，替这位为全大队立下汗马功劳的冠军身上揩拭着像小河般流淌下来的热汗。

朝格今阿爸把马缰绳递给妻子，脱下蒙古包披在儿子身上。小骑手手里拿着刚夺得的冠军小红旗，什么话也说不出来，傻乎乎地站在那里。我定睛细看，他一定是冻坏了，浑身哆嗦着，牙齿不停地打颤。刚才枣红马跑的实在太快了，草原的风吹得他身上呈现着青一块紫一块的。

## 摔跤场上的布赫（大力士）们

像雄鹰在祥云里翱翔俯冲，
你勇猛无比扑向对手；

像猛虎下山岗昂首咆哮，
你所向无敌威震四方；

身穿金坎肩的摔跤手呵，
快上场来大显身手！

身穿银坎肩的摔跤手呵，
快上场试比高低胜负！

古老的摔跤仪式歌，在激越的马头琴声伴奏下，有如铺天盖地的暴风雪，在摔跤场上空呼啸着。

现在这里已是彩色的海洋。身穿节日盛装的观众们层层叠叠，把摔跤场围得水泄不通。上百对参赛的摔跤手，个个膀大腰粗，身材魁梧，光着膀子穿着皮坎肩，宽大的白色百褶裤（据说一条要用好几丈布）。穿在外面的套裤上，绣着各种富有民族风格的图案，有虎头，有蝙蝠，有牡丹花，排着长队，按照蒙古民族传统的摔跤仪规，张开双臂，手舞足蹈地跳跃着上场了。

摔跤手们的舞姿，粗看有点笨拙，但气势却威武雄健，一如歌里唱的有如猛虎下山，雄狮出击，力拔山兮气盖世。他们身上金饰银镶的摔跤坎肩，在阳光下闪烁着耀眼的光芒。象征吉祥凯旋的五色缤纷的彩带，在他们胸前不停地飞舞着。

观众们心情异常兴奋激动，向上场的摔跤手们发出一阵阵热烈的"嗷嗷"欢呼声和雷鸣般的掌声。马头琴手们单腿跪地恨不得也站起来跳跃，上身像喝醉酒一样极其夸张地来回摇晃，把琴弓拉得像冲破云层的闪电，令人目不暇接地在琴弦上发狂飞舞。

任何身临其境的人都不能不情绪亢奋。

我忽然流下泪来，深深地感受到骏马和歌声，真是蒙古民族一对腾飞的翅膀！

　　在裁判带领下，摔跤手们在山呼海啸般的欢呼声中跳跃着绕场一周。

　　摔跤是蒙古民族从孩童到老人都喜爱的全民传统体育活动，并没有专业摔跤队伍。据说，从前草原上有的王爷有供自己取乐的御用摔跤手，在重大节庆活动上进行表演，为王爷涂金贴脸。现在参赛的选手，按照规则选拔，从普通社员到大、小队公社领导干部，都是业余的，具有最广泛的群众性。

　　队伍在场地中央停下了，整整一百对摔跤手按照事先抽签面对面站定。歌手们停止了歌唱，琴手们停止了演奏。场上霎时变得鸦雀无声，只听见彩旗在风中哗啦啦地飘舞。所有观众都屏声息气，瞪大眼睛，一眨不眨地注视着场上一触即发的惊心动魄的战斗。

　　蒙古人大概只有对摔跤的着迷，才可以和对马的狂热相提并论。大凡有点力气的人，几乎都想在这上头过把子瘾。正当我们和所有观众一样被这浩大的摔跤场面震撼时，一位光着膀子身穿皮坎肩的摔跤手，离开队伍手舞足蹈地跳跃到了我们面前，定睛一看，原来是上午大会开始前和旗委书记一起接见我们的旗农牧部长巴特尔。当时给大家的印象是位很有首长风度的"达拉嘎"（领导），站在书记旁边很有分寸地微笑着，话虽不多，但几句介绍农牧业情况的插话却十分到位，没想到他竟也报名参加了摔跤。

巴特尔嘿嘿笑着，跟我们大家亲切握手，叫我们在这里多住些日子，在那达慕会上痛痛快快地玩上几天，便跳跃着追赶队伍去了。

听旁边熟悉他的观众说，巴部长过去是位摔跤好手，旗里哪次那达慕摔跤都拉不下他。果不其然，现在他把干部服装一脱，身板魁梧结实，首长架子完全放下，变成了一个合格的参赛选手了。

随着麦克风里传来的裁判长一声"比赛开始"，上百对摔跤手"呼啦"一下散开，低头弯腰，像两只好斗公鸡拉开架势，在激越的马头琴声中，展开了扣人心弦的较量。一拉一推，一拽一锉，一扑一顿，一打一闪。顷刻间，摔跤场上草屑乱飞，尘土飞扬，汗水流淌，响彻着男人们呼哧呼哧粗重的喘气声，将摔跤场上的氛围渲染得剑拔弩张惊心动魄。

我因为听过旁边观众的介绍，就特别关注起巴部长来。与他第一轮上场的对手，恰好是我们去过他家的朋斯克。朋斯克年轻气盛，性格勇猛。听旁边熟悉他的观众在议论，小伙子擅长进攻，想急于求成，不会对这位旗里的"达拉嘎"礼让三分。

果不其然。双方友好地握过手后，刚一分开，朋斯克立刻一个转身，像老鹰叼野兔似的扑将上去，两只大手紧紧抓住巴部长的腰带，三锉两锉，企图将其撂倒在地结束战斗。看来在摔跤面前，蒙古人真正做到了人人平等。

巴部长也许是熟悉对手的性格心理，也许在战略战术上早有准备，就在朋斯克飞扑过来抱腰之际，巧妙地避开进攻锋芒，往旁一躲闪，就势将其轻轻一拉，朋斯克一个踉跄，险些被对方来个大马哈摔趴在地上。

观战的人群倒吸了口凉气，不由得发出一阵轻轻地惊呼。摔跤不仅要有膂力，也靠智慧，讲究斗智，运用战略战术。

最初的几个会合过去后，双方在场上绕圈周旋起来。两人弓着腰，彼此紧张地注视着对方，偶尔伸出手去撩拨一下，被对方"啪"的一声坚决地打了回来，那神情活像两只凶悍的斗鸡。

"朋斯克，加油！"

"巴达拉嘎，小心脚下！"

场上观众们的呐喊助阵声，一浪高过一浪，把摔跤比赛的气氛渐渐推向白热化。

这样相持了一段时间，巴部长突然一把抓住朋斯克坎肩，连续发动进攻，但均被朋斯克化险为夷，未能得手。两个人于是头顶头，紧紧抓住对方，呼哧呼哧地进进退退僵持着，这是最消耗选手体力的阶段。大概是因为腹泻的缘故，朋斯克尽管年轻，但常言说得好，好汉架不住三泡稀。到底是疾病在身，影响体力，最终被经验丰富的巴部长抓住一个不慎，一个绊子将他摔倒在地。

裁判立即"瞿"的一声吹响哨子，判定了胜负。

围观的人群响起了雷鸣般掌声，"嗷嗷"地叫着好。夺得胜利的巴部长于是张开双臂，满是汗水的脸上一副耀武扬威的神情，按照得胜者的传统舞姿，得意洋洋地跳跃着离开了摔跤场。

第一轮取胜后，我发现那达慕大会主席台上巴特尔部长的座位，就一直空着，再也看不见这位"达拉嘎"的身影了。他不是在摔跤场上挥汗如雨地叱咤风云，就是盘腿坐在草地上和摔跤手们亲热地拍拍打打，兴高采烈地谈笑议论，切磋技艺。

蒙古人对摔跤的痴迷，使我想起自己单位《花的原野》（自治区蒙文文学月刊）那几位年轻的编辑同事，即便在60年挨饿时，刚刚还听他们在会上说饿得一点力气都没有。但一到休息时间，他们在院子里又每每玩起摔跤来，把帽子一抹，往手心里"呸呸"地吐了两口唾沫，拉开架势一个个都抢着上阵，显得虎虎有生气。这次看了那达慕摔跤，印象就更强烈了，不仅是青年牧民朋斯克，旗领导巴特尔部长，就连我们重点采访的70高龄的说书老艺人乌斯格博彦，对摔跤的喜爱也到了如痴似醉的地步。多年来，老艺人随身带着一把坠着极大丝穗的四胡，坚持说新书，走到哪儿都被牧民们围了个水泄不通。在这次那达慕大会上，牧民们什么时候想听说书，他就什么时候说，为牧民服务的热情异常高涨。在跟他交谈中，知道老艺人不仅深沉地爱着自己民族的艺术传统，也真诚地热爱着劳动牧民，说牧民们一年只有这样一次难得的娱乐，他要让他们高兴欢乐个够！

《红色娘子军》主创老吴和《人民日报》记者老傅，对这位老艺人很感兴趣，很想跟他多聊聊。但他太忙了，我们只好趁着天气下雨，逮住个空隙在蒙古包里采访他。正聊得起劲，外面广播喇叭忽然哇哇地广播起来，说摔跤比赛照常进行，老艺人"噌"的一下从地上站起，也不跟我们招呼一声，便华服盛装地猫腰钻出蒙古包，冒雨去观看摔跤了。当然这些都是题外的话。

那达慕大会的各项比赛成绩都已揭晓，很快就要举行闭幕式了。

参加闭幕式的各大队社员群众穿着节日盛装，打着单位旗帜都已在会场上按规定列队站好。来自自治区、盟和旗里各部门的"达拉嘎"（蒙语：领导），也都已在主席台后面大蒙古包内歇息等候了。

然而摔跤场上，争夺冠亚军的两位摔跤手仍头顶着头，彼此紧紧拽着摔跤坎肩的领口，还在一拉一推地角逐着。他们已经对峙了整整两个小时，给大家留下了难忘印象，然而直到这时仍难分胜负。

　　按照摔跤比赛规则，这次那达慕大会争夺冠亚军的两位摔跤手，在第一轮出场的一百对选手决出胜负后，已经过五轮反复争夺，才最后胜出进入决赛。他们之间的较量，真可谓是一场最具观赏性的势均力敌旗鼓相当的生死大战。

　　今年角逐冠亚军的这两位选手，一位是巴斯尔，红格尔生产大队大队长，也是全旗最年轻的大队长，身材高大魁梧，孔武有力。我们老吴在他旁边一站，矮小得像个孩子。他长着一张典型的蒙古人脸膛。笔直的鼻梁像山岗高高隆起在草原一样平坦的面颊中央。两汪诺尔般（蒙语：湖）的眼睛，在像浓密的针茅草一样的眉毛下闪闪发着亮。由于喜爱肉食，一排洁白的牙齿粗短而紧密，给人一种坚固结实的感觉。前几年，他们队引进一对三北羊来饲养，由于不适应当地气候，冬天冻得直打哆嗦，巴斯尔拿自己家的毡子缝了两个背心给羊穿上。到了第二年，引进的三北羊适应了当地环境，才逐渐将改良工作开展起来，取得很大成绩。这次那达慕大会上，红格尔大队三北羊改良，受到一致好评。评委们对它身上那洁白柔软仿佛天上云彩般的绒毛，爱不释手，你拔一撮，他拔一撮，疼得老实巴交的改良羊实在受不了，纵身跳栏逃跑，发生了撞翻评委致使人员受伤的悲剧。红格尔的马匹，在这次那达慕大会上也为巴斯尔挣足面子。凡是有马类参加的竞赛项目，象走马、赛马等比赛，夺得冠军的骏马，也都出自他们大队。这次摔跤冠亚军争夺赛，他雄心勃勃地自然很想露一手。谁知运气不佳，对手竟是杰米扬！

杰米扬是红格尔邻居白音希勒大队老书记，全旗牧业上的一面红旗，也是巴斯尔心中一直在暗暗追赶的目标。杰米扬不但生产抓得有声有色，也是方圆几百里内闻名遐迩的摔跤高手。只是近年来上了点年纪，体力不如从前了。这次两人交手，成了那达慕大会上最吸引观众眼球的一个亮点。大家兴奋异常，对这次争夺赛结果纷纷进行预测，大多数人看好老模范杰米扬，但也有不少牧民寄希望于年轻的巴斯尔，都觉得这次两人的摔跤，不单纯是体育上的竞技，还暗含着工作成绩上的较量！

杰米扬显得很老练，一上场来先把胳膊朝后一扬，摔跤服的领口便滑落下来紧紧绷在脊背上，不使对方轻而易举地揪住发力。刚开始时，场上双方都并不急于进攻，只是小心翼翼地互相试探着。你揪着我坎肩右肩角拉一下，我拽你一下；你打我腿一下，我还你一下，彼此试探着手上和脚下的功夫。不一会儿，便见汗水从两人头上滴滴答答落在站着的地上。

相持了约莫一袋烟光景，双方仍无懈可击，无法突破对方防线。于是出现了常见的头顶头的对峙。巴斯尔年少气盛，持续进攻，想方设法地把脑袋钻到杰米扬的下巴颏下。老书记识破他策略，将脑袋钻得比他还低，想方设法地破坏对方想占据有利地位的企图。彼此就这样呼哧呼哧地消耗着体力。草原上的烈日，照射在他们汗涔涔的黑黝黝的肌肉上，反射出金属般的光泽。

观众们骚动起来了，发出一阵阵呼叫。有的朝杰米扬吼喊："老书记，好样的！"有的为巴斯尔鼓劲："巴斯尔，加油！"摔跤场的气氛逐渐热烈紧张起来。

就在这时，巴斯尔抓住对方一个疏忽，进攻得手。他一手紧紧揪着杰米扬坎肩领口，另一只手慢慢摸着他的腰带，猛一发力，将杰米扬整个人拎了起来。观众们的心随着也被一下子拎起来悬在空中，发出一片轻轻地"嗬伊嗬伊"的惊叹声，纷纷替老书记担心。

果不其然，巴斯尔稳稳站在场地中央，拎着杰米扬开始转圈了。他一只脚像铁钉似的钉住在原地打转，另一只脚不停地转动着。杰米扬对此似乎有所准备。他一只脚悬空，跟着巴斯尔身体呼呼地转悠，另一只脚的脚尖，却始终牢牢地钉住地面，须臾不离，小心翼翼地随时防范着，远远看去就像是在跟巴斯尔跳芭蕾似的。

巴斯尔憋足力气，在观众一阵阵欢声雷动的加油声中，整整悠了杰米扬30圈，突然双手一松，利用强大惯性，与此同时伸出脚尖去悄悄对杰米扬使了个绊子，以为这下准把对手置于死地了。哪料到，经验丰富的杰米扬只趔趄了一下，立马站稳，瞅准巴斯尔这时放松警惕的空子，翻身一个回马枪杀将过来。巴斯尔连连后退，要不是反应得快，这置于死地的不是杰米扬，而是他自己了。

摔跤场上沸腾了。掌声，呐喊声，嗷嗷欢呼声，像春雷在草原上来回滚动着。

裁判见巴斯尔腰带散了，拖落在地，伸手到正对峙着的两人中间，把他们拉回到场地中央，示意暂定，扎好腰带。两位摔跤手暂时休战，说说笑笑地一起走到主席台前喝水，还举起手中杯子来互相碰碰表示友好。

大会主持人用麦克风已几次提醒裁判注意时间，催促比赛快点结束，然而却毫无效果。急得他只好扔下扩音器，从主席台上下来跟裁判员咬咬耳朵，干脆站在一旁直接给摔跤手指起招来。

主持人忽而把头一低，弯到自己胯下，示意脑袋尽量往下钻，拱到对方下颏底下有利的位置去发力；忽儿又抬起腿来，左一下右一下劈劈啪啪地踢打着，示意连续踢打对手的脚，迫使其后退躲闪，然后瞅住立足未稳机会一个绊子将其摔倒。

谁知主持人这套招数，两位摔跤手都照着同时采用了，结果互相抵消，顶牛顶得越发厉害了，惹得排队站在会场上等候闭幕的人们都嘻嘻哈哈地笑起来。站在一边的裁判和大会主持人，因此却急得越发不知所措，一直在抓耳挠腮。

最后，杰米扬由于体力的原因，向裁判主动提出放弃比赛，才算结束这场旷时持久的赛事。冠军最终属于巴斯尔。

大会结束后，那些获奖的人眉开眼笑地捧着各种各样奖品从会场走出来。获得摔跤冠军的奖品，是一套夹的得勒（蒙古袍），马鞍子，一双香牛皮靴，一块绸缎和羊毛毯。赛马冠军奖励一只羊，饰银马鞍，马笼头和马绊子。应该说，这在当时已经是相当丰厚的奖品了。

等到人们散尽，我们几个人大概因为对刚才那场冠军赛印象太深，走到巴斯尔和杰米扬对决的那块草地来看，发现地上有两道深洼下去的车辙般的印迹，用手一量，竟有二指深！

这是两位冠亚军摔跤手的香牛皮靴留下的脚印。

# 永远的笑容

——痛悼许淇

记得是前年5月一天，江南早已莺飞草长，桃红柳绿。你偕夫人晓蓉来家做客。这次你俩是来中国作协杭州灵隐创作之家休养，我闻讯后随即邀请来寒舍相聚。

你我还是在20世纪90年代《江南》杂志社举办"南浔杯"全国散文大奖赛，你获奖应邀南下领奖时在湖州古镇南浔聚首过后，整整20年没见了。我们坐在楼下草地的桂花树下，品茗闲聊，老友重逢，欢洽之情自然不言而喻。没想你笑意盈盈脸上，半认真半开玩笑的第一句话是：

"你的文章，我仔细读了，有一点意见。"

这几年我写东西很少，一时没反应过来了。

"你这么长的访谈录，提到我却只有一句：散文作家有许淇……"

原来是在说《草原》上那篇东西。

那是应采访人的提问，我在回顾"文革"前内蒙古各民族作家阵容时，说到散文创作提到了你，但没有展开。这是因为访谈录是根据访谈人的问题谈，并非我想谈什么就谈什么。若是论散文创作成就，你在当时自治区汉族作家中无人出其右者。这是不争的公认事实。我个人也很喜欢你的散文，不但不止一次当面对你说过，还向许多文友推荐过。作为交往半个多世纪的老友，我怎么就只轻描淡写提了一句，你感到有些不解。其实我知道你的心思，你并不是在计较什么我对你创作成就评价高了低了，话说得多了少了。我不是文学上的VIP，文章也不是什么重要文章，这些你都并不在乎。你是在乎我这个老友轻描淡写一句话的背后，传递着对我们半个多世纪友情的轻慢和淡薄。这在你看来才是比什么都重要。而我恰恰在这点上忽略了，引起你来兴师问"罪"，刚一见面，不问身体是否健康，也不问家人是否平安，就将心里想的话谔谔坦言地说出来。

这就是许淇。就是许淇的个性，率真，坦诚，忠厚，却带着一点上海人小小的狡黠。尽管老朋友20年不见了，就这一句话，填平了你我20年失联的空白。你依旧是我记忆中一个可爱敬重的老天真汉！

经过解释，你自然很快释然了。我和你在河边桂花树下，沐浴着从河面吹来的软软春风，吃着茶食，品尝着刚上市的杭州特产塘栖枇杷。晓蓉在一旁帮小楼拾掇刚买来的蚕豆准备午饭。在这富有家庭气氛的温馨气息中，我俩海阔天空聊着，回忆起在内蒙古的快乐时光和共同认识的文坛老友，相视哈哈大笑。小楼一边忙着午饭，一边不失时机地拿手机为我俩的欢聚摄影留念。

午餐后，你逸兴飞遄，提出要为小楼作画，进屋挥洒，为我们留下一帧颇有林风眠遗风的苇塘野鸭图。告别时，你执意要送我女儿两千元慰问金，说前几年我遇到这么大灾难，你却不知道，不曾给予一丁点实际的帮助，心里很过意不去。如果我还念着旧情，就一定要收下。情真意切，说得我心里像揣着盆火热呼呼的。

第二天，我打电话到创作之家，晓蓉说你回来后一直很激动兴奋，夜里吃了颗安眠药才睡去。

休养结束前夕，我和小楼为你俩在酒店饯行，你送了我们两本你自己的画册，饭后又来家看了小楼习作。你在她画中看出了林风眠的影响，还为她的画《荷花》题款，开头两句"西湖未老吾先老，常使墨客泪沾襟，"读了人心里沉沉的，并讲了自己这些年习画心得和体会，让小楼受益不少，称你为"老师"。

"我在杭州只称两个人为老师"，她对你说："一个是浙江的曾宓，另一个就是你了！"

你听后哈哈大笑。此时，晓蓉将我拉到一边，悄声告诉：

"老许身体一直不好。这次来杭州下了很大决心，他喜欢江南，也一直想来看看你们，所以我陪他来了。"

"他有什么病吗？"

"病多了。主要是晚期前列腺癌，而且已经扩散，已经不具备做手术条件，现在拿药物控制着。"说到这里她眼圈红了，我心里也仿佛一下子有什么重物坠着似的往下沉去，喜悦的心情顿时灰飞烟灭。"老许到现在自己还不知道，我和孩子都瞒着他，你千万别说破！"

因为知道了这个意外的情况，告别时，我心情不免有些异样。但你依旧神采飞扬，站在出租车旁笑着对我们说：

"浙成，说句心里话，你回家乡回对了。这里多好呀，毕竟是江南，北方就没这条件了。但愿有机会再来重游！"

哪里想得到，你这一回去就再没机会重游了！

你走后不久，我们看手机上你的照片，情绪饱满，神态自若，特别是笑起来时脸上像孩子似的还露着酒窝，就去照相馆洗印放大了几张寄给你们，听说你和晓蓉都很喜欢，一直放在自己案头。只是万万没想到，其中一帧后来竟成了挂在你告别会上的遗容，让这笑容永远定格在亲友们的心中！

　　记得是这年秋天，《江南》编辑部举办"走读江南"活动，邀请了全国名家来浙江采风。我们想起你想重游江南的心愿，便向主编推荐。《江南》很高兴你能前来参加，要小楼打电话正式邀请，以便确定接送日程。你在电话上问，采风要不要走路？小楼回答，倒是有车，但路也是需要走一点的。你说那恐怕参加不了，因为身体的原因，目前走路有困难，谢谢《江南》了。我们当然有些遗憾，但更遗憾的是担心你的病可能在慢慢发展加重。

　　过年前夕，我忧心忡忡地打电话向你拜年，你情绪倒很好，欣喜地告诉我明年市里要给你出版文集，计十卷，四百万字。我觉得这对一个作者来说是件大事，也很羡慕，为你高兴，表示热烈祝贺。说完我又接着跟晓蓉寒暄了几句，问起你病的情况，晓蓉不言语了，然后压低声音说了句："我去别的房间跟你说吧。"说着说着就泣不成声了。

　　从那以后，因为忧虑你的身体，我想上包头来看望。今年春天，我和在北京的几位曾在内蒙古工作过的朋友相约，计划夏天重返我们的第二故乡，上乌兰察布（集宁）、呼市和包头探望老领导和老朋友。不料临行时，女儿身体不适，协商结果，只允许我走上三、五天，时间长了怕发生意外。这样排来排去，时间排不好，无法和他们同行。这时，正好我妹妹从北京要去包头，就托她代表我去看望。你那天刚从医院回家暂住，听说后躺在床上高兴地问家人是不是汪浙成来了？

妹妹在电话上告诉后，我真有点痛恨自己分身无术，便再次和北京的友人计划上内蒙古的事。拖来拖去，一直定不下来，直到10月14日柳萌在电话上告诉你病逝的噩耗，我顿时懵了，问了句"确实吗？"柳萌回答说确实的。我又问什么时候走的？柳说确切日子不知道，大概有两天了。上回我们准备上包头未能成行，如今再也见不到许淇了。柳萌在电话那头伤感地说：

"浙成，到了我们这把年纪，想见的朋友要抓紧见，要不就会留下终身遗憾！"

放下电话，眼泪随着也就流下来了。

我和许淇相交半个多世纪。记得第一次见面是1959年自治区作协在包头召开的创作会议上。那时，你《第一盏矿灯》发表不久，开始引起人们关注。我们较深入的接触在1962年，《草原》编辑部派我陪同军旅诗人纪鹏到乌梁素海深入生活。包头文联派了你来协助我。渔场的小船载着我们仨向海子中心划去。你指着插在水中一道道芦苇帘子向纪鹏和我介绍，这叫箔子，是捕鱼人用来在水中摆"迷魂阵"捕鱼的。又说渔民观察好鱼群的游路后，用箔子拦起来，鱼群沿着箔子规定的路线往前游，游来绕去，最后钻进迷宫再也游不出来，就像把鱼养在自家水缸里一样。需要时，就摇船到迷魂阵里去捞好了。

　　果不其然。我们的船沿着箔子转来绕去，到了箔子尽头——迷魂阵的中心，一个直径约一米多长的用箔子围起来的圆圈。你探出身去，手扒箔子指着圈里的水面说，鱼统统就在下面，这是渔民智慧的结晶。纪鹏和我都有些将信将疑。划船的渔民拿起放在箔子上的抄子，往水里一抄，只听得噼里啪啦一阵乱响，水花四溅，捞起满满一抄子黄河金翅鲤鱼，每条足有一尺多长，把我们几个人高兴得手舞足蹈差点翻船跌在水里。

　　想不到你对这里的生活这样熟悉，你还告诉我们，这里捕鱼的人大多来自河北白洋淀，当过雁翎队员，曾经是英勇杀敌的抗日战士。回来路上，天已黄昏，经过一家车马大店，院子里停满了南来北往的大车，刚卸下套的骡马在咴咴叫着，空气里飘散着牲口浓烈的尿骚味。屋地正中央一只大铁炉在熊熊燃烧，炉火照映出大炕上横躺竖卧盘腿坐着的一个个车老板，肮脏的白茬皮袄上落满了塞外岁月的风尘。他们有的拿着羊腿骨烟窝，在吧嗒吧嗒吞烟吐雾；有的从驼毛口袋里翻找出硬得像石头一样的玉米面烙饼，站在火炉边上翻烤充饥的干粮；有的光着膀子，凑在幽暗的灯光前抓着自己上衣上的虱子。这些都是塞外广阔天地里见多识广的人物，虽没读过书，却行过万里路，在热烈地交谈着各地见闻。你来了兴致，凑上前去，也盘腿坐在他们中间，笑嘻嘻地跟车老板们天南海北地聊起生活的甜酸苦辣。

乌梁素海回来不久，我就在《人民文学》上看到了你的新作《车马大店》，文采斐然，一股浓郁的生活气息迎面扑来，读后很兴奋又亲切，立刻打电话"骂"你：

"你这家伙，真是厉害，出手神速！"

你在电话那头好脾气地嘿嘿笑着。

"我还有写乌梁素海的也很快就要出来。"

这次乌梁素海之行，我发现你不但脾气好，人也极其聪慧，感受力极强，脑子像柯达胶卷一样很快将看到的生活场景烙印下来熔制成文学形象。我很钦佩你驾驭艺术的这种本领。从那以后，我每次上包头出差，要上文联来找你和乐驼聊天，听乐驼讲包头新闻，发现他说的有些精彩故事，你很快便加工出来发表在报纸上，以至我见到乐驼每每开玩笑说：

"嘿，你对许淇说这些素材，当心他偷去发表呀！"

"谁写都一样！"乐驼却显得宽宏大量。"只要写得好，大家喜欢。"

你不但是从生活到艺术的加工能手，还不乏生活情趣，对烹饪似乎也有一手。记得有一回你出差来呼市，我邀请你和我们共同的朋友马白来家聚会。那次不巧温小钰去乌兰牧骑体验生活不在家，你怕我一个人带着小孩应付不了，自告奋勇地说你来掌勺，你有几只拿得出手的私房菜可以品尝，我啥都不用管，只要按你要求准备好食材便是。果然，那天晚饭，马白、我和我上幼儿园的女儿就毫不客气地坐在一旁等吃现成饭，你这个客人却在我小小的简陋厨房里忙得不亦乐乎，煎炒炸煮，锅碗瓢盆，响连四壁，一会儿就上来一盘"蚂蚁爬树"，一看原来就是平时吃的肉末炒粉丝。女儿问你：

"许淇叔叔，这肉末炒粉丝为什么你叫蚂蚁爬树呀？"

你回答说："你看看，这一颗颗肉末像不像一只只小蚂蚁，这一根根粉丝，像不像荡漾在春风里的一根根柳丝。蚂蚁爬在柳丝上，岂不就是蚂蚁上了树？这样叫起来既形象又新颖，你们大家就觉得这只菜新奇，就爱伸筷子！"

也不知是你厨艺高超还是我们肚子饿了，反正"蚂蚁爬树"很快就盘净碗光。接着端上桌来的是你的乌克兰红菜汤，实际是菠菜西红柿洋葱牛肉汤。反正那天晚上，你每上一盘菜，我们三人就是一阵欢呼，然后你又笑嘻嘻转过身去，站到炉子边上弯腰弓背地忙碌起来，端上来拔丝土豆，滑溜里几等等。那天晚上，我们三人吃得嘻嘻哈哈，酒足饭饱，极其开心。事后温小钰知道了，大肆抨击了我一番，骂我也太欺侮你了。借请客之名，将你诱骗到家里来给自己出劳工！

后来"文革"派性越来越厉害，我们渐渐失去联系，直到几年后北京召开作代会上才重新相见，你我在宾馆房间里有过一次促膝长谈。我由于本单位两派斗争激烈，稀里糊涂卷了进去，弄得自己遍体鳞伤，感慨良多。没承想你和"文革"前却没什么变化，依旧像从前一样，天真洒脱，脾气很好，说起话来总是笑眯眯的，一副笑对人生的做派。你推心置腹地对我说：

"你我当年都是抱着一腔热血来内蒙古参加建设的，但毕竟都是外来者。对过去内蒙古历史上的恩恩怨怨，说一无所知，不是事实；但也不能说了解很清楚。有鉴于此，我在'文革'中两派都没介入，能看书时就读点书，能画画时就画两笔。我知道自己斤两，根本不是搞政治的料！"

此前，我一直把你当作自己年幼的兄弟看待，听了这一席肺腑之言，真让我对你要刮目相看了。

后来我就调回家乡南下了。你我肩上都有一定担子，工作较忙，联系越来越少。这一别整整十年，直到你来湖州南浔领奖才又重见。可惜颁奖会头绪纷繁，来的作家朋友又多，没机会细谈，希望你会后在杭州多留两天。但你说上海还有些事情要处理，江南是老家，总还是有机会回来看看的，就匆匆分手了。等到你我都退休后，有了闲暇能去看自己想看的人时，病魔却已悄悄地盯上你，只是没想到来势这么凶猛。你从杭州创作之家回包头后，小楼经常翻阅你送我们的两本画册，对你的作品越看越倾倒，很想请你再为她画一幅，但一想到你正在艰难地与病魔抗争，不好意思再开口了。后来她实在憋不住，在电话上跟晓蓉说了。晓蓉说，她正想着要有人来推动老许一下。他最近不像先前，已经很长一段时间没拿笔画画了，好像什么都放弃了，对自己失去信心。你们请他画画，他肯定会画。只有在画画时，他才能忘记病痛。你们来电话促进他一下罢。

小楼于是叫我拨通你的电话，她拿过话筒，向你说了要画的请求。你想都没想立马欣然答应，问她要画什么？小楼考虑到你的身体，说只想讨幅小品。你喘了口气，想了想说，上次在我家看到小楼喜欢花卉，那就画幅牡丹怎么样？小楼欣喜地说，那就谢谢许老师了。

农历清明前后，我们收到你快递寄来的画作。展卷读画，是一帧具有八大青藤神韵的白牡丹，画的下端还有105字的长篇题款，最后几句为：

……念江南正草长莺飞，武林西子湖畔游人如织，不禁怅然。虎跑品明前龙井已不可期矣！

落款是"八旬衰翁许淇于塞下"。

画如其人。看着看着，我们两人都觉得鼻子酸酸的，心里感到深深的内疚和歉意，仿佛看到你颤抖的手，吃力地拿着笔，站在画桌前在为我们慢慢作画。

按照你的要求，我们将这帧牡丹图拿去裱好，装上镜框，挂在家里墙上，然后拍了照片给你寄去，同时寄去的还有些许

明前龙井，只是虎跑水无法邮寄，满足不了你的要求，只好请
你包涵，拿市场上买来的农夫山泉代替了。

后来听晓蓉在电话上说，这帧画之后不久，你就一直住院
了。这是6月间的事，中间回家来短暂地住过几次，一直到10
月9日你心脏停止跳动那个心痛的日子。晓蓉说，画过这帧牡
丹后，老许基本上就再没画过画了。

睹物思人，往事历历，想说的话是那么的多。人生在世，
有谁面对繁花似锦的人世愿意离去，做到像古代先哲一样鼓盆
而歌？但我们都是生命之树上的一片绿叶，总有一天要飘落
下来回到大地母亲的怀抱。这几年，内蒙古好友纷纷仙逝，老
敖，长弓，贾漫，邓青，张善，老郝……哭都来不及，昔日内
蒙文坛这一页毕竟快要翻过去了，如今你也加入到这支队伍。
总有一天，我也要追随你们，到那时但愿我们大家在天堂聚首
相见，让思想像草原的风一样奔放，自由自在，畅谈纵论我们
喜爱的文艺，写自己想写的作品，画自己想画的画！

许淇老弟呵，你走好！

2016年11月3日

第 2 辑 · 故乡山水

# 浙江：《徐霞客游记》开篇地

　　朋友，假如您还没到过浙江，我在这里向您发出热情的呼唤和诚挚的邀请。

　　山水秀绝的浙江，历史上就是被人看好的旅游胜地。500年前中华游圣徐霞客，开始他史无前例的全国游的壮举，并没有从他家乡江苏江阴出发，却选择了浙江宁海，接着便登天台，上雁荡，三游石梁。浙江由此成了中国旅游圣经《徐霞客游记》的开篇地！

　　浙江以江名省，省名两个字都带着水，这在全国30多个省市自治区中只此一家。游浙江，自然首推是水。八月钱江潮，是万人争看的天下奇观。世界上拥有这样的大自然壮观，只有我们钱塘江和巴西亚马逊河出海口。令李白赞叹不已的新安江，至今仍是游人必到的黄金旅游线，两岸青山如屏，船在水上行，人在画中游。更浪漫莫过于莺飞草长日子，牵手西子湖畔，昼来听杨柳岸上柳丝与湖水喁喁低语，夜晚细数繁星，看月光、灯光、湖光交相辉映，变幻无穷。最令人流连忘返，还是追寻大江源头，登山探幽，追踪溯源，惊喜发现诞生它的母亲，原来是山涧一条似有若无的涓涓细流，给人留下无限的遐想和有趣的思考。

浙江的山，虽没有三山五岳高峻雄伟，却多秀丽挺拔，素有"寰中绝胜"美誉。苍翠间透着诗意，是向往自然、归朴返真的好去处。置身森林氧吧，徜徉在树影与山路间，听空山鸟语，远看层峦叠嶂，青葱逶迤，近赏花木扶疏，茂林修竹。登临绝顶，一览江河湖海。那种近在咫尺的良辰美景，足以将久蓄在心中的浮躁和城市的喧嚣陶冶尽净。

没有比那些经济繁华背后的古镇更让人割舍不下了。它们像我们心中的外婆，虽上了年纪，却还透着几分魅力几分阅历，散发着最纯正的浙江乡土气息。百年老屋里各种巧夺天工的木雕、砖雕和石雕，让人目不暇接，美轮美奂。房舍傍河，桥街相连。河埠廊坊，过街骑楼。这里有画船听雨眠的似水年华，也有不知天高地厚的夜夜笙歌，爱上光影里的小桥流水人家，只消一盏白茶。吱吱嘎嘎摇橹声，在雨夜里听来就像一张久经风霜的老唱片，让你离开后才憬悟到，原来江南韵致，就蕴含在这如梦的古镇和如画的水乡里。

浙江除了自然景观，更有积淀深厚的人文景观，人文荟萃，名流辈出，承载着半部气壮河山的辛亥革命史和灿若星空的中国现代文学史。几乎每个风景里都有悲欢离合的故事。还有善男信女向往的精神家园，普陀的海天佛国，古刹梵宫；也有充满世俗气息让人们纵情愉悦的现代化大型游乐场。有人爱海洋馆里的深蓝领域，也有人爱横店影视城的复古游戏。从过山车上的嘶吼到摩天轮里的尖叫，每一种崭新的体验都值得你全身心投入，无一不是令人神往的好去处。

　　尊敬的朋友，浙江如诗的山，如画的水，如梦的古镇，如幻的名刹，如歌的游乐园。乐山乐水，都摊开双手恭候您的光临！

（载《钱江晚报》《新民晚报》等14家晚报2013年8月13日）

# 钱塘江的根

若是把钱塘江比作大树，开化莲花尖就是它的根；若把钱塘江比作个人，莲花尖是孕育胎儿最初的细胞。

八月钱江潮，是万人争看名闻天下的世上奇观。记不清多少回，我在观潮节时站在江畔观赏，被这"天下无"的壮观景象深深震撼。那绵延数里像万马奔腾呼啸从天际涌来的一线潮，多么像我们母亲河汇入海洋消失自己前，回过身来在恋恋不舍地向生她养她的母亲大地作最后的挥手告别；那掀天巨涛气势万丈的回头浪，就是澎湃在她心中的激情，像火山一样在喷发迸射！

我出生在钱塘江畔，对母亲河有着与生俱来的亲近和眷恋，连祖父起的名字里都留着她的印迹。每次观赏完钱江潮，引动着我遐想联翩，世界上只有她和巴西亚马逊河才有的这故乡水，究竟来自哪里？我到过她的上游富春江和新安江，却不曾到过源头，更不知那是个怎样的地方？作为一个有着钱塘江情结的人，只有到过源头，才可以说完整地了解了母亲河！

观钱江潮，探钱江源，成了我心萦多年的宿愿。

一个秋色缤纷的日子，我来开化探寻到了钱塘江发源地——白际山上莲花尖。

在历史上，钱塘江发源地一直存在着南源和北源的说法。最早是《汉书 地理志》上说，浙水"出丹阳黟县南蛮中"。后来郦道元《水经注》也认同了这一说法，把新安江上游安徽休宁作为钱塘江源头。但随着中国政治经济逐渐向南推进，江浙地区的进一步开发，人们发现钱塘江另一条干流衢江及其上游的流域面积更大，年均径流量也远远超过新安江。国际地理学界确定的河流源头三要素——流长、流域面积和流量，三分天下南源有其二，超过北源。据此，1997年新华社报道称，"钱塘江源头出自浙江西部开化境内。"其实，此前1979年《辞海》早有明文记载："钱塘江，旧称浙江，浙江省最大河流，上游源出浙皖赣边境的莲花尖。"

莲花尖坐落在开化西北白际山，海拔1054米。上那里是要一点脚力的。上次来时，我只到山下全国人大原乔石委员长题字的"钱江源"碑前就止步了。那时上山的路还不曾修好。现在新铺设了石级踏步，分东、西两线直通山顶。

那天，我们选择东线上山。先过廊桥，桥下涧水在乱石间奔突汹涌，激溅起一川水花，仿佛一朵朵流动的白色莲花，当地人称莲花溪，其实就是陪伴我们从开化县城一路北上的钱塘江上游马金溪。此时秋阳已经西斜,照在对面山坡茶园上。一垄垄茶树望去宛如一级级台阶,铺向高高蓝天。早已闻名的开化佳茗——与龙井一字之差的龙顶茶,就出在钱塘江源头四周高山上,当地因此便有"一江挑二龙"的说法:江头出龙顶,江尾采龙井;送人送龙井,自己吃龙顶。倒也有点耐人寻味。

过了廊桥,山势便显得陡峭,两边峰峦插天,层林尽染。最耀眼要数水杉树,红得像是熊熊燃烧的火把,显得热情奔放;银杏也极其抢眼,一身金黄靓丽的艳装;最可爱还是漫山遍野当地无性繁殖的杉木林,在万木萧疏的寒冬来临之前,绿得郁郁葱葱春意盎然。还有红豆杉、青冈木、山毛榉、大叶杜鹃和各种叫不上名字的姹紫嫣红的杂树野果。我不知道世上有哪位丹青巨擘,像秋天一样把山林的色彩渲染得如此丰富而绚丽!

峡谷里空气清新,像经过净化似的沁人心脾,神清气爽。让我这个近来饱受灰霾困扰的杭州人,一路上作深呼吸状在吐故纳新。

同行的当地友人小姜和红旗看着都笑了。

"你们以后要多来来我们开化。"小姜一本正经说:"这里吸上一口气,能顶别处十口!"

两位友人均是开化通。从他们介绍中知道,这里空气中每立方米负离子含量,最好时能高达14.5万个。这是世界卫生组织认定清新空气标准的10多倍。这样的空气已具有养生、治疗和杀菌的作用。每年春暖花开，峡谷深处，涧水两旁，山花烂漫。登顶游客络绎不绝，歇息松下，听空山鸟语，观石上清流，细数水中嬉戏石斑鱼。让明媚的阳光晒晒背，让新鲜空气洗洗肺，用大山里的绿色食品养养胃，这里成了华东地区难得的养生福地！

红旗颇有感慨地说："人呀，工作最忙也不能忽视养生。年轻时不养生，到老了就得把你一生的积蓄拿去养医生了！"

说笑间，忽发现迎面悬崖笔立。抬头望，高约百米，发黑的巉岩上飞流直泻。因为枯水期，当地又遇今夏50年来不曾有过的高温，水头不是很大，刷刷地冲击在一根斜靠在崖壁上的风倒木上。那木头虽已朽烂，却粗壮高大，比架电线的水泥杆子还高。能将这样大的树从山上冲落下来，可以想见，换在平时，这百丈飞瀑的气势定是十分壮观。

令人讶异的是，一路上来，这样的飞瀑，层层叠叠，连在一起竟有五、六处之多。那细长的白练，从天际飘飘洒洒垂挂下来。若在正常的季节，眼前该是银河落九天的飞流直遄景象，腾空而起漫天大雪般的水雾，水石相激震天动地的咆哮声和奔腾不息的姿态，让我似乎看到了钱江潮的身影，听见钱江潮的回声，联想到钱江潮的各种元素！

越往上爬，水流变得越发地细小了，在陡峭巉岩上跌跌撞撞流淌的样子，该是童年时代的钱塘江在步履蹒跚地走下山来。

夕阳西下时分，我们终于气喘吁吁地登上峰顶莲花尖。原来这里是一片人迹罕至、莽莽苍苍的原始次生林。到处是爬满青藤的古松，高耸入云的山毛榉，高大挺立的柳杉林，还有像蟒蛇一样在林莽中绕来缠去的古藤，显得荒芜而神秘。林中深处有片高山湿地，厚厚草叶覆盖的地上，汩汩地冒着一股股清澈泉水，在枯枝落叶间到处流淌，萦纡回环，急匆匆像是在寻找什么东西，然后顺着纵横交错小沟，分东西两路欢唱着朝山下流去，在我们上来的源头碑下汇在一起，流入莲花溪。

就是这片小小的高山湿地，孕育了我们浩浩荡荡泽惠浙江的钱塘江。它是上苍对我们浙江人的恩赐，是我心仪已久的母亲河源头！

说实在，我对母亲河源头一直心存敬畏。可惜今年大旱，湿地上竟干乎乎的，杂草丛生，满是衰草败叶，没有一滴水，全然不是我所想象的，感到有点遗憾。正在这时，静谧的山林里，传来细微的水流声，忙趋前寻去，见不远处有一方潭水，水中立着一座白衣观音像，神态慈祥地站在洁白的莲花座上，手中净水瓶里有水在滴答着。那水从瓶口出来，流得极慢，一滴下来后过很久才酝酿成第二滴，仿佛一滴滴珍贵的乳汁，在艰难地往出挤着，然后滴答一声落入潭中，汇成一股涓涓细流从观音像前的出口向山下流去。

　　我们在潭边找了许久，也没弄明白究竟。大概是湿地上的地面水钻入岩石下成了潜流引上来。不管怎么，想来当年造形的人，这样设计自然是有其良苦用心。今日里我虽未能看到遍地涌泉，但眼前的景象却令人有些感动，让我形象地体验到源和流相依为命的血缘情深。作为一条河流，源在完成母亲的责任后，总是又倾其所有都给了孩子，哪怕自己瘦弱得已奄奄一息，也要将最后一滴精血毫无保留地贡献出来。就是这样，她仍鼓励孩子去勇闯天下，不把他们留在自己身边。世上多少河流因此泽被大地闪发出生命的辉煌，就是忘了常回家来看看。当然也有极少数河流，流着流着消失在茫茫戈壁沙漠中。只有钱塘江，像大多数浙江子弟浪迹天涯却不曾忘却母亲的养育恩德，在消失前回过头来最后看上一眼自己的亲娘！

　　从莲花尖下来时，红旗讲了一个流传当地的美丽传说。原来古时这里是观音修道福地。一天，观音要前往庆贺王母娘娘寿诞，嘱咐童子照管潭中正在修炼的小白龙，要按时喂食。哪知童子被莲花尖上的美景陶醉，玩得忘了喂食。小白龙在潭中饥渴难耐，躁动不安，来回翻滚折腾，一不小心跳将出来，顺着水流朝山下游去，一直到了东海。因为小白龙跟观音学法已有一定功力，它一路滚过的地方，就成了今天的钱塘江。小白龙后来长大了，不忘观音恩德，每年都要从海里回来看看。这就是每年8月天下奇观——钱江大潮的来历。

　　不知因为故事，还是满天晚霞，此时的莲花尖，回头望去真的宛若一片霞光四射的美丽仙境。

2013年12月19日

（载《文艺报》2014年2月24日）

# 衢江诗魂

　　倘若在中国历史上评爱民县长，杨炯肯定会榜上有名。

　　我最初知道这个名字仅仅是因为文学。那还是在上学时，听林庚教授讲授唐诗，知道杨炯是"初唐四杰"之一。他和王勃、卢照邻、骆宾王等一批青年诗人，向当时风靡诗坛的浮艳轻靡的宫体诗进行挑战，提出要变革诗风，对唐诗发展起到了积极的推进作用。另外还由于我酷爱边塞诗，杨炯那些描写边塞征战、气魄雄浑、感情激越、在唐代整个边塞诗创作中占有先驱性地位的诗作，当时也给我留下良好的阅读感觉。不过所有这些，在印象中一直都觉得离我十分遥远似的。

　　这次来到衢州，才知道这位初唐著名诗人，其实离自己很近。他曾不远千里来我家乡浙江的衢江之滨古盈川县，当过首任县令，与衢江人民有过一段感人的生死缘，留下了一段绵延千年的不了情，历史上因此称他杨盈川，至今当地还保留着有关他的遗迹——杨炯祠！

　　听说了这一切后，自然非去亲眼目睹不可了。

　　古盈川县在今天衢州衢江区（即衢县）盈川村一带。我们出城东行十里许，下了金（华）衢（州）公路，跨过衢江，便一直在绵延不尽的橘林里穿行。衢州是全国著名柑桔之乡，盛产衢红桔，皮色红艳，果肉甜中带酸，易于保存，乃传统名果。十月金秋，正是橘子成熟季节。衢江两岸，橘林似海，金黄色的橘子挂满枝头，望去如满天繁星在闪烁，黄澄澄，金灿灿，红艳艳，把衢江两岸低矮的丘陵地，点染得宛如一片红浪在汹涌。

　　记不清问了几次路，过了几个村，最后总算找到盈川。杨炯祠坐落在村边一片空旷地上，三面橘林环绕，南临衢江，与龙游县隔江相望，是座很一般化的古建筑。三开间，前后两进，中间正殿已修葺一新。庭院不大，进门处耸着一座戏台，正殿神龛里供着身穿大红蟒袍的杨炯坐像，形态和神情看去与历史上真实的杨炯相去甚远，完全被民间神化为一方城池的守护神了。从现存镶嵌在正殿东墙里那块移建盈川杨炯祠的残碑看，古祠原先规模相当宏大，计有正殿三楹两庑，后宫三间，西厢十间，朝王三间，还有四进校舍五间以及二厢厨畜，垣墉悉备。现今除正殿外，余皆屋圮阶夷，墉倒瓦残，墙头枯藤摇曳，废院野草凄迷，引动着我们这些凭吊者对历史的追忆和遐想。

　　见我们进来，乡人们围上来主动介绍杨炯身世和任盈川令期间的事迹。介绍的人中，除退休干部和识字不多的纯朴老农外，竟还有两位中年村妇！那份热忱，那份对杨炯事迹如数家珍的熟稔，让我大大吃了一惊，也从中看出这位一千五百年前的父母官在当地之深入人心。他们还送给我们自己编印的有关杨炯的历史资料，热情地陪同我们踏勘古盈川县治。我想，如果这位富有诗人气质的县令在天之灵有知的话，一定会感动得泪落如雨。

从资料和乡人的介绍中知道，盈川是武则天如意元年（公元692年）新置的一个县份，范围包括今天衢江区东边几个乡镇和龙游西北，面积不大，但风景优美。杨炯祠所在的老鹰嘴，是一座突兀在江边的赭色山崖。崖下衢江浩荡，滔滔江水，由于山崖阻挡，在这里折向东流，形成一片开阔的深潭，人称盈川潭。这里碧水丹崖，江鸥翻飞，风帆数点，渔歌牧唱，终日不绝，被志书称为盈川胜景。

杨炯来盈川前，在洛阳宫中习艺馆里充任一名无所作为的闲职，此前因堂弟参与反对武则天受株连，被远谪到梓州任司法参军。这回在仕途上，算是一生中难得的一次升迁，想来心情不会很差。他在写于这一时期的《和刘长史答十九兄》诗里说："受禄宁辞死？扬名不顾身"，来这里是想有一番作为的。

当地流传的大量民间传说告诉我们，杨炯在盈川为百姓办了不少实事。针对盗贼猖獗，他从调查摸底入手，大力整治社会秩序，使百姓有个安全的生活环境；针对吏多枭獍，严厉打击地方恶势力，惩治那些胡作非为的属吏，致使他们不敢再肆意地骚扰百姓。为了开发衢江对岸荒地，在江边设官渡，动员农民去对岸种桑养蚕，还亲自去杭州联系桑苗蚕种，请技术人员来进行指导，帮助联系产品销售渠道，增加了农民的收入。当然，他倾注心血最多的，是针对盈川土地干旱，挖溪建塘，兴修水利，而且每每还亲自规划，资金不足，带头捐钱。如修九龙塘，他就将自己为人家撰写碑文所得的钱捐献出来。工程竣工后，为纪念杨炯功绩，取名"杨塘"。

可惜时运多蹇。尽管杨炯在水利建设上花费了大量力气，但到第三年上，盈川气候竟出现反常现象，夏霜冬雷，在急需雨水的时候，却偏偏赤日炎炎，溪塘干涸。作为一县之长，他心急如焚，向天求雨。据《衢县志》记载，"以岁旱祈雨不得，遂赴井死"。这位首任县令为民求雨，就这样奉献了自己的血肉之躯，与衢江人民结下一段"精诚动天地，忠义感神明"的生死缘！

像这样情为民所系的文人官吏，莫说杨炯同时代的人中没有，在中国历史上，也为数不多。杨炯殉职后，《衢县志》上说："是日大雨，民称其德。"为表彰这位爱民如子的县令功德，当地百姓在他捐躯的地方建起了杨炯祠，塑像奉祀，农历六月初一，还抬着杨炯神像到全县各地四方出游，接受各乡村民的祭拜，祈祷老县令神灵一如既往地降福于民。这一仪式，经千年相沿成习，一直保留到今天！

盈川从置县到唐元和七年（公元812年）撤销，在历史上先后只存在了短短的120年。如今废县遗迹，什么都没留下，连确切的城址在哪儿都无法肯定。惟一留下来的，是杨炯这座古祠，而且香火千年独不衰。更有意思的是，由于县界变迁，原祠所在地后来划入龙游县境内，衢江区这边人民于是在老鹰嘴又新建了一座杨炯祠。两祠并存，双方经妥善协商，将旧祠神像移至这边新祠供奉，但每年巡游线路不变，无论衢江区还是龙游县，原先经过的村庄都必须逐一走到，以示原盈川地方上的人对这位为民捐躯的父母官的爱戴和缅怀！这使我想起离此不远的淳安海瑞祠。20世纪50年代修新安江水库，原祠淹没在一百多米深的库底，不久又因海瑞影射彭德怀，就一直沉在政治的海底。直到改革开放，淳安人民在水库上终于又新建了一座海瑞祠，表达对这位敢于维护农民利益的海县令的深情怀念和崇敬。还有，衢江东邻方岩的胡公庙。胡则生前为官一任，造福一方，死后在方岩、仙居和杭州老龙井，也都建有他的祠庙。只要情系于民、造福一方、有功德于民的人，他们的奉献，他们的风范，他们的言行，一定长留人间，人民是决不会忘记的！

　　告别时夕阳西下，橘林似火，衢水泛波，江鸥在烟水间嬉戏舞翔。回眸崖畔，古祠披一身霞光，刹那间竟辉煌起来！

2004年11月11日星期四于杭州

（载《解放日报》2005年6月18日）

# 血染的丰碑

半山翠竹半山松，七分留在岸陆，三分插入海中，竹山门雄赳赳耸峙在浙江舟山的定海城南；

竹山门是祖国东方的一座海上大门。那三总兵纪念塔，就是你门楼上高耸入云的旗杆。你面对浩渺太平洋，身后绵延着富庶的锦绣江南，像伟岸哨兵扼守在东海通往大陆的黄金水道上；

竹山门，是我国军民抗击侵略者的一座血染的大门。一个半世纪前鸦片战争关键性一仗——第二次定海战役，就发生在这里！

守卫定海的清军将领葛云飞，战争爆发前夕，正请假在萧山老家守制。得知军情，即赴前线。行前，他在父亲留给他的两把佩刀上，一把刻"昭勇"，一把刻"成忠"，表示牢记父亲教诲，奋勇杀敌，为国尽忠。他母亲还为他亲手染黑孝服麻垤，语重心长地叮咛再三："国之忠臣，即家之孝子！"葛云飞就这样穿着母亲染黑的孝服，带着父亲两把佩刀，马不停蹄地星夜驰往定海。

葛云飞任定海总兵期间，深入海岛，踏勘地形，提出对英军入侵必须早作准备。他深谙清军水师的脆弱。去年英军侵犯定海，敌我双方在海上炮战仅仅对抗了短暂的九分钟，我水师便全线溃败，不得已只好将海上防务移至陆上，以岸防为主。然而，定海仅有的几处岸防设施，英军占领时全被焚为废墟。葛云飞多次飞书镇海大营请求拨款修复，无奈军费不足，只好上书朝廷，预支自己三年俸银捐作防务经费。还亲自参加修炮台，筑土城，与士兵一起抬土搬石，没等全部竣工，英军便再度侵犯定海，在竹山门前燃起了战火。

二次定海战役从1841年9月26日到10月1日，经历了6天6夜。前五日，英军每次进攻都铩羽而归。清军在武器装备和军事技术落后于英国整整一个时代的劣势情况下，仍众志成城，同仇敌忾，与葛云飞和他两位协防寿春总兵王锡朋和处州总兵郑国鸿带兵有方分不开。战前，葛云飞为鼓舞士气，率将士阵前誓师。土城上龙旗猎猎，葛云飞战袍外套着孝服，站在队前对天盟誓："城亡与亡，誓死不离定海半步！"上千条粗粝的嗓音，声震海山，响遏行云，汇成一句话：

"城亡与亡，誓死不离定海半步！"

战争打响那几天，正遇定海连日台风，大雨滂沱，将士们甲衣湿透，仍意气风发在雨中严阵以待。葛云飞和大家一样，彻夜不眠地在泥淖中巡逻查哨；海上被英军封锁，饷给不时，士兵们每人每天只有半斤干粮充饥。葛云飞与大家一样忍饥守城。九月二十九日那天，恰是农历八月十五中秋节，英军炮击刚一停落，定海民众便自发上火线慰问。提篮挑担的送饭队伍绵延数里，还特地熬了碗参汤给葛云飞喝，但他坚拒不受。百姓和士兵见葛总兵孝服上全是泥水，脸颊瘦削，眼睛布满血丝，纷纷围上来劝饮。葛云飞感动得热泪盈眶："公等随我守城，忍饥杀贼，我何忍一人独饮乎？"将参汤倒入旁边小河里，与众将士一起用手捧喝共饮。

作为守卫海岛的指挥官，葛云飞十分清楚火炮的重要作用。为了提高命中率，每战亲自操炮。第一天与英军在竹山门前接仗，他见英舰气焰嚣张，如入无人之境似的朝竹山门扑来，怒不可遏，迎头一炮，将敌首舰大桅轰为两截，砸死英军十余人，敌舰慌忙调转船头逃去。夜里海上起雾，葛云飞料知英军必来偷袭，便守在炮位旁。凌晨3时，他听见雾中隐隐传来船头遇风的吃水声，估计敌人已进入炮火的杀伤距离，立即发炮射击。敌舰弹药仓中弹爆炸，大火冲天，英军纷纷跳水逃命，伤死无数。

然而葛云飞也清醒意识到，这种局面难以持久。倘若镇海大营的援军不及时赶到，后果便不堪设想了。

第六天台风过去，雨住风停。英军从厦门调来兵力，竹山门外舰艇增至30艘，并调整了兵力部署。拂晓时分，英军在大雾掩护下兵分三路：一路正面佯攻土城，牵制葛云飞；一路攻打郑国鸿扼守的竹山门；第三路乃是进攻重点，迂回包抄王锡朋驻守的晓峰岭，夺取定海制高点，使部署在土城上的正面火炮失去作用。天刚放亮，十里海疆，顿时炮声震天，战云飞涌，杀声四起。葛云飞一面在城头沉着督战，一面传令竹山门、晓峰岭两处加紧防守，拼力截杀。

中午时，他发觉各处炮声终于渐渐稀落下去，意识到凶多吉少。俄顷，哨探接连来报，方知阵地都已失守。派去大营求援的信使，这时竟又两手空空回来了。他感到这已是最后关头，决定以死报国。这时，占领竹山门的英军山洪般朝土城涌下来，葛云飞急令炮手开炮，可城上炮位都是面向大海固定住的。炮手奋力搬扳仍纹丝不动。情急之下，葛云飞上前掇抱炮身，猛一发力，竟将这大铁疙瘩转了个向，随即便操炮发射，一直打到炮身红透，无法装打。这时英军已冲至跟前，大炮用不上了，他纵身跳上城头，一声大喝：

"好汉们，快跟我杀贼去！"

城上仅有的二百名守军，各持快刀，发一声"杀！"像阵旋风跟着葛云飞，勇猛地冲入十倍于自己的敌群！

竹山门下展开了一场惊天动地的厮杀。刀光剑影，兵刃相击，铮铮然响成一片。冲在最前面的葛云飞见迎面上来个手举绿旗的英军头目，喝一声"逆贼终污吾刀！"手起刀落，连人带旗杆一劈两段。由于用力过猛，快刀断成两截，忙从腰间抽出两把佩刀，挥舞着一路杀将过去，莫人敢近，一直杀上竹山门，从崖上纵身跳下一英军小头目，手举长刀，照着他脸劈来。葛云飞举刀一拨，长刀从右边呼的劈过，削去他半张脸，竟浑然不觉。小头目见葛云飞剩着半个血淋淋的面孔，仍豪气不减，挥刀直取自己，惊骇得都傻愣了。这时斜刺里窜出一扛抬炮的敌兵，对着他背上放了一炮。铁质实心的炮弹从后背射进，前胸穿出，留下个碗盏大的血洞，顿时血涌如注。围上来的英军用长枪疯狂朝他身上乱戳。葛云飞前后左右身中40余枪，浑身血染，仍倚崖屹立在竹山门上，须发怒张，一目如炬，双手高擎着两把佩刀，仿佛继续在抗击着侵略军！

　　血战六昼夜的定海战役就这样悲壮失败了。这是鸦片战争中敌我双方参战人数最多、规模最大、交火时间最长、死亡人数也最惨重的一次战役。葛云飞、王锡朋、郑国鸿三总兵同日殉国，麾下5800名守军无一变节投降。将士捐躯，忠魂昭昭。至今竹山门上，仍然到处是一座座阵亡的无名将士合葬墓。

　　这一仗深深打痛了所有中国心。康乾盛世的天朝中国，从此开始了屈辱的挨打历史。

　　这一仗也打开了中国人眼睛，从此将目光投向世界，踏上追寻强国富民的真理之路。

竹山门呵，你是耸立在我国近代史上一座划时代的血染的丰碑！

2003年12月写定

（载《浙江日报》2004年1月9日。入选北京、上海高中第八册语文课本）

# 古国秋容

水乡泽国的浙江德清县，东南有下渚湖，是华东地区最大的一片湿地，现已列为国家自然保护区。

下渚湖，古时称封渚湖，史志上说因防风氏所居而得名。湖北有山，曰防风，唐以前叫封山，山麓有防风庙，东南二里许为禹山。这封、禹二山，恰好与孔子在《国语》上说的防风"守封、禹之山"相吻合，说明这一带就是四千年前与夏禹同时代的古防风国疆域。

一个芦花绽放的季节，我们去游下渚湖湿地。车过防风庙，进庙瞻仰。据孔子说，防风乃"汪芒氏之君"，也就是远古时防风国国君。气势恢宏的大殿内，身高数丈的防风神像端坐在祭坛上，头戴天平冠，面容慈祥，双手捧持朝笏。衣冠服饰，皆与绍兴大禹陵的夏禹塑像相仿佛。不过两厢壁画上的防风形象，"龙首牛耳，连眉一目"，倒是古书上描述的样子。壁画依据神话传说描绘了这位治水英雄的一生。他根据地势高低不同，带领先民们在山坡上垒堰筑坝，在平地挖沟疏导，将滔滔洪水北排太湖，南导钱江，东泄大海，使躲避水患栖身山上的先民们，得以下山来重新定居，耕种劳作，生息繁衍，使这一带逐渐发展成为五谷丰登、人丁兴旺的防风古国。

为纪念这位百越先祖，杭嘉湖一带诸如杭州笕桥、海宁双庙等地，古时都建有防风庙。德清这座防风庙，最初为西晋元康初年（公元291年）当地县令贺循所立。但从保存在庙内五代吴越王的碑铭看，远在贺前，这里似乎已有防风祠。此后屡毁屡建，到唐宪宗元和年间有过一次大修。钱王这次大兴土木整修防风庙，由于他这时已功成名就，兴霸江南，位居吴越国王，对自己境内"往帝前王，忠臣义士，遗祠列像，古迹灵坛"，统统要"褒崇重峻于深严，祀典常精于丰洁，"为的是"冀承灵贶，同保军民。"明白无误地说明，在钱王和他以前的立庙人心目中，都是把这位古国国君当作一位"利济及于黎民"的"前贤"。

防风居住过的下渚湖在庙前不远处。站在码头上放眼望去，满湖是摇曳的芦苇，海海漫漫，无边无涯。绽放的芦花，在秋阳下犹如一片望不到边的绮丽云锦，从眼前向天际铺展过去，闪闪烁烁，涌动翻滚，宛如一片浩渺的银色湖泊。

我们在码头下船后，便进入一个满眼葱绿的芦苇世界。两边汀渚上密密丛丛的芦苇，像两堵密不透风高墙，把头上天空按着河道的形状，切割成一条弯弯曲曲的缝隙。船沿着这芦苇深巷慢慢前行，有时走着走着，"山重水复疑无路"了，眼看船头要撞到挡着的芦苇上，可一转弯又有路了，给人一阵"柳暗花明又一村"的惊喜。有时走着走着，忽然又同时分出几条岔道来，叫人无所适从，仿佛误入迷魂阵似的。隔着重重芦苇，看不见别的舟楫，只有前面游船驶过后波浪拍打汀渚的汩汩声和游客的惊喜呼叫，在静静的芦苇荡里回荡着。

随着往湖心驶去，两边芦苇渐渐退远，河道变宽，船从水边开着黄花的水花生附近驶过，惊起一群群正在觅食的白鹭，我们一干人都被这只在诗中才有的"一行白鹭上青天"的景象，激动得发出一阵阵欢呼。据当地友人介绍，下渚湖生态条件良好，盛产鱼虾，这几年吸引来越来越多白鹭。最壮观时，湖中心豸山上，每棵树都落满白鹭。从船上望去，漫山皆白，宛如雪山倒映在湖心！

下渚湖水不深，但清浅。鱼群像水中款款摆动的绿草，在自得其乐地嬉戏着。湿地中心的水域，似乎比西湖开阔，寥廓，四围芦菰，水村远山，澄明的空气中，尽情地感受着天光波影江南风。

下渚湖原是注入太湖的东苕溪发洪水时的一片蓄洪区，其作用就如同洞庭湖对于长江。这几年各地重视生态环境，认识到湿地重要性，称湿地为城市的"肾"。下渚湖不仅对德清建设生态县，具有调节生态、改善环境的功能，而且周围这片杭嘉湖平原良田，也全得益于它的灌溉。难怪防风庙大殿楹联上，前人有"捍患到今留圣泽"的说法，指出下渚湖就是防风这位前贤留给德清的一片"圣泽"。

游船在湖心岛停下来，上岸歇息品茶。茶室是几间竹寮，搭建在水边芦苇丛中，有点像古防风国先民们住的茅棚。端上来待客的，不是通常的茶叶，而是一种香味独特的防风茶，用青熏豆、橘子皮、胡萝卜和野芝麻冲泡而成；茶室门口还有人在兜售一种相传与防风有关的专治感冒的中药——防风；据说，从前这一带祭祀防风神，还奏防风古乐，跳防风舞。我突然想到，像这样一位至今仍传颂不衰的部族头领，最后却并没有得到与他事迹相应的下场。关于他的死，据孔子的说法："昔禹致群神于会稽之山，防风氏后至，禹杀而戮之"。这是正式典籍上有关防风之死的惟一的文字记载，说的是他被夏禹所杀。关于夏禹杀他的原因，近年来除孔子的"后至（迟到）说"外，尚有"误杀说"和"借故说"，后两种缺乏历史依据，大多根据民间传说和推测。我觉得孔子说法还是比较客观公允的。他谈到这个问题是因为吴王使者来咨询会稽出土的大骨节一事，并非专论防风之死，说明这一历史事件在孔子心目中，没有特别提出来讨论的必要。他在这里谈到禹杀防风时用的是个中性词——"后至"。"后至"也是一种"至"，并非"不至"，折射出防风对夏禹在政治上并不对立。如果他对夏禹怀有敌意，或者骄傲自大目中无人，就干脆不赶去会稽赴会了；如果他对夏禹个人品质和作风有什么看法，事先估计到迟到可能招致的严重后果，就会有所防范，绝不会去自投罗网了。不管什么原因，防风毕竟是"后至"，招致"杀而戮之"，这多少有点出乎他本人的意料之外，也让后来不少人匪夷所思。但孔子似乎不这么认为，在解释清楚大骨的来龙去脉后，紧接着便向吴使介绍了汪芒氏这一部族，从虞、夏、商到孔子当时的演化历史，对防风之死未加任何褒贬，说明后至被杀在孔子看来，乃是很正常的事。此后，屈原在《天问》和《招魂》中，也曾两次提到古防风国，但对禹杀防风却没有提出疑问和发表评论。贺循的态度最能说明这一点了。他一面在《会稽记》中详尽记述了禹在刑塘如何杀防风的经过，一面根据当时流传在民间口头上有关防风的传说，又率先为这位治水英雄立祠，开祭祀防风的先河。

我觉得只有把禹杀防风与当时的政治历史背景联系起来，才能正确理解这一历史事件。夏禹在制服洪水过程中，"披九山，通九泽，决九河，定九州"，得到众多部落首领的拥护，为中华民族实现真正的统一奠定了组织基础。他照会各个部落首领，在会稽大会天下诸侯，这在历史上是件有着深远意义的大事，标志着中华民族第一个真正的政治实体的初步形成。大多数历史学家因此认为，我国国家组织的出现，是从夏朝开始的。夏禹对防风在这样重大关键时刻竟然"后至"，可以想见一定大为恼火，也许他在性格上也像历史上有的伟大人物一样，对人不得罪则已，一旦得罪就索性得罪到底，就地处决了他，而且是"杀而戮之"，砍了头还要陈尸，也是够严厉的了。防风的头颅，就这样成了我们民族历史上建立最初国家的祭奠物。这听来多少有点残忍，有点血腥，但历史就是如此。不能简单地归结为"错杀"或者"误杀"，也不能因其被杀而否定防风生前的一切。

历史是胜利者历史。由于夏禹是黄帝后裔，史册上就视此为正统，没有其他部族应有的位置。传说在阪泉被黄帝战败的炎帝，虽同为中华民族最先的人文始祖，但正式典籍上有关炎帝及其后裔的记载几乎等于零，即便有也或多或少地带点歪曲和丑化。防风死后，意味着汪芒氏被征服，该部族人们随着逃进浙江与安徽之间的群山里避难，该部族文化因此在历史上也相应失落。有关"汪芒氏之君"防风的治水等其他事迹，在典籍上自然不可能有记载，只能保存在其后裔的口耳相传中。更想不到的是，经劫历难的汪芒氏，此后随着时代更迭变迁，连部族姓氏也由原来"汪芒"简化成了"汪"。《姓氏通考》中说，这就是国内位居百家姓第56位汪姓的来源。照此说来，这防风古国就是海内外汪姓人的发祥地，而我们这位汪姓始祖，竟是开天辟地以来中华民族历史上第一位悲剧性人物！

　　凭槛四望，湖上秋水长天，一枝枝羽状的芦花花穗，染着落日余晖，仿佛金与银在交相辉映，又像是淡淡血痕，泅润在素白色的锦缎上。我想，当年我们汪姓这位始祖告别这里父老乡亲去会稽赴会时，面对这故土"圣泽"满湖雪白的芦花和遍地翻滚的金色稻浪，脸上大概绽开出芦花般灿烂的笑容。

　　然而哪里想到，他这是"壮士一去兮不复还"的最后微笑！

2005年岁末于杭州

（载《解放日报》2006年3月4日）

# 永不沉落的海公祠

新安江上有处游人必到，价值不菲的古迹——海公祠。

海公祠坐落在千岛湖1078座岛屿中最大的龙山岛上。说"古"，是因为它建于500年前明代嘉靖年间。可惜，原祠20世纪50年代修建水库时，与整座淳安县城一起沉落在水底了。我知道这事还是6年前，单位读书会借座建德罗桐山庄。双休日那天，组织与会的人游千岛湖。游船驶离码头，行约时许，忽有人问：

"千岛湖哪里最深？"

导游小姐指指船下的水域。"就这里。"

我茫然四顾："这是什么地方？"

"海公祠呀！"

我不由地朝船下水面看看，蓝湛湛的湖上，风烟俱净，水天共色，闲云像野鹤，悠悠然停落在水面上。我忽发异想，大概这就是历史？

那次因家累提前离会，未及细问，今日重游又来到这片水域，忍不住多看了几眼。心想，船外的水自然不是6年前的水，水上的云，也非当年的云，就连我这个凭栏眺望的人，难道还是当年的我吗？时节不居，岁月似流，物是人非，多少感慨一时都涌上心头。

海公祠是座生祠，是淳安县人民当年为纪念自己父母官海瑞，自动集资修建的。一个人在活着时，就造祠纪念他，足见其在人们心中的分量。其实，海瑞任淳安县令时间并不长，只4年左右，恰好是当今县级领导班子一届的任期。但他政绩斐然，声名远播。他在淳安丈地均徭，减免赋税；整顿吏治，打击地方恶势力。而他本人为政清正廉洁，在历朝历代清官中，算得上首屈一指了，以至为官一生，仍穷得"家徒四壁"，囊无闲银，连老母亲七十华诞，身为孝子的海瑞，都只能"市肉二斤"，吃顿寿面了事。他在淳安最为人们传颂的，是他这位县老爷亲自背纤的事迹！

那年夏收大忙时节，御史大人鄢懋卿出巡路经淳安，命海瑞派五百民夫前来应差拉纤。海瑞深知农时重要，误农一时，种田人要吃亏一年。然而鄢大人乃严嵩心腹，权倾一时的当朝红人，对自己仕途的升迁操着与夺生杀大权。这就发生了我们常说的究竟对上级领导负责重要，还是对广大老百姓负责重要的矛盾？作为朝廷命官，我想，海瑞不可能不考虑，也不可能没有思想斗争，具体情况不得而知。但从行动来看，他的考虑结果是，决不能在农事大忙季节再去骚扰农民，不派民夫，不再给农民去增加负担。他宁愿冒着丢自己头上乌纱帽的危险，脚穿草鞋，率领所有衙役来到江边给御史大人的船队拉纤。一个封建时代的官吏，体恤民生到此程度，是够难能可贵的了。可鄢大人却不这么看。他对这个小小的淳安县令竟敢如此冒犯自己，蔑视权威，早已火冒三丈。如今见海瑞这身官不官、民不民的打扮，刚好抓住把柄，在"有辱朝廷命官"大帽子下大做文章，声言要当场摘去其乌纱帽。海瑞义正词严地说，自己头戴乌纱，是效忠大明皇上的表示；脚蹬草鞋，是为黎民百姓着想，这究竟触犯了哪条哪律大明王法该削职为民？！把这位仗势欺人的朝廷权臣顶得张口结舌，只好传令家人跟海大人一起拉纤，悻悻然离开淳安。

海瑞去职后，淳安人民为了纪念他，在他背纤的地方，县城对面南山脚下的新安江（当时叫青溪）边修建了这座海公祠。祠中原有一碑，名曰"去思"，充分表达了淳安广大百姓对海瑞的追思和怀念。最意味深长的是海公祠的大门，正对着当时的淳安县衙门，造成祠堂对公堂的态势，使后来者登堂如见前任海老先生。这究竟是建祠的人事先精心设计，还是客观上的一种偶合，已无从查证核实了。但实际效果上，真还起到缅古怀今的警示作用。据传有一位"后来者"，想利用手中的权力搞不正之风，总觉得正对面的海前任，目光灼灼地在审视着自己，很是碍事，几次想借故将海公祠迁走。消息传出，全县舆论哗然，迁祠阴谋始终未能得逞。

然而海公祠有一天终于从地面上消失了。事情缘起于20世纪50年代修新安江水库需要，这原本也是可以理解的事。只是没过两年，离淳安不远的金华籍著名史学家吴晗先生，根据这个故事创作了京剧《海瑞背纤》，后来又在这基础上扩展演化成《海瑞罢官》，被斥责为替彭德怀鸣冤叫屈，没想海瑞拉纤拉开了我国历史上空前未有的十年浩劫的序幕！

海老先生大概九泉下也想不到，自己作为明代右金都御史500年后，会跟中华人民共和国彭德怀将军联系在一起。更没想到的是自己在家乡的墓葬会因此受到牵连，墓室被挖开，骨殖暴弃于野。连原本响当当的名字，一度也成了不祥和灾难的同义词。这座沉落在水底的生祠自然无人敢问津了。海瑞为官一生，心里装着百姓，没想在人民当家做主的国家里，反而搞他搞得比嘉靖还邪乎。直到20世纪80年代彭德怀问题得到公正对待后，在当地人民强烈要求下，沉落在水底的海公祠终于在改革开放的大地龙山岛上重新修建，算是圆了四十万淳安父老乡亲的梦！

龙山岛坐落在新淳安县城西南湖区中央，从船上望去，有如苍龙脊背浮出在水面上，它原是旧日淳安县城北一座景色秀丽的峰峦。新建的海公祠离游船码头不远，四周青松掩映，杂花繁发，微风吹过，满山松花像金色细雨飒飒地落在湖中，成为鱼类的佳肴。千岛湖中的鱼因此比别处肉质鲜美可口。这情形很有点像内蒙古大兴安岭中有种叫"飞龙"的珍禽，由于常年以松子为食，肉嫩味美，且富营养，成了朝廷贡品。

如果从海瑞一生为政清廉，"不怕死，不爱钱，不立党"的做人原则要求，新建的海公祠似乎奢侈了一点。朱门重檐，雕梁画栋，倒更像是座豪宅。祠中"去思"碑虽非原物，却是忠实地根据县志记载精心刻制而成。最吸引人的还是嵌在碑廊上那幅狂草"寿"字，这是海瑞在淳安任上献给母亲七十华诞的礼物。笔力刚健遒劲，气壮神旺，一笔一划，无不透着海瑞个性。倘若在观赏时多一点耐心，会发现这寿字里隐含着"生、母、七、十"四字，流露出作为儿子海瑞对母亲那一片真挚感人的孝敬！

新祠与旧祠不同，正厅中多了座海瑞坐像。这是参照北京故宫博物馆里明代海瑞画像而塑的，突出其"绵里藏针"的性格特征。不过我倒觉得，海瑞在全国各地多处为官，除了共性，地方上的塑像不妨能凸显其当地个性，多一点地方特色。淳安时期的海瑞，留给人们印象最深的莫过于定格在他背纤的镜头，头戴乌纱，脚蹬满是泥巴的草鞋，在向鄢懋卿据理力争。那情状极为独特，又出个性，且具有象征意味，充分展现出海瑞崇高品质及其性格魅力，又是他淳安任内政绩的集中表现。倘若海公祠内有这样一尊塑像，人们一看便了然于心，一下子把他和淳安联系在了一起。

历史是任何人都无法改变的。千岛湖水深千尺，不及淳安人民对海瑞的深情。在决定重建海公祠的日子里，消息传开，连当地一些在外打工的身怀绝技的能工巧匠，闻讯后纷纷赶回来参加重建工作，献技出力。为了节省经费，他们还想方设法利用一些废弃不用的古建筑零部件，改装拼接，修补加工，在很短工期里便完成了这座美轮美奂的新祠。由于材料所限，新祠与旧祠在建筑风格上存在很大不同。但有一点却传承下来了：大门的朝向仍像先前一样对着县衙门——淳安县委县政府，希望海公祠仍能对今天的"后来者"们起到警示作用，蕴含着全县广大人民对我们政府的殷切期望。

春日朗朗，新海公祠前铺满阳光。往昔群山皆没成孤岛，街道变河道，桑田成沧海。然而海公祠，屹立人民心头，永不沉落！

# 全国"一线天"之最

　　江郎山如今成了一张世界级的名片了。

　　两年前的8月,在巴西召开的第34届世界遗产大会上,这个坐落在浙江江山市境内、知名度远不及杭州西湖的景观,竟捷足先登,被批准列入《世界遗产名录》,成为我省首个世界自然遗产。全球800多个世界遗产中,自然遗产仅100多个,越发显得其难得和珍贵了!

　　自然遗产是人类公认的具有突出意义和普遍价值的地球生命史的重要见证。亿万年前白垩纪时,当江郎山这片沉睡在漆黑海底的丹霞地貌,在地球造山运动抬升地壳过程中,像巨大海豚突然跃出海面,又先后经历三次抬升,才发育演化成现在模样。第一次抬升高度约500米左右,第二次约300米,最后一次为100米,为"三世同堂"的老年期丹霞地貌的典型,身上烙印着地球上丹霞地貌发育演化各个阶段的全部复杂性和独特性。连见多识广学问渊博的世界自然遗产评估专家皮特·米根,来江郎山实地考察时都不由得惊叹起来:

　　"我十分惊讶，世界上竟有如此奇特的自然景观！"

　　20多年前，我曾拜访过这位丹霞地貌的"老干部代表"。那时，由于自己无知，再说国家也像当年江郎山从海底浮出水面，刚从"文革"浩劫的深渊中走出来不久，满目疮痍，百业待兴，还认识不到江郎山的价值。我和大多数游客一样，站在"三峰列汉"脚下的荆棘丛中拍了几张照片，急匆匆算是到此一游了。

　　如今重游，不论主观心态还是客观景况，都与前次大不一样了。出江山城南行约莫一支烟工夫，就看见江郎山孤峰插天，像个身材伟岸的相识老友，站在山巅向我们远远招手。随着车子行进视角的转换，孤峰慢慢地一裂为三，变成三座，在蓝天下并肩而立。高大魁梧的郎峰仿佛一家之主，挈妇携幼，三口之家热情好客地全出来迎接了。

　　毕竟有了今非昔比身份，来这里的道路也今非昔比了。从前两小时路程如今半小时就来到山下。眼前连绵起伏的群山，从两边渐渐收合拢来，便有了一点气势。山上林木蓊郁，沟壑深幽，烟岚迷乱，霞光陆离，"三峰列汉"的秀丽雄姿反倒看不见了，大概就是"只缘身在此山中"的缘故。

　　车子沿着修得很好的盘山公路慢慢上升，山下村民新盖的楼房望去渐渐变小，有点像是坐在飞机上的感觉。窗外进来的空气越来越清新纯净，到了半山腰上景区入口处，全然没有了一点人间烟火气。

记得上次来时，上山的路是条未经修整的山道，到这里就是终点了。倘要继续登临，只有条采药人踩出来的羊肠小道。入列后，为了便于大家登山游览，铺设了一条石级路直达峰顶。危险地段的路边，还架设了安全栏杆。

我们沿着这新修石级路向山上走去，不一会来到开明禅寺，规模不大，却是座建于宋代的千年古刹。寺后有条登山的石级路，沿路前行，不时地有瀑布般云雾在身边翻滚涌动，俨然进入了佛的世界。

江郎山最奇特景观"三峰列汉"，被誉为"神州丹霞第一奇峰"。三峰中最高郎峰海拔900米，相对高度369.1米，上下需2.5小时。当年唐代大诗人白居易来这里游览，很想上山而不得，只好在自己诗里叹息："安得此身生羽翼，与君来往醉烟霞"。

如今有石级路直通山顶，上有问天亭，可俯瞰江山全境。一些身强力壮的游人，三五成群地从我们身边赶过，虎虎有生地向上攀登，大概想体验一番与郎峰共醉烟霞的出世感觉。

听导游说，这里还有个不能不看的景点叫"一线天"。来江郎山不看"一线天"也等于没来。上那里半小时就到，路也好走，然后从另一条路下山返回。

我因为已不是20多年前的年纪，爬郎峰自知体力不支，就随大流上"一线天"。沿着山路继续盘旋前行，一行人说说笑笑绕过山嘴，忽发现迎面一座插天山峰挡住了去路。再定神一看，原来山峰从上到下，刀劈似的裂着条细细的缝，中间形成一条窄窄的巷谷，路就从巷谷入口处小心翼翼地蜿蜒进去。阳光从峰后照过来，因为是逆光，除了那缝隙是白晃晃的，整座山体却是黑黝黝的，仿佛两扇顶天立地的大门没关严实露着条缝。那巷谷里的上山小道，恰似阳光铺在里面的一条光带。有几个游客走在上面，望去渺小得宛如几只蚂蚁在幽暗的大山腹内慢慢爬动，给人视觉上带来极大的冲击。

在大家的一片唏嘘声中，导游说，这一线天就位于亚峰和灵峰之间，全长312米，高298米，中间宽仅3米左右。1989年，华东地区56位地质专家来此考察，勘定为"全国一线天之最"。

据科学考证，当年江郎山从海底刚兀立而出时原是一座孤峰。整体岩石为红色砂砾岩，质地坚硬，抗风化力强，使它历经沧桑至今依旧巍然屹立。

然而经过亿万年大自然侵蚀，这岩质坚固的孤峰被渐渐地一劈为三。亚峰与灵峰之间这条巷谷，就成了全国之最的一线天奇观。

让人想不到的是，把亚峰和灵峰切割开来的，并非是比岩石更坚硬锋利的物质，而是软得没有固定形状的水和风，在地球重力作用的影响下，形成一条条节理，然后再一小块一小块地剥落下来。这情形很像兰州拉面馆师傅做刀削面，从整块面团上将面片一片片削落下来。

我在巷谷入口处抬头观望，果然发现亚峰和灵峰相向两侧直落下来的崖壁上，均有一条条从上至下纵贯岩层的垂直节理，酷似一本打开书上的一行行文字。再细看，虽是一分为二的同一座山，两边形貌却迥然不同。东边亚峰的西侧，由于常年照射不到阳光，又得不到雨水滋润，崖壁上寸草不长；而与其相对的灵峰东侧恰好相反，绝壁上长着茂盛细长的龙须草，从高空不时地滴落下一颗颗水珠。

听当地一位朋友说，有冰的日子，上面掉下来的就不是水珠，而是一颗颗冰块。有年冬天，他来山上，半道上忽听一声震天动地的巨响，仿佛炸弹爆炸，到了这里一看，原来是块巨大的冰坨子从上面掉下来，砸成四分五裂，把巷谷口都堵住了。

不难想见，当年风和水就这样，利用地球的重力作用，经过一亿三千九百多万年，生生地将一座插天青峰，一点点撕扯开来切割成今天的三座。时间真是可怕，可以改变任何物质的存在形式，至今它还在继续改变着。假如再过一亿多年，江郎山会是什么样子？来这里游览的又是些怎样的人？这些当然都无法知晓了。

　　下山路上，车上的人仍在纷纷谈论江郎山的神奇。有人将三峰列汉比作是三把刺破青天锷未残的剑，有人说是三根顶天立地的擎天柱，也有人比作三支朝气蓬勃的雨后春笋。作为一个写作者，我更愿意把它们想象成是三支巨笔，一支现实主义，一支浪漫主义，再一支现代主义，大家共同来抒写中华大地上写不尽的可歌可泣的故事！

2012年12月

# 南有卢宅

卢宅在全国建筑之乡浙江东阳。

在全国省会城市中，大概没有一座城市没有东阳人盖的房屋。这样说并非妄语。

我曾到过美丽的松花江畔，穿越过辽阔的内蒙古草原；也曾西出阳关，沿着丝绸之路到过天山之麓，漫游过滇池畔风光旖旎的春城，五指山下的天涯海角和雪域高原古城，所到之处，都有来自浙江东阳的造楼人，头顶烈日，脚踩寒霜，挥汗如雨地忙碌在高耸入云的脚手架上。华夏大地，古往今来，东阳人不知奉献了多少广厦！他们自豪地告诉我：哪里有建筑工地，哪里就有我们东阳人忙碌的身影。一如哪里有黄酒厂，哪里便有绍兴的"酒头脑"在"开耙"把关，保证着酒的品质！

东阳素有"建筑之乡"美誉。在那里逗留的日子里，人们聊起建筑史话，最乐于道及的，一是东阳人为杭州灵隐雕塑了全国最高的释迦牟尼室内立像，参与建造了巍峨庄严的灵隐寺大雄宝殿；另一件事，则是18世纪中叶，清王朝对北京故宫进行大规模修缮，从东阳征召了400余名能工巧匠。雄伟庄严的天安门城楼，金銮殿里的雕梁画栋，都凝聚着东阳人的智慧和汗水。两件巨构，同为至尊所居，一位在天上，一位在人间，都是东阳人参与建造的举世无双的建筑瑰宝！

东阳人怀着"大庇天下寒士俱欢颜"的宽广胸怀，远走他乡异国，为他人建造了难以数计的遮风避雨的房舍，美轮美奂的华构；然而在"建筑之乡"的土地上，东阳人居住的房屋，没有一座劳动外地人建造，全都出自东阳自己人之手！

东阳当地建筑的代表是卢宅。主人卢氏系周朝姜太公后裔，从北方迁来这里雅溪定居，从此发迹。五百年间，书香不绝，科举绵延，有150多人涉足仕林，成为当地家世显赫的望族。其中一支在明朝时分迁高丽，韩国现任总统卢武铉和前任总统卢泰愚，皆系东阳卢氏后裔。我在当地采风时，有关部门已接到我国外交部通知，正在积极筹备迎接以卢泰愚为首的韩国宗亲团来卢宅寻根认祖的接待工作。

整座卢宅，占地500亩，在布局上审势观气，讲究山脉，水流和林相。仅主体建筑肃雍堂，便耗时6年。以它为中轴线，前后主要厅堂像北京故宫一样共九进，纵深达320米，空间序列极为壮观，是我国现存规模最大的古民居。最后一进后面，也像故宫御花园一样，为一片清流回环、花木扶疏、台榭错落有致的古典园林。整座卢宅院落，规模宏大，造型端庄，布局深邃，结构严谨而封闭，体现着侯门似海的气势，是典型的东方古民居建筑。人说建筑是凝固的音乐，那么东阳卢宅，便是一阕琴瑟钟鼓诸多乐器演奏的气势恢宏、庄重幽深的东方古曲！

许多来这里参观的建筑专家，把我国古代建筑集大成的故宫与它进行对比，从两者的建筑理念，平面布局，和空间序列等诸多方面的分析比较，认为卢宅可以说是民间的"故宫"。以至当地一直来流行着"北有故宫，南有卢宅"之说。

其实，全国以建筑著称的并非东阳一地。然而东阳建筑行业自唐宋崛起，到明清独树一帜，力压群芳。这与东阳人的文化素质及其百工竞技、人文荟萃的社会文化环境分不开。

东阳地处浙江腹地，山多地少，乡人多为衣食所困。为求生存，长期来这里的人们主要通过两种途径来改变自己命运。其一为勤学苦读，日后在仕途上求得一官半职。因为这个缘故，重教兴学在东阳蔚然成风。书院义塾，风靡境内；蒙馆私塾，遍布乡野。多少像宋濂笔下马生那样的东阳子弟，身穿母亲手织的土布衣，怀揣家里晒制的"霉干菜"，离乡求学，发奋苦读。在家父兄，则不惜倾家垒债，供其上学深造。此种情形，在东阳寻常百姓家中比比皆是！直到民国新学兴起，此风仍有增无减。据载，民国21年，全县有公私立小学823所，列浙江全省75个县之首。我家乡著名的省立锦堂师范，在校生中竟有三分之一是东阳学子！东阳因此又称"人才之乡"。

另一条出路便是学艺求技。东阳人传统价值观里，只认同两种人：一是肯读书，一是有手艺，身怀一技之长，外出谋生，有的甚至远涉海外。记得我小时在浙东家乡，流行的儿歌中就有"东阳东阳，泥水木匠"。东阳的百工匠作，从小在家乡这种重教兴学、尊重知识的社会风尚和文化环境的熏染，心灵手巧，头脑聪明，肯动脑筋，在营造房屋的过程中，运用自己的智慧和勤劳，将传统的木雕艺术融入建筑，形成自己独特的风格，使东阳建筑既具有很好的实用效果，又有很高的审美观赏价值。

徜徉卢宅，流连忘返在那木雕艺术与木结构建筑技艺熔于一炉的风格，使我觉得这座民间"故宫"，同时又是一座保存完好的木雕艺术博物馆。东阳木雕作为全国四大木雕之首，其作品在1915年巴拿马万国商品博览会上就获得过不止一种的奖章奖牌，并得到过英国女王伊丽莎白二世和宋美龄的青睐，本身便是工艺奇葩，具有很高的独立存在的艺术价值。卢宅几座主体建筑的梁柱门窗，无不装饰着精美的木雕。檐下那一只只撑拱，俗称牛腿，雕花镂空，层次分明，形象逼真，神韵生动。敦安堂前的那只荷鹤图，数茎风荷，两只闲鹤，信步在荷塘觅食，雕工细腻，水波，鹤羽，荷叶翻转过来的背面脉络，不但清晰可辨，而且从荷叶的摇曳，鹤羽的翻动，涟漪的兴起，传达出画面外熏风似酒，醉倒了画中的荷鹤，也醉倒了众多站在下面抬头观赏的游人！

徜徉卢宅，有如在聆听一支响遏行云、声振林木的优美古曲。余音缭绕中，我心里一直在想，尽管经过破"四旧"的浩劫，卢宅的这些建筑瑰宝怎么竟完好地保存至今？当地朋友说，因为这里的人们懂得它们的价值，当时迫于形势，不得不也破了一些，但其中的精华，却采取各种巧妙的办法，偷偷地保存下来了。

造就东阳建筑艺术需要文化的智力支持，保护这些传统瑰宝，同样也离不开人的文化素质！

2004年3月28日于杭州

# 涛声也不依旧

　　与上海朋友在一起，他们常常羡慕地说，杭州人真幸福，如今又多了个谈情说爱的去处——大运河。上海黄浦江边外滩，情人们多得都把公园变成了闹市。杭州的运河，虽在闹市，却幽静得如同公园！

　　一个莺歌燕舞的日子，漫步在运河十里长堤上。从西湖文化广场沿河而上，翠柳依依，桃花灼灼，佳木葱茏，花卉葳蕤。各种绿色植物与奇石，像河边长椅上恋人依偎在阶梯式绿化带里，这里一丛，那里一簇，自成情调。修竹摇曳的绿荫丛中，掩映着咖啡馆的粉墙漏窗；茶楼的飞檐，恰到好处地高翘在树冠的某个空隙里。空中春燕呢喃，河上不时有画舫驶过。传统而时尚，宁静又繁华。就连河上迎面吹来的风，也不像先前那样恶臭难闻，钻到绿化带里一净化，等出来时浑身散发着花的芬芳，树的清幽，吹得人心旷神怡，都有点像西湖边上的熏风了！

　　我惊异于古运河的巨变。

　　我与运河虽同在杭城，二十多年来却少有涉足。除了家在城西，来这里有着段不短的距离外，更主要还是由于脑海里一直存在着对运河欠佳的印象。

　　那是1986年夏天刚调回杭州不久，中央电视台《话说运河》摄制组总导演老戴找到我和温小钰，邀请我们为《话说运河》撰写解说词。我考虑到自己长期生活在内蒙古，刚调回家乡，连运河还未见过，恐难胜任。戴导表示，他们摄制组刚拍完《话说长江》，每天在黄金时段播出后反应热烈，对他们鼓舞很大。电视台领导决定趁热打铁，原班人马推出电视连续节目《话说运河》，邀请运河流经的四省二市作家撰写解说词。北京段已约请了刘绍棠，天津是冯骥才，河北蒋子龙韩少华，山东李存葆，江苏陆文夫高晓声汪曾祺，浙江就请你们两位，希望支持，千万不要推迟。

　　为了写好解说词，我们去北京集中前，特地沿着运河走了一趟。没想沿河垃圾如山，破败敧侧的棚户屋，高低不平满地污水无法下脚的沿河陌巷。好不容易找到一处快要倒塌的河埠头，想站着打量一眼这条被誉为利在千秋的南北通衢，河上扑面吹过来一阵恶臭难闻的风，赶紧捂住鼻子，发现河水竟又黑又脏，黄不黄，黑不黑，红不红，浑浊得像是油漆。河边水面上还飘着一只肚子胀得快要爆裂的死猪，随着浊浪翻滚上下沉浮着。悠悠古运河，快成了刚解放时北京又脏又臭的龙须沟！

　　这就是我这个在外漂泊了二十多年游子回来后看到母亲河的第一印象。

　　撰写过程中，我们曾与摄制组里同是浙江人的沈荣达，谈起家乡这条母亲河的污染，颇有同感，感觉也很复杂。小沈是位摄影师，好几次在直升飞机上航拍运河。据他介绍，那时参加航拍的人要事先在人寿保险书上签字，因为航拍并不是我们想象地坐在机舱沙发椅上进行，而是在直升飞机外面，身上系着安全带悬空坐在固定在直升飞机外的一把椅子上。飞机在空中飞行，时高时低，时快时慢，小沈怀抱着摄像机，探出半个身子悬在半空中朝下拍摄，风呼呼吹在脸上，本来呼吸就有点困难。等飞临运河上空，吹来的风里夹带着河水散发出来的阵阵腐臭和怪味，一会儿就熏得他出不上气来，不知怎么来调节自己呼吸。小沈是个十分敬业的人，对工作极其认真负责，抱着摄像机，忍受着运河臭气的蒸熏，航拍就在这一阵阵冲天的恶臭中进行。有时拍完一个规定的场景从机上下来，胸闷头晕，恶心难当，蹲在地上哇哇直吐。

　　我与小沈因为共同参与《话说运河》成了朋友，后来常有联系。他根据自己在中央电视台参与过的几次航拍实践，翻阅了大量航拍资料，编写出一部有关航拍的教材，送我看过。可惜，未等出版，在一次航拍事故中，从高空摔下来不幸遇难。英年早逝，真为他扼腕痛惜。这是后话。

当时，《话说运河》摄制组经过零距离走近运河，对污染问题的严重性感触良深，在电视连续片第一回快要结束时，忍不住指出"有些地方只顾往运河里排泄废水，倾倒垃圾，残杀河里的生灵不算，还闹得周围环境臭不可闻"，并大声疾呼："现在，运河的不少地段已经不成样子了，这必须引起我们足够的重视。当人们大声疾呼'爱我中华，修我长城'的时候，是不是也应该大声疾呼'爱我中华，治我运河'呢？"

就在《话说运河》播出当年，中央电视台收到成千上万封来自运河两岸观众的来信，其中有位杭州市规划设计院的工作人员在信中说："每当中央电视台播放《话说运河》节目的时候，我们全家都围着电视机观看。作为一名生活在运河边的杭州居民和城市建设工作者，一方面为古老而充满活力的运河而自豪，另一方面又因为运河成为臭水沟而内疚。为了治理运河，浙江省、杭州市有关部门已进行3年多的综合治理和工程可行性研究。请中央电视台的工作同志转告广大观众：运河杭州段的污染问题一定要解决，也一定能解决。"

作为浙江人，我们对运河感情与这位观众一样。二十多年过去了，有关部门顺应民心，下大决心对运河杭州段污染问题进行了大力整治。仅拱墅区从2006年以来，为解决污染问题，搬迁了423家省属和市、区属企业，并不断完善沿河社区生活污水的处理工程，将腾空出来的厂房厂区，经过整修，华丽转身，建成为各种各样博物馆和文化主题公园，与沿河绿化带衔接在一起，使运河两岸成为了杭州北部像西湖一样的园景优美，空气清新，水质优良，富有文化内涵的园林胜景。

徜徉在当年乾隆皇帝下江南的御码头上，感受着运河的种种变化，我想，如果当年的《话说运河》摄制组再来拍摄，画面和解说词肯定全然不同了。当然，摄影师也不会再像当年小沈那样，航拍下来哇哇呕吐。遥想小沈有灵，看到今日母亲河巨变，定然会感到无限欣慰。

暮色降临，沿河两岸的灯光一齐亮起来。那灯光从最下面沿河栏杆上，沿着阶梯形河岸一层层高上去，有橙黄色的，银白色的，红色的，绿色的，最上面沿着河滨大道的灯光是紫色的。据说是法国设计巴黎塞纳河两岸灯光设计师的作品，像一排望不到尽头的紫罗兰，梦幻般镶嵌在绿化带最上端，把古老的运河辉映得流光溢彩，青春焕发。

这时，流金淌银的河面上，一艘满载游客灯光通明的游船，从拱宸桥方向隆隆驶来。船尾涡轮机翻起的水浪，拍打在新砌堤岸上，那阵阵涛声，应和着船上传来的歌声，仿佛在为古运河的新生热烈鼓掌，听来全然没有了旧时的落寞和凄凉。

今日，运河大变样，连涛声也不依旧了！

2012年11月12日

# 长兴"金钉子"

第一次听说"金钉子",还以为是长兴某地拳头产品。长兴人在谈到它时,不论当地父母官还是十二三岁长兴少年作家协会的小作家们,个个都情不自禁地带出几分自豪来。这次来长兴采风,第一天就安排去"金钉子",又想当然地以为是个旅游景点。其实这些"以为",都是我这个"科盲"无知的表现。

"金钉子"是研究地球发展史的一个专业名词。

我们居住的这个星球,从它诞生到如今,已有46亿年漫长的历史。期间发展变化最为剧烈动荡的,是距今2.5亿年前由古生代过渡到中生代的演化期。混沌初开的地球表面,到处在天塌地陷,狂飙大作,烈焰冲天,浊浪排空,黑暗中夹杂着惊天动地的恐怖轰鸣。全球生物在经受着一次比原子弹爆炸不知猛烈多少倍的超级大毁灭。这一切,都被无言地记录在长兴煤山镇附近那一条16公分厚的灰褐色岩层里。

那岩层科学家们标号为第27号,裸露在山体地质剖面夹层里，实际那该是一个层面。那天，要不是当年参与这项科研的徐教授讲解，我们面对着这条沉默的灰岩带，觉得与长兴大地上随处可见的灰岩并无二致，根本看不出什么名堂来，然而经过以丁文江为首的中外地质学家、古生物学家们将近一个世纪不懈考察和辛勤求索，大量的科学成果揭开了隐含在岩层中的万古之谜。大家终于取得了共识。共识之一，是第27号灰岩层是条分界线，清晰地划出了古生代与中生代时期生物的截然不同。此前生活在古生代的95%以上生物，经过这场浩劫，从地球上永远消失了，代之而起的是诸如恐龙、扬子鳄和银杏等较高一级的新物种；共识之二，则是产生了大陆板块飘移，开始形成今天五大洲的雏形；共识之三，伴随着这场劫难，产生其他星球与地球相撞。科学家们发现，第27号灰岩层里竟含有地球上所没有的天体撞击后的遗留物——铱元素物质，并有火山灰的大量堆积。

　　大家像听神话故事般听着发生在2.5亿年前这场我们地球母亲的变革。与地球发展史相比，人类的历史是过于短暂了。倘若从有文字记载算起，短促得几乎只有一瞬间。即便如此，面对浩繁的卷帙和史料，人类社会发展史尚且疑窦多多，空白不少。然而地质学家和古生物学家却通过长兴灰岩这个窗口，来瞭望和破解2.5亿年前我们这个地球母亲的生存状态了，真是不可思议！

国际地质科学委员会的权威们，根据收到的大量有关27号灰岩的考察报告，经过3年4轮层层遴选投票，遂于去年3月从奥地利的卡尼亚、俄罗斯的外高加索、印度的克什米尔、美国的犹他、巴基斯坦的岭岩、吉尔吉斯的阿拉木图等10余个申报候选单位中，最后选中了中国长兴，决定将地球层型界线的标志物——金钉子——定在我们此刻所在的长兴煤山，标志着这里被公认为是全球瞩目的唯一考察了解古生代向中生代演化的最佳研究基地。

2.5亿年前这场变革无疑代价沉重，但自然界也因此有了进化，有了新生代较高一级的生物，有了猴子有了人有了我们。从眼前这个国际标准的地质剖面上看，有了28号岩层，第29号岩层……有了山顶最高一层今天长兴的大地，以及地上风起云涌的变革。记得10年前，我多次乘车路过这里时，道路拥挤，颠簸得像是船在海上遇到12级台风。当时有首顺口溜流行大半个中国："浙江到，汽车跳"，说的就是长兴，如今这可怕的路况像古生物一样永远消失了。新建的杭宁高速，两条国道，两条铁路和运河黄金水道，在长兴希望的田野上纵横交错，水陆衔接，使长兴成为全国交通最发达便利的县份之一。连接县城与太湖的6车道十里迎宾大道，宽敞得像北京长安街，使浩渺太湖成为长兴城下一景。当年煤山镇上落脚过前来考察的科学家们的低矮小客栈，也像古生物一样永远消失了，代之而起的是当地从未见过的、稀罕得有如铱元素似的现代化星级宾馆，以及一幢幢独立式别墅的农家乐休闲饭店。整个城镇布局也像大陆板块飘移般地重新来了一番规划。年轻的农村姑娘，再不像改革开放之初，千方百计地找个邻省宜兴小伙子逃出家乡，而是穿着入时地在自家饭店里当起了女老板，正在应接不暇地微笑着接待一批又一批来自上海、杭州的观光客。倘若没有当年那场记录有27号岩层里的灾难性变革，恐怕就没有今天的这一切。

身材有点发福的徐教授，指着眼前一座高耸的大理石碑兴奋地宣称："请大家注意，这就是国际地质科学委员会投票一致通过的定在这里的标志物——金钉子！"

"金钉子"高约10米，顶端尖尖的，酷似一枚倒立着的巨大尖钉在阳光下闪闪发亮。顶端上的造型仿佛一只翘着小拇指的奇特拳头。教授告诉我们，这是古生代一种典型的生物，叫小牙型刺，只有芝麻粒大。它从地球上消失已2.5亿年，但我国科学家花了一个世纪从27号灰岩层中找到了它的化石，使长兴灰岩成为世界地质精品。

站在"金钉子"下抚今追昔，思绪万千。放眼眺望，山下长兴大地生机勃勃，山山涌翠，稻田铺金。太湖碧水映蓝天。铁路公路运河，像是友好相处的三个好朋友，肩并肩地从远方奔驰过来又向天际伸延过去……所有这一切，岂不也是枚金钉子，折射出神州大地的世纪巨变。从这个意义上，"金钉子"在长兴固然自豪，但更自豪的是今天长兴本身就是一枚珍贵的金钉子。只是它告诉我们后代的，不是生物的灭绝，而是这里的天，怎么变得湛蓝；这里的河水，怎么变得清澈；道路怎么变得宽广、平坦……

（载《文学报》2003年1月23日）

# 魅力雁荡

　　长白山，天山，兴安岭，五指山；黄山，庐山，张家界，玉龙雪山……我曾游历过无数名山大川，观赏过多得连自己都记不清的奇峰异石。但这些山的幽美胜景，大都只宜在白天有阳光的日子登临游览。它们是属于白天的山。只有敢为天下先的温州境内，雁荡山景不仅白日耐看，到了夜晚更是魅力无穷，神奇变幻。它的夜景堪称天下一绝！

　　奇山秀水著称的雁荡山，乃是我国十大名山之一，也是正在热播的电视连续剧《琅琊榜》的取景地。它从温州北端到平阳苍南闽浙交界，绵延百里，分南、北、中、西、东雁荡，五处各有特色。但我最喜爱是北雁荡。北雁荡在温州乐清境内，从杭州去那里，先前坐汽车要十几个小时，得付出一点辛苦。现在有了高速公路，动车只要三个小时左右。车一进入景区，四周空气清新，寥廓明净的苍穹下，远处一峰兀然耸立，仿佛身披袈裟双手合十的老者。车子转弯，它也跟着转弯；待走到近前，发现其状酷似一位慈眉善目的老衲在躬身迎接八方游客。这就是雁荡山大门口的"迎客僧"峰。不论酷暑严寒，也不管阴晴雨雪，它已经在这里恪尽职守地站了不知多少年，不言而喻，它注定还要一直站下去完成自己的使命。

游雁荡基本不用走山路。由于这里地处白垩纪火山活跃地带板块，所有峰峦都是随着地壳变化从海底隆起，至今表面还残存着海洋生物的痕迹，山体多呈独具特色的峰、柱、墩、壁等奇峰危岩，一座座静静地屹立在我们视野内，互相间保持一定距离。我很欣赏它们这种脱尽浮躁与世无争的范儿。据说北雁荡有奇峰百座，如独秀峰、玉女峰、双鸾峰、金鸡峰、展旗峰、双笋峰等等，形状各异，或兽或禽，或人或物，均栩栩如生，不用导游介绍，听名字就知道是什么，而且越看越像，越像越想。

除了奇山，精华荟萃的山泉瀑布，也是游雁荡不容错过的去处。最著名为大龙湫、小龙湫和三折瀑。大龙湫高190米，随季节、水量、风速、晴雨的变化，水烟云雾，呈现不同风姿，有时如狂涛倾泻，有时如银河倒挂，有时又如珠帘低垂，飘逸潇洒。清代诗人袁枚《大龙湫》诗曰："龙湫之势高绝天，一线瀑走兜罗绵。五丈以上尚是水，十丈以下全是烟。况复百丈至千丈，水云烟雾难分焉。"写出了大龙湫奇幻多变的气势。北雁荡的观音洞，乃是国内洞景翘楚。洞口在合掌峰下，两座触天并立的青峰，如两扇巨掌作合十状，观音洞就藏匿在掌缝深处。洞高百米，倚岩建佛阁九层，分天王殿、观音殿、大雄宝殿和藏经阁，殿旁有洗心泉，泉水清冽甘醇，终年不绝。唐代时有高僧善牧在此修行，一时香火炽盛，香客不绝。

游雁荡，白天游了山看了水，不管多累，夜晚必得坚持出来看山景，不然就等于没到雁荡。这是多少游客发自肺腑的切身感受！

在宾馆享用过温州特有的海鲜后，暮色便开始从深涧谷底渐渐升起来，景区内慢慢地少了白日的燠热，多了几分清幽。漫步夜色中，幽谷，泉声，虫鸣，星空，山月，感受着浓浓的静谧安详的乡野情趣。而更多的人，却聚集在宾馆庭院内驻足翘望。这时那耸立在夜色中的一座座峰峦，仿佛受到夜的感召，一下子像着了神秘灵气，都有生命似的活了起来。白日里见过的"犀牛望月"那座巨岩，在灰蓝色天幕映衬下，像是活着似的灵动起来，痴痴地抬头望着东方，在等待着传说中美丽善良的牧牛女从月亮里出来相会。正当我们跟着它也抬头仰望时，一只大鹏在头顶上张开巨大双翼，黑黢黢的身子披着如银月色朝人们俯冲下来，让我们吃了一吓。这就是雁荡山神奇的鹰鹫峰。郭沫若为它特地写有一诗赞曰："雄鹰踞奇峰，清晨化为石；待到黄昏后，雄鹰看又活。"果不其然，在友人指点下，我们转过身来，抬头朝后仰望，恐怖的秃鹫飞走了，看到的却是一对巨大浑圆的丰乳，性感十足地展现在头顶上。一时间，只听得院子里男人们，都兴奋得放肆地"哇哇"惊呼起来。

步移景换。随后我们在原地只朝前迈了几步，再一抬头，原先的双乳峰在月色朦胧中摇身一变，变成了一对热恋中的情侣，在含情脉脉地相互凝视着。青春的躯体，紧紧靠在一起，相亲相拥，全然不顾我们那么多人睁大眼睛在兴味盎然地注视着。

过去只听说有生命的东西才会变身，现在一座没有生命的峰峦，在抬头俯仰之间也像孙悟空似的神奇地变幻着，逗得我们大家一个个像孩子一般，兴味十足，乐得天真地开怀大笑。这究竟是什么缘故？有人说，是由于夜幕映衬，光和影交互作用的结果；也有人说，是由于观景时，站的地势高低不同，视角方向的变换而导致。这些说法也许都有道理。但我的体会是，更主要的，还是由于我们在观赏雁荡夜景时，不但像白天似的用肉眼在观看，更重要的还在于用我们的心灵在感受，在观赏，在创造，在领会。肉眼看到的，是静止不动的山。那只是山的表面。心灵看到的，才是山的精魂，是灵动变幻地活着的山，带我们走进天造地设的童话世界，并且烙印在我们记忆中久久无法忘怀！

2016年4月

# 新安江上

在我读过的写新安江诗文中，无不赞叹那一江澄澈的水，从两岸青山婉约流转出来，像流动的碧玉，像熔化的翡翠，像奔流的水晶，纯净得能直视五、六米水下飘动的水草和美丽的卵石。难怪连游遍名山大川的大诗人李白，第一眼看到便感到有点清得不可思议地惊呼起来：

"借问新安江，见底何如此？！"

新安江美，不仅在水，还在沿岸江南大地独绝旖旎的风光。这就如同美女与华服，骏马与雕鞍，相辅相成，相得益彰。那天，我们船过白沙大桥，驶出市区，望出去每个视角，都是一幅心旷神怡的画。江北新楼林立，新修高等级公路上车如流水。改革开放的春风，像变魔术似的不动声色地把古老的粉墙黛瓦，渐渐地变幻成一幢幢欧陆风情的别墅式建筑。茂林修竹，掩映着雪白的墙，火红的瓦。这一切又都氤氲在清明时节江南特有的烟雨迷蒙中，酷似一帧近年来画坛流行的用现代技法画成的国画长卷。

　　江的南岸，却是大写意的田野风光。峻峭的河岸上，极有层次地展开着绵延数里的色带：黄的菜花，红的桃花，白的李花，绿的桑麻。空中新燕呢喃，头上黄莺啼转。莺歌燕舞的江南三月，连色彩带音响，一头糅进水里，让满江春水都醉得水色酡然，一路晃晃悠悠。

　　船到三江口，只见从南面奔来一路江水，烟波氤氲，浩浩荡荡汇入新安江。两水相合，江面陡然变得开阔，浩渺如海，寥廓苍茫。这里曾停泊过孟浩然的孤舟，"野旷天低树，江清月近人"的千古绝唱，指的就是眼前这片空蒙辽阔的江天。两岸山上那南北对峙的双塔，仿佛孟浩然的两位故人，久久地伫立山顶，在目送着诗人的孤舟慢慢地消失在烟波上。北塔山下的古镇梅城，系唐宋以来严州府的治所，因著名诗人刘长卿、杜牧、范仲淹、陆游等人先后在此为官，知名度大大提高。看来名人效应古今皆然。古镇背靠乌龙山，也就是《水浒传》中宋江招安后，率领梁山好汉与以方腊为首的农民起义军兵刃相见、厮杀血战的古战场。那次战役使梁山起义军从人员到士气都蒙受重创，解珍兄弟和阮小二、孟康数位好汉都血洒在青山绿水中，宋江领导的这支起义队伍从此走向悲剧。想想真是不可思议。我无论如何都无法将眼前这片秀色天成的风景，与散发着血腥味的历史事实联系在一起。但不知为什么，生活中的悲剧却常常孕育在优美的风景里！

　　梅城附近，还有我国农民起义第一位女皇帝陈硕真故里，覆水难收典故中主人公朱买臣墓葬，伍子胥逃出楚国投奔吴王的野渡。也许就因了沿江自然人文环境的不同，使得新安江与它同一血脉的富春江，在气质和秉性上存在着明显差异。

　　前年，我在桐庐曾畅游富春江。两岸青峰如屏，一带江水泱泱。更有矗立江上千古闻名的钓台，和有关严光的故事传说，让人觉得那里真是一片俗尘不到、高士出没的隐者福地。潇洒倒是蛮够潇洒，只是舟行半日，难得见到人家，冷清得有点不食人间烟火，仙气有余而人气不足。新安江则是条人气旺盛、充满世俗气息的河流。江上舟楫交会，每次我们游艇都拉响汽笛，像是在招呼致意，又像是在好心提醒，然后减速慢行，避免"浪损"，彼此都显得文明礼让。更有趣的是沿江那些河埠。江村如舟，河埠则像从船上伸在河中的一支支桨橹。未到跟前，河埠上只闻其声不见人影。当游艇驶过，随着一阵大呼小叫，忽地站起一排高高低低、花花绿绿的洗衣淘米的女人——那是为了躲避"浪损"——恰似孔雀开屏。随着游艇行驶，就这样一路开屏过去，煞是好看，成了新安江沿岸独特的景观！

　　忽然，船上有人轻声哼起了印度尼西亚著名民歌《梭罗河》。那深情悠扬的旋律，带着点淡淡忧伤，唱出了我心中此时此刻对新安江的感受。

　　你的历史，

　　就是一只船。

　　商人们乘船远航，

　　在美丽的河面上。

　　新安江的历史，何尝不也是只船？你曾孕育了影响过我国商界的一代徽商。你的历史，就是一部徽商的兴衰史！

　　长久以来，崛起在明清时期徽商的路线图中，流传着"九十严州府，水程六百里"，说的是六百里钱塘江流经三州，即上游安徽徽州，中游严州，下游杭州，恰好是徽商从兴起到走向全国的三个台阶。徽州是徽商发祥地，年轻的商人抛妻别子，沿着新安江顺流而下，严州成了他们人生创业的第一站。他们在这里通常都从学徒做起，劳其筋骨，苦其心志，磨炼上若干年，便羽毛渐丰，在资金和阅历两方面都有了初步积累。于是又乘船顺流而下，到下游杭州去开始二次创业。其中的佼佼者，像"红顶商人"江南药王胡雪岩，坐落在西子湖畔最豪华花园别墅汪庄的主人，大都立足杭州，辐射全国。然后，通过这条黄金水道，将成箱成箱银两运回家乡，在徽商故乡的大地上像雨后春笋般崛起大批富有特色的民居建筑，为我国建筑史上留下了一笔宝贵的遗产。

　　那时的江城严州，上接徽州，下连杭州，交通便捷，商贾辐辏，很快崛起成为浙江腹地重要的繁华商埠。尤其是南城门沿江一带，商铺鳞次栉比，行人从早到晚摩肩接踵，市声喧天，夜夜笙歌达旦，热闹得如同南京城里秦淮河。停泊在江边的"红船"（当地人称茭白船），成了年轻商人们的销魂场。皮肤白皙的卖笑女子，来自靠近江西的江山一带，人称"江山妹子"，还有一部分是来这里避乱的南宋王公贵族的后裔，生计无着，沦落风尘。"红船"待客登船后，便在船桅上挂起盏红灯，驶离码头，一艘艘泊在离岸较远的江上。在月华如练的夜晚望去，宛如一片烂漫春花，辉映在泛着银光的江面上。

此后，我曾多次来新安江，都不由地会联想到梭罗河。可惜20世纪50年代，由于建设需要，新安江上下游都相继修筑大坝，建起水电站，再也无法直达下游杭州，梅城成了座不通舟楫的孤城，县治也因此从这里迁至上游白沙镇。但新安江却依然牵肠挂肚地牵挂着与自己血脉相连的两岸每一寸土地，像个无私的母亲，在养育了无数后代，操劳了千秋万代后，仍然一点一滴地聚集起自己的精血和力量来滋养着它们。为什么这里大地锦绣如画，这里每座山头绿荫婆娑，这里每片田野稻禾摇金，这里每条溪流碧水长流，这里每座城镇歌声飞扬，一片光明璀璨？因为有你的滋润，有你的呵护，有你的抚育，有你那一片宽厚深沉的爱！

（载《浙江日报》2000年5月14日）

# 石梁飞瀑

到目前为止，浙江天台石梁在我国瀑布排行榜上，也许还难以跻身前列。它没有蜚声古今的庐山香炉峰瀑布的"飞流直下三千尺"，也没有贵州黄果树瀑布惊心动魄的磅礴气势，没有九寨沟诺日朗千姿百态的神奇秀丽，但却早在一千三百多年前的盛唐时期，诗人李白已不止一次用美妙的文字描摹过它："石梁横青天，侧足履半月"；"石梁如可渡，携手弄云烟"。此前，与王维齐名的诗人孟浩然，先李白来此捷足先登："问我今何适，天台访石桥！"

天台石梁得到古今众多诗人的认同和青睐，不是没有道理的。瀑布顾名思义，一般重在观瀑，看水头落差，观赏水石相激的各种姿态。而天台石梁除了水，还能观赏危岩，观赏奇石，观赏那根横空飞出、悬浮在瀑布上面的堪称国内一绝的巨梁！古人说，南国山水天台奇。我觉得最奇就数这水石双奇的石梁奇观了！

一直在山顶奔驰的汽车，像飞机降落似的盘旋着向山下小心翼翼地驶去。我们在上方广寺遗址前下车，九月天台，山上游人已屈指可数。沿山径前行，过一石桥，桥下奔泉争流。人说此乃金溪，系石梁飞瀑的一支水源。缘溪前行，山径急遽地朝下蜿蜒，四周山势渐合，路边林木修竹益发茂密蓊郁，且听到有隐隐瀑声从涧底传来。绕过山弯，翠竹丛中忽闪现一座禅院，黄墙黛瓦，掩映着一片苍翠的绿，有种鸟鸣山愈静的效果。从门上题匾知道，寺叫中方广寺，山下还有下方广，一瀑连着三寺，大概是天台山禅宗所在地瀑布的一大特色。金溪在寺前桥下与斜刺里冲出的兴坑溪汇合。两水相激，如二龙在潭中戏水，追逐喧闹，把满潭的水搅得开锅似的翻滚沸腾。

潭里水清得几乎不见泥沙沉积，原来水底乃是整块巨岩构成。清泉石上流，秋阳透过水边青松幽篁静静照下来，把返景迷乱地投射在挂满青藤的石桥和桥边禅院，古刹潭影，空山松风，驻足水边，有如置身在王维隐逸诗的一片幽境里。难怪孟浩然李白纷至沓来，从此在天台走出一条千古传颂的唐诗之路！

溪水解人意，在潭里流连忘返了一阵后，仿佛游子要远走他乡，恋恋不舍朝出口涌去，在快要跌落悬崖的最后刹那间，忽又涌了回来不忍离去，看着很有点生离死别难分难舍的模样。

与国内著名瀑布不同，石梁的出水口上，赫然横卧着根巨石，一端连着这边峭壁，另一端连在对面峭壁上，有如巨梁凌空飞架在瀑流跌落的悬崖口上，危乎险峻，崔嵬峥嵘，望着都令人抚膺胁息。瀑布因此也以梁为名。石梁全长两丈多，高约一人，从水边看去，宛如一道巨大厚重的闸门从空中落下来要闸断这滔滔急流。然而就在要闸未闸当儿，一直奔腾向前的溪流忽地改变路径，一头钻入横在河床中间的隙缝，然后像呼啸奔腾的马群穿梁而过，向着山下万丈深渊飞般地跌落下去。

观看过这一景观，我们对汉语成语中"势不可挡"一词，算是有了具体真切的体会。石梁飞瀑比通常见到的瀑布，在瀑流跌落前多了这么一点曲折，一点惊奇，因而也就多了一点刺激和兴味，引动徐霞客在这里来回察看了五遍！

观赏飞瀑最佳处有二。其一是水西上方昙华亭，在中方广寺内，相传系南宋末年天台人权奸贾似道，为纪念其父贾涉（一说其母），延请山上万年寺方丈择址所建。原亭已废，现在的建筑为前几年新建。我们从中方广寺大门进去，在阴暗的楼道内左拐右绕，待登临楼台，眼前蓦地一亮，发现昙华亭东西南三面凌空而出，高耸在峭壁之巅，颇有高处不胜寒的感觉。凭栏俯瞰，下临深涧，危崖如削，似利剑直插着。深不见底的幽谷里，瀑布在喷珠溅玉，声若雷鸣。悬浮在它上空的那根巨石，如苍龙耸脊，凌空腾起在万丈深涧。苔色苍然的梁脊，染着湿漉漉水气，在阳光下像龙身上鳞甲闪发着光怪陆离的幽光。石梁最窄处不足半尺，刚够放人的一只脚。几缕稀疏的藤萝和小树，在瀑布卷起的旋风中担惊受怕地颤抖着。500年前，为实地考察这石梁奇观，亲自体念它的惊和险，著名地理学家徐霞客竟徒手从石梁这头走到那头，当时那种惊心动魄的感觉，真实地记载在他《徐霞客游记》里："余从梁上行，下瞰深潭，毛骨俱悚！"

观瀑另一好去处是山下仙筏桥。沿寺前小径绕至水潭东边，到山下下方广寺，再沿溪边竹林前行，远远便望见溪水上耸着一座拱桥。仙筏桥系宋时古桥，长满青藤的拱形桥身，用卵石像石榴子似的犬牙交错地堆砌起来，卵石与卵石之间不用任何胶合剂紧固，却在山洪风雨中稳稳地耸立了上千年。桥下是瀑布流淌下来的溪水，到下游流入剡溪。据载，唐时剡溪舟楫可上溯至桥下。李白孟浩然当年就是从这里弃舟上岸，登天台山探奇览胜。

站在桥头举目远望，展现在眼前是一幅山水杰作。近处山下翠竹丛中，掩映着国内五百罗汉道场所在地——下方广寺，主殿金碧辉煌的歇山顶建筑，氤氲在瀑布溅起的漫天水雾中，如祥云绕寺，明灭变幻，似仙似梦；画面正中，寺后稍远处，瀑布像银河决口，从天上直泻下来。美丽的身影引得两旁悬崖上的老树翠竹，像胆大的男女游客纷纷探出身来观赏飞瀑坠崖的千姿百态。

石梁飞瀑如果像通常瀑布一样，看完这些就没有了，我想徐霞客不会连续两次来这里，更不会到了这里又不辞辛劳地上下五个来回，反复观赏。原来这里的瀑布上端，还有更加神奇的一个层次：银河飞湍上，稳稳地横着一根巨石，像桥，像龙，像云。在它上方昙花亭像玉宇琼楼，耸立云端，那翘起的楼台飞角，像苍鹰翱翔的翅翼，带着整座亭子向天际飞升，给人在精神上顿时有种山外青山天外天的心驰神往！

伫立桥头，看眼前一石独横，瀑落云飞，水的明丽辉映着山的沉稳。听松涛与水声相乱，秋蝉共寺钟唱和。禅宗道源，神仙宅窟，神话传说，天台山的精华都集中在这里了！

关于石梁的来历，据科学考证，最先它是与整座山体连为一体的，只是中间有条缝隙，水沿着岩缝往下渗漏，与通常的瀑布并无两样。后来，渗漏时间长了，缝隙渐渐增大，与山体逐渐剥离开来成为一根孤立的巨石，又由于处在瀑布的出水口上，不断受到水流冲击，下面缺口越冲越大，以致最后水流改道，不再从石上流出，全部从巨石下面通过，形成今天看到的这种奇观。

是溪水造就了石梁，然而，水又离不了山。水在平地河道里流淌是江或溪，一旦河床断裂，水流跌落下去，便成了瀑布。水和山（石），一为液体，一为固体；一阴一阳，一刚一柔。既矛盾，又统一；互相依存，相得益彰（为对方增色添彩）。山（石）无水不美，水无山不媚。被苏轼视为西子的西湖，倘若只有水光而无山色，再是浓抹怕也成不了绝代佳人。即便同一湖面，南太湖便不及北太湖美，因为太湖北岸蜿蜒着如黛的青山。

　　自然景观与世间别的事物一样，都互为依存。有矛盾，有差别，才出神入化地生出神奇和美丽来。


2005年10月15日于杭州嘉绿苑

# 神仙居住的地方

——散文集《历代名家写仙居》序

仙居置县，始于王羲之创作"我国第一行书"《兰亭序》的东晋永和年间。到了北宋景德四年（公元1007年），宋真宗赵恒因"其洞天名山，屏蔽周围，而多神仙之宅"，下诏更名为"仙居"。从此便这么叫下来，再过四年恰好一千周年。

仙居历史固然悠久，但知名度却与此不相适应。我是直到上个世纪末因文事来这里，才第一次走近它的。

当时，"山奇水秀甲仙居"的西罨寺景点刚开发出来。公务之余，友人相邀去游，担心要爬山越岭，结果却意外的轻松。大家沿着古寺遗址前一条平整的幽径，慢慢地缘溪前行。少顷，两边山势便渐趋生动，显现出一些灵气来。青峰如削，山石似僧。古木像虬龙，从崖畔飞逸而出。最会意是那一川似琼浆如玉液的清泉水。适才还在峰顶与云同游，和鹰相伴，放飞在不胜寒的云端。转眼间却匍匐在我们脚下，从色彩斑斓的鹅卵石和金色的净沙上潺潺流过。丝毫都不在乎自己这一落千丈的巨大变故。依旧是先前的那一颗平常心，走路蹦蹦跳跳，唱着人类永远无法懂得的歌！

西罨寺群山间到处挂着一条条白净如练的瀑布。已开发的有十一泄。开始时，我每置身一泄，还惊诧于四周山的寂静，峰的奇崛，谷的幽深。后来，在这山水一静一动、一刚一柔、一浓一淡、一深一浅的错落组合中，有了越来越多领悟，便渐渐融入进大自然，忘记了自己的存在。当置身最后一泄瀑布，仰卧在水边纤尘不染的卧牛石上时，内心已进入"不看松色奇，只听风声好"的境界，心静得能听见四周山上青草拔节树木抽枝的声响！

回到招待所，急于想找些有关的历史资料来看，觉得这西罨寺简直就是山清水秀的浙江风光的浓缩。没想这要求给友人出了个难题。西罨寺文字记载流传下来的十分零碎，历史上也没来过什么有影响的人物。原来这里是一片局外人从未问津过的大自然处女地！我在庆幸自己发现的同时心中也不无有些悲哀。不但西罨寺的记载近乎空白，整个仙居的风景名胜，从东晋置县到辛亥革命，流传下来的只有清朝光绪时翰林院编修潘耒的一篇《游仙居诸山记》，这与它作为"多神仙之宅"的仙乡地位，实在太不相称了！

我由此想到一个问题：为什么仙居尽管历史文化悠久，最早可上溯到新石器时代的下汤文化遗址，也不乏好山好水。据仅仅登临过南部括苍山一带的潘耒说："天台幽深，雁荡奇崛，仙居兼而有之。"但这"兼而有之"的仙居知名度，远不及它的北邻天台和南舍永嘉乐清的雁荡。我觉得，一个重要原因，就是没有相应的文化积累。天台自唐以来，多有诗人登临，有唐诗之路美誉。不少诗人还为天台留下了名篇佳句。永嘉便更早了，南北朝时，它就与我国文学史上山水诗鼻祖谢灵运结下不解之缘。这就启发我们：优美的自然山水，一经与文学结合，便成为名胜，从而走向全国。

比起它的左邻右舍来，仙居就没有这样的幸运了。这大概由于环境屏蔽，来旅游的人不多，有关的美文华章就更微乎其微，致使人们对它多少有点陌生。改革开放以来，在市场经济条件下，仙居人开始认识到自身在这方面的差距，采取了不少措施，来弥补先天的不足。现在，县地方志编纂委员会办公室，不辞劳苦，从全国报纸杂志上搜集起所有写仙居风景名胜的散文，汇编出版。这无疑有助于我们大家进一步了解仙居，认识仙居，走近仙居，起到宣传仙居，扩大仙居知名度的作用。当然，这些文章远不能反映出仙居全貌，而且对其文化底蕴和人文历史背景的开掘，也不够充分。但毕竟开了个好头。

我相信，随着这方面工作的进一步展开，人们在逐渐走近仙居
的同时，仙居也必将走进我们每个人的心中！

　　是为序。

2003年5月20日

# 爱的福地

父爱与母爱，是孩子成长所必需的两种不同的维生素。缺少其中之一，固然不至于导致小生命夭折，但无疑会给孩子幼小心灵造成无可挽回的缺损甚至畸形。如今有所学校正在尝试有关实验，使他们像正常家庭的孩子们一样，得到应有的关爱、呵护和教育成长。这就是浙江舟山市千荷实验学校。

从"千荷"回来半个月了，可至今仍情思缕缕，在心中升腾激荡。

舟山系我国著名渔都。近年来，随着渔业发展，捕鱼技术和条件都有长足改进和提高。然而天有不测风云，常年在茫茫大海上作业的渔民，难免遇上船翻人亡的厄运，倾覆了罹难渔民全家生活。为了使这些失去父亲的渔民后代健康成长，不使他们在遭到这沉重打击后，再雪上加霜地失去上学机会，由当地政府牵头，社会各方热心支持，办起了这所特殊的学校，配备优秀教师，把分散在舟山地区上千座岛屿上这些单亲或无亲家庭的孩子集中在一起，免费提供食宿，完成国家义务教育规定的学业。这多少有点像当年曾批判过的武训所办的"义学"。但"义学"对象主要还是由于经济上的贫困，"千荷"要解决的，除了经济贫困，还有感情的贫困，不使这些幼小心灵过早地感到爱的缺失。

我因为生长在海边，平时喜食海鱼，总觉得自己这份口福里有"千荷"哪位孩子父亲的付出，去前心里先有了几分愧疚，情绪化地把"千荷"想象成一般慈善机构似的压抑、阴沉，外带几分谦卑。

然而我们看到的却是崭新的楼房，明亮的教室，洁净的餐厅，漂亮的校服。孩子们一张张花朵般的笑脸，像刚钻出水面的小荷，在尽情地感受着阳光的照耀。同行的作家叶辛忍不住大声赞叹：这里的条件，比他去年回贵州看到的希望小学还要优越！

学校给我们每人安排了一位今后联系的小朋友。指定给我的是个小女孩，叫金晶，四年级一班，今年11岁，可来"千荷"已快两年了。小金晶活泼开朗，显得很大方。我们相识后，便拉着我手一起排在队伍里，告诉了我有关她和她同学的故事。还在小金晶不懂事时，父亲在一次捕鱼作业遇到台风，不幸葬身大海。母亲含苦茹辛地抚养她，可因为生产忙，金晶到"千荷"来后便只能一个学期来看她一回。

"那你想妈妈吗？"我问。

　　金晶没马上正面回答，却讲起同寝室一位女同学的故事来。这位同学的母亲后来改嫁又生了孩子，连看都不来看自己女儿了，害得她想妈妈半夜里都想哭了。小金晶不知道怎么安慰自己同学，只好陪着她一起流泪。

　　讲完故事，小金晶若有所思地小声嘟哝了一声：

　　"比比她，我觉得自己还算不错了。你说是吗？"

　　单亲家庭的孩子，不但比一般孩子善解人意，动手精神也要强些。看小金晶头发梳得又光洁又服帖，上面还打了个蝴蝶结，便问她是否自己梳的？她说，今天因为要上台表演，是班主任老师帮助的，平时同学们都是自己动手梳理。孩子们来到"千荷"，"千荷"便是自己的家。老师不但教书，还像父母般手把手教会每个孩子自己洗脸，梳头，穿衣，叠被，定期修剪指甲，洗头洗澡，换洗小件内衣（外套被褥统一送学校洗衣房）和整理内务等等。刚才排在队伍里，我已注意到了一些有意思的细节，金晶班主任陈老师从后面上来，替一位小男同学悄悄拉正衣领，又顺手把前面小女孩一缕垂挂下来的长发撸到耳朵背后。这些本该母亲操劳的琐事，在"千荷"却统统由老师担当起来了。

　　"千荷"的老师像父母，"千荷"的同学便都是兄弟姐妹。高年级的大孩子们像哥哥姐姐似的照料着年级较低的幼小同学。金晶领我到她宿舍参观，发现八个人住的房间里安排进两位六年级女生，就为了便于在生活起居上给予指导关照。女生宿舍在三楼，向阳的房间，敞亮整洁，上下铺，每人还有只放衣服杂物的箱柜，条件胜过我读书时北大的学生宿舍。金晶床头墙上贴着幅画，一只憨态可掬的小熊猫搂着一丛翠竹。可小家伙并不急于享用这已到手的美食，却抬起头来得意洋洋地望着我们，毛茸茸眼睛里洋溢出心满意足的神情。

这是小金晶的作品。她说自己喜欢画画，梦想着长大后能成为一个画家。有趣的是对面墙上也贴着幅画，一位身穿华服的金发美女，手握话筒站在台上正感情投入地在演唱。金晶指指坐在对面床上一位大姐姐似的女生说：

"喏，这就是她画的。"

我问："这么说来你的理想也是画家？"

那女生羞赧地笑笑。

金晶又说：她不但画画好，歌也唱得好，跳舞更棒，是学校演出队的。过一会儿她还要给你们表演自己编的舞蹈呢！

在与孩子们七嘴八舌交谈中，我发现绝大多数孩子都理直气壮地说出自己的理想和爱好。有的想当医生，有的想当歌星，有的想当游泳运动员，还有的想当科学家，这是对生活充满信心的表现。问到坐在进门处一位年龄最小的小同学，小姑娘涨红着脸一本正经地声称：

"我，我长大了想当个老师，跟我们班主任老师一样的老师！"说得我对"千荷"老师一下子肃然起来。

午后的联欢会上，小演员们一个个大放异彩。舞蹈朗诵表演唱，很多节目都取材于"千荷"小朋友们的自身经历，在老师指导下编创的。这里有眼泪，有痛苦，有不幸，但更有关爱、欢乐和希望。金晶同寝室那位女生自编自演的舞蹈，博得了全场人热烈的掌声。舞蹈真切感人，充满激情，表达了一群阳光可爱的小女孩在"千荷"健康成长的欣喜欢乐，她们对美好未来的热烈憧憬和无比自信。望着骄阳下这一张张汗涔涔的天真小脸，热情奔放的舞姿，矫健的步伐，灿烂的笑容，无忧无虑的神态，谁也想不到，这稚嫩的生命已过早地品尝过命运的苦果。她们曾经历过流泪的日子，头上的天空乌云笼罩……

小金晶凑到我耳边低声告诉，那位领舞的就是她妈妈已改嫁的女同学。

正说着，校门外兴高采烈地进来了两拨人，市妇联领导和女企业家协会代表。"六一"儿童节快到了，全市的母亲们在为自家孩子物色节日礼物同时，心里还牵挂着"千荷"的孩子们。她们给大家送来了儿童节礼物——50万元赠款。当校长代表孩子们上台收受全市妈妈们的这份馈赠和这片节日的心意时，会场沸腾了，掌声歌声欢呼声，将千荷渲染成一片阳光普照的爱的福地！

我先前不止一次来过舟山，都说这里是海天佛国，大士慈悲，仙山莲洋，处处有圣迹灵异。今天我终于亲眼目睹了。那是舟山全市人民的关爱和奉献，驱散了"千荷"孩子们头上的阴霾，抚平了他们心里的伤痛，使这些失去亲人的孩子重新拥有了爱，父爱母爱，拥有了这么多亲人，姐姐哥哥，这么多的呵护关怀。

是爱改变了一切。

让我们都来献出自己的一份爱！

（载《文学报》2002年9月5日）

# 残山剩水也关情

仿佛是天上彩云，双双漂泊在山巅；又像是青山喷涌出来的两团岚气，并驾齐驱地升起在蓝天。飘逸，飞动，奇绝！

来吼山，就为的是一睹这两爿奇石的风姿。

吼山在绍兴东南，去城不远，孤零零崛起在一望无际的江南平畴上。快到跟前时，才发觉这两朵蘑菇状奇石的顶端，竟硕大无朋，大得简直像座小山包，被一根石柱赫然顶起，高高悬在半空中。石柱上大下小，高约七、八层楼，从顶端渐渐细下来，快到地面时，小得只有尺许，金鸡独立似的矗立在山巅，那姿态已让人感到惊奇了。

更奇绝的是，奇石其中一块上面还刻着两个大字："云石"。以云状石，显然是言其高远缥缈。另一块上面没有任何刻石，当地人称"棋盘石"。顾名思义，无非是说它面积宽大，状如棋盘。但这棋盘并不是平放着，而是仄楞在空中，一边还高高翘起，靠着石柱一个小小的支点支撑着，五分之四体积却悬空在外。石上草木葳蕤，山风吹过，枝叶飒飒地摇曳不停，仿佛整块巨石在晃动，随时会砸下来似的。

　　然而，这两块巨石在空中已稳稳悬浮了几个世纪，感染着风的吹打，雨的洗涤，阳光的照耀，飞鸟的对话。陪伴着它们一起在高处不胜寒的，还有座古刹，像琼楼玉宇在天上无言地守望着。从导游指示牌上看，叫　　（字迹不清，不敢妄猜），距今已有千年。因山道陡峭，未敢登临，只能隔着山头遥望，看古刹露出在悬崖峭壁上的赭色院墙和雕甍飞檐，在山岚的绕缭中时而清晰时而朦胧，把那两块巨石相映得越发横空出世了。

　　云石和棋盘石何以会高踞石柱俯瞰四野？是天然生就还是后来人工所为？如果是前者，究竟是怎么具体形成？倘若是后者，在当时科技不发达条件下，究竟是什么机械的力量将这大如山包的巨石固定在高空中？

　　类似谜般的景观，我在东北鞍山境内见过，后来去国外在墨西哥、爱尔兰境内也见过。对于它们的存在，至今仍说法不一。不过绍兴吼山上这两爿巨石的来历，似乎有些端倪可寻，那就是留在云石立柱上清晰可辨的斧凿痕迹。据此推测，它们是炸山采石时刻意留下的。想当初，云石、棋盘石和矗立在山巅的古刹原是在同一座山上，由于年复一年的开山取料，联结它们的山体被削平搬走，变成了两座互不联系的独立岗峦，遥遥相望。这两块巨石因为形状奇特可爱，被保存下来，像吼山伸在那里的两根永不缩回的手指，对自身的存在表示认可和满意。

我们对吼山的印象也很满意。这里景区范围不大，但山上山下景点密集，品种齐全。山有山景，石有危岩绝壁，洞有青嶂环拱的"一洞天"，气象森然，幽闭深邃，颇得道家洞天的三昧。水有山泉飞瀑，碧潭清流。从门口放生池坐乌篷船，穿越武陵源，可领略泛舟江湖的惬意和放松。临水有水榭掩映，半山有山亭翼然，绿荫里出落着朱阁画楼。最富天趣是后山烟萝洞。入口处凭借山势，用一道石砌的门随意一拦，拦出一片俗尘不到的小桃源。洞内屋舍美池，小桥流水，四周山高林密，偶尔有三两声鹧鸪啼鸣，应和着洞水滴落在空谷里的回响，营造出一片清远古朴的氛围。

出人意料的是，眼前这片叫人流连忘返的胜景，原先是座废弃的采石场。景区中央有片水域叫剩水荡，直插水中的峭壁上，有明代著名散文家张岱的摩崖石刻："谁云鬼雕神刻，竟是残山剩水？！"张岱对旧时杭州西湖周围的山山水水，情有独钟，对其历史现状，了如指掌，其记叙和描摹杭州西湖的文字，至今对我们认识和欣赏杭州西湖仍有着重要价值。他上面的话，点出吼山苦难的身世。原来吼山在春秋战国时期称"狗山"，是越王勾践卧薪尝胆雪耻复国期间的养狗基地。狗吼读音相近，后来演化成为"吼山"。吼山盛产优质石料，随着勾践伐吴取得胜利，在国内大兴土木，急需建筑材料，养狗基地不久便成了采石场。经过千年开采，炸山取石，取其精华，将一方方优质石料运往他乡，留下来的自然尽是废石糟粕，也就是张岱所说的"残山剩水"。

很久以来，我对这种采石劳动就有点痛恨，觉得它总是与惩罚和苦难联系在一起。这可能由于受电影和文学作品的影响。后来跑的地方多了，有了点环保意识，进一步认识到这种破坏性开山采石的危害性，不但野蛮粗暴，简直就是对大自然一场贪得无厌的掠夺！好端端一座满目苍翠的青山，几声炮响，炸山采石，被开膛破肚，拦腰截断。大好祖国河山，从北到南，从东到西，有多少就这样成了满目疮痍、惨不忍睹的废墟"残山"，看着真叫人心疼！

然而在绍兴这里，残山不残，废墟不废。残山剩水经过神雕鬼刻，变成了景色优美如诗似画的名山胜水。这是一种化腐朽为神奇的本领，来自对我们赖以生存的自然环境的爱护和善待。

当年开采吼山时，我们的先人一定事先已意识到要善待大自然。在开采同时要保护好自然环境，不能一味索取，还要留下点什么，不是只留下糟粕和垃圾，还要留下一点美好，留下一点情趣，留下一点文化。用今天的话说，我们先人那时已具备起一点环保意识。当他们心中这样想着时，手中铁锤的起落，不再只是对大自然一味地敲诈勒索；钢钎的火星迸溅中，闪烁着大自然的丝丝暖意和温情。创伤性极大的传统开山采石，于是有了新意，成为一次再创造。残山剩水也才有可能变成风光旖旎的游览胜地。绍兴不少著名景点，如东湖，如柯岩，如羊山，都是残山剩水鬼刻神雕成的。

残山剩水也关情。只因为，这里的每一座山，每一条清流，都渗透着绍兴人对自己家乡大自然的爱！

2001年11月

（载《绍兴晚报》2001年12月11日）

# 江南八达岭的摇篮

到过浙江临海的人，对这座历史文化名城的标志物——台州古城墙，都会留下难忘的印象。那气壮河山巍峨高耸的城楼，绵延不绝的坚固厚实的城墙，雄伟耸立的烽火台，如同万里长城的缩小版，沿着灵江从南、西、北三面，牢牢地护卫着城池。有一截还从水边跃上北固山，像勇敢哨兵翻山越岭地巡逻在山巅。台州古城墙，穿越历史时空，沐浴过无数次血雨腥风，在戚继光率领当地军民抗击倭寇的刀光剑影中，成为一道屹立在东南海防前线的固若金汤的屏障，被誉为"江南八达岭"。

为了这江南八达岭，台州人民特别是它的邻居——仙居人，用自己血肉之躯，奉献出整整一座青山，筑就了这保卫家园的不倒长城！

那天在仙居办完事，友人邀我们去永安溪漂流。永安溪系灵江上游，是仙居的母亲河。溪水澄碧，水质优良，是目前国内难得的几条未被污染的河流之一。随着竹筏的轻轻荡漾，我们坐在椅子上晃晃悠悠，仿佛置身在大自然摇篮中，感受着天的蔚蓝，风的温柔，水的低吟，岸边溪林中鹧鸪声的幽远静谧，心中的浮躁一点点地消解融化。偶一睁眼，发现右边山坡上有两个洞窟，像是山的一对圆睁着的双眼，一眨不眨地瞪着我们。

当地友人说，这就是石仓洞。当年修筑台州古城墙的全部石料，都产自这里。

从竹筏上望去，石仓洞洞口不大，山也并不高耸峻伟。心想，这台州古城墙，虽不能与北京长城相提并论，但绵延数十里，需要多少万方石料。就是把眼前整座山搬将过去，恐怕还不够呢！友人这样介绍，大概是出于对家乡的感情，或许只是一种旅游需要的导游词！

竹筏快到石仓洞山下，河面豁然变得开阔，水流也缓慢下来，形成一汪深潭。在竹筏上往下看去，脚下溪水绿得发蓝，深不见底。几个不会游泳的人顿时有点神色悚然，一动不动地正襟危坐在椅子上。岸边一块高大巨石上，刻着四个朱红大字：雪鳗之乡。

永安溪雪鳗与富春江鲥鱼齐名，同是浙江当地餐桌上极为珍稀的美馔。近年来，由于生态环境恶化，濒临灭绝。雪鳗喜欢生活在深水洞穴中，常年足不出户，等鱼食自己送上门来，极难捕捉，但视力也因而严重退化。只有在落雪的日子，借助雪光返照，才游出洞来觅食，让自己美丽得像闪光丝带般的曼妙身段，在银装素裹的冰雪世界里自由舒展地游来游去。雪鳗的名字也由此而来。不过，它也因此常常酿成悲剧。雪鳗由于视力低下，一旦跨出自家的门，便迷失方向，找不到回家的路，像流浪汉一样在水里没头没脑地东寻西闯，一不小心落入渔人在水中用溪石垒砌的捕鳗陷阱，说来有点悲惨。但尽管如此，它依然不甘心一辈子困守在自己那个窄小黑暗的家里，宁可冒着生命危险，也要到外面精彩世界来潇洒走一回。

竹筏在石仓洞山下停下来，弃舟上山。山叫飞凤山，传说北宋时山后小村里出过一位娘娘。山不高，却陡峭，好不容易爬到石仓洞口，几个人都已气喘吁吁。洞口从外面看来并不大，但钻进洞内却发现气势恢宏，出乎意料的高大、深邃。进口处有一小庙，香火炽盛。石碑上详尽地刻记着洞的来历，乃宋时因修筑台州府治的城墙开山取石所成。这就明白无误地说明，台州古城墙上那一块块苔色苍然的坚实城石，那托起巍峨城楼的巨大基石，那雄伟烽火台的坚固躯体，统统产自这里。也因此将洞名为石仓洞，意即这里乃是城石的仓库！

从碑上记载看，当年选中这里取石原因，一是因为飞凤山石头质地优良，坚硬耐磨，适合用来筑城；二是石料运输方便。因为靠近永安溪，只要将一块块巨大的石料，从洞中搬运上来，然后在洞口顺着山坡推至河边，装上舟楫，就顺水而下到了下游临海的目的地。

洞内尚未安装照明设备，我们在进门处租赁了盏应急灯，沿一水泥小径朝前小心翼翼地走去，不多一会，地面开始渐渐地朝下倾斜下去，采光越来越差，连脚下台阶也看不清了。等走到水泥路尽头，洞内一片漆黑。回头仰望，只有入口处那两个洞口亮着天光，像是闪烁在高远夜空上两颗发亮的星辰。

当地友人提醒说，现在大家所处位置的海拔，相当于外面永安溪的河面。难怪我们抬头望去，采石作业面原来就在一座倾斜的山坡上，有种洞在山中，山却在洞中的感觉。

仙居人开山采石的作派，不同于绍兴人那样像在玩盆景似的，带着一点艺术气质，事先考虑到现场环境的保护，把东湖、柯岩、吼山这样采石场的残山剩水，鬼雕神刻，点缀成风景胜地。石仓洞内的采石场，大概由于当年工程的性质和参与人员的不同，与绍兴的大不一样，显得紧急仓促，较多地保存着采石的原汁原味，留给人的是当时采石劳动的粗犷和沉重。

再朝下走去，似乎是在探险了。伸手不见五指的黑暗中，应急灯的光亮，只能影影绰绰照出我们像是沿着一条巷道往前走，两边是怪石峥嵘的岩壁，头上不时有蝙蝠嗖嗖飞舞，脚下到处是砾石碎片。由于石质坚硬，踩在上面发出金属般的铿锵声。原来当年取材，一边开采，一边在洞内就地加工，然后将一块块巨大城石，沿着我们下来的作业面一点点地向上搬运到洞口。我们在巷道中央就看到一块遗弃的石材，足有写字桌大。当年就在这漆黑的洞内，熊熊燃烧的松明火把，映照出一群衣衫褴褛苦役犯似的采石工人。他们赤裸的脊背在火光中像金属般反射着光，汗涔涔脸上喷胀着充血的眼睛，胼手胝足，吃力地将一块块写字桌大小的巨石，一点一点地往上推向洞口，就像希腊神话里的西西弗斯在推巨石上坡。

我们像马克·吐温笔下那两个历险的孩子，在大山腹内伸手不见五指的黑暗中，战战兢兢地摸索着往前走，走着走着，感觉到（不是视觉上看到）前面豁然开朗，举灯一照，原来来到一个大洞，地上散落着断裂的杠棒，扭曲的锈迹斑斑的钢钎，尚未燃尽的一把把柴草。再抬头仰望，拱形的穹顶，有如一座大厅，许多条巷道在这里交汇后又辐射开去，有如地铁中转站。我们选择了其中一条较大的巷道，磕磕绊绊地继续朝前摸索过去，不一会又是个大洞。连着穿过五六个，举灯前探，仍然是黑洞洞一片，心里开始有点发虚，脚下的步子也停了下来。

当地友人告诫说，石仓洞内像这样大洞有108个，又说300个，没个准数。洞连洞，洞套洞，把整座飞凤山都掏空了，像地下迷魂阵一样。有一年，有批游客进去后找不到回路，在洞里困了两天两夜差点出大事！

大家听后不由地嘘出口气。我们怕自己也像雪鳗一样，找不到回家的路，不敢再贸然地往前探险了。

回来路上，经过石板作业区，这是主巷道分岔开去的一个小洞，作业面与作业面之间留着一道薄薄的石壁，上面满是剥采过的凿痕，中间有洞相通着，通风极差，人在里面明显感到缺氧气闷。但是，就在这里，我们看到了叫人怦然心动的景象：一整块比门板还大的石板，四边一个挨一个的密集的凿孔，像邮票边缘清晰地勾勒出石板的形状，看去宛如一幅画镶嵌在湿漉漉洞壁上，就只差将它剥离下来。但不知什么原因，这好不容易采剥出来的石板，最后一道工序却来不及做完，一定是当时在这里发生了我们不知道的突发事件，也许是由于缺氧，这里的作业条件实在太恶劣，低矮阴湿，顶板漏雨似滴答着水，采石工在即将完工的最后一瞬间，无声地倒在了石仓洞的地下深处，把这未竟之作永远留在洞壁上了，成为个千古之谜！

出来路上，心里沉甸甸的，不知怎的，脑海里一直回响着国歌里的两句词：用我们的血肉，筑成新的长城！

从伸手不见五指的石仓洞地底下，回到阳光明媚的山坡上，眺望山下平林漠漠，溪水如练，无语东流，忽然觉得刚才洞中的经历恍如梦境。

1999年11月

# 慈溪的故事

　　小时候，听母亲讲慈溪故事：从前有个叫董黯的青年，很孝顺他妈妈。他妈小时得下宿疾，要喝大隐山里流下来的溪水。董黯于是在溪边盖了间茅屋，把妈妈接了过来，让她每天都能喝上清澈甘甜的溪水。日子久了，人们就以慈名溪，后又以溪名县，把那地方叫做了慈溪县。

　　我听这故事时，一边还吃着慈溪三北藕丝糖。藕丝糖色白如雪，长约小孩一根手指，中间有一大孔，周围皆密密麻麻小孔，酷似一截断藕。它以当地上等隔年糯米为主料，辅以南京雪麻、优质白芝麻和麦饴糖精制而成。香甜松脆，酥得一磕牙便猝然碎成粉状。满口的芬芳在齿颊间弥漫开来，久散不去。从清雍正年间问世以来，藕丝糖已成为当地名闻遐迩的传统茶食。许多背井离乡、浪迹天涯的慈溪游子，不管离家多远，也不管时间多久，只要品尝一口这三北藕丝糖，仿佛就回到了家乡遍地稻浪棉海铺银的那一片魂牵梦萦的唐涂宋地了。

　　慈溪的名字，就这样带着深深亲情，浓浓乡情，留在了我童年的记忆中。

及长，在学校听老师讲慈溪故事。在日本侵略军占领三北的风雨如磐的岁月里，刚忙完早稻插秧，杭州湾对岸悄悄地过来一支队伍，身穿黄色国军制服，却跟当地见了日军便逃跑的国军不一样。他们向晒盐的盐民，插秧的农民宣传抗日，打起日本人来毫不怕死，还像电影《平原游击队》里一样，月黑风高的夜晚，神出鬼没地摸进伪军碉堡，拔除据点，割断电线，破坏交通，惩治汉奸，用鲜血和生命在慈溪建立了抗日根据地。这支队伍后来就发展成为威震浙东、无人不知的"三五支队"。抗战胜利后，它像一把尖刀，插在南京国民政府大门口，闹得蒋介石日夜不得安宁。

在老师的故事里，慈溪带着火，带着血，带着刀光剑影，成了座战斗的桥头堡。

工作以后，听慈溪的朋友讲家乡故事。改革开放以来，慈溪沸腾了，许多村里年轻人，向往外面的精彩世界，不甘于将自己的一生，消磨在生产队里那本一年到头统共才几千元的收支账上。他们发扬老一辈慈溪人能商善贾的传统，走南闯北，瞄准市场，顺应经济发展大潮，纷纷办起各种各样的企业。一时间，三北大地，城镇乡野，遍地是工厂和公司，企业多得像夏夜天上的繁星。全市103万人口，却有5万余家企业，平均不到20个人里就有一个老板。在朋友故事里，慈溪成了全国上万个县里率先富起来的名副其实的"老板县"!

今日,我来到这里,发现全市上下,几乎所有目光,都关注着正在这里兴建的世人瞩目的杭州湾跨海大桥。这是迄今为止世界上最长的跨海桥,北起嘉兴海盐郑家埭,跨越宽阔的杭州湾海域,到南岸慈溪水路湾,全长36公里,是南京长江大桥的2.5倍多,是美国旧金山金门大桥的13倍多。40年前,当武汉长江大桥飞架在蛇山与龟山之间时,一位伟人就欣然命笔,写下了著名诗句:"一桥飞架南北,天堑变通途。"高兴地指出这是个"当惊世界殊"的宏伟工程。而今,一座比武汉长江大桥长4倍多的更宏伟的大桥,将飞架在这里的杭州湾两岸,这怎能不让慈溪父老乡亲欢欣鼓舞日夜翘首以待呢!

杭州湾跨海大桥桥址,选择在当年"三五支队"登陆上岸的地方。这也许纯属巧合。可我却固执地认为,它们之间有着某种必然的内在联系。昔日先烈血沃的原野上,如今是一片火热朝天的大桥建设工地。堑桥像道雄伟的钢铁长城,在寒风中一马当先地突进在一望无际的苍茫滩涂上,把人流车流物流,源源不断地输往海上作业区。远处烟波凄迷的海上,能隐隐望见作业平台上吊车的高大身影。工程副总指挥介绍说,为了赶在2008年奥运会时建成通车,这36公里长的作业线上,目前分七处同时在日夜加紧施工。

堑桥上车来人往,弧光闪耀,吊车的钢铁长臂不停地搬运着粗大的钢管，打桩的气锤声震撼着沉睡千年的滩涂，将一根根钢管打进地下85米深处的岩层里。清新洁净的空气里，不时飘过一阵阵热烘烘的废气味，为工地增添了几分建设豪情。

副总指挥不无自豪地说，建设大桥所需的资金，没向国家伸手要一分钱，全部由地方上筹措。宁波承担三分之二，慈溪又承担其中的四分之一，而且已全部到位。建设大桥是祖祖辈辈慈溪人的共同心愿。慈溪与上海历史上就有千丝万缕的联系。大桥建成后有如海上长虹，将两地距离缩短了120公里，联结得更加紧密。这对进一步提升和发挥慈溪在沪杭甬长三角中的区位优势，拉动和促进慈溪乃至整个浙江东南地区经济发展，实现二次腾飞，将产生重大影响！

我忽然想起50年前母亲讲的故事，从小小藕丝糖到今天的世界第一长桥，这就是慈溪在半个世纪里发展的经历。

明天，大桥将为慈溪带来新的更大的跨越！

2003年12月10日

（载《解放日报》2004年2月8日）

# 生命之源

开天辟地以来，印象中我们民族的祖先，便在华夏大地上忙于治水。水情如军情。治水的祖先"居外十三年，过家门不敢入"，在泥水中带领人们"披九山，通九泽，决九河，定九州"，诞生了中华民族第一个真正的政治实体——夏朝。因此，说我们民族的历史从治水开始，并不为过！

水影响着那时人们生存，还关系到后来社会的发展。世界四大古文明崛起，都与水分不开：中华文明发祥于黄河流域，古埃及文明孕育于尼罗河畔，古印度文明发轫于恒河之滨，古巴比伦文明起源于底格里斯河和幼发拉底河两岸。等到现代科技发展，人类登月成功，向火星发射宇宙探测器后，大量科学实验告诉我们：没有生命存在的星球上，是由于没有水；有水就有生命。使我们进一步懂得，不仅鱼儿离不开水，地球上一切生物，都离不了它。水是万物赖以生存的生命之源。难怪我们古人在造字时，将这个"源"字与水联系在一起！

"水是人类生存和社会发展的生命线。但不能太多，多了便成洪灾；太少就要发生旱灾！"一位与水打了40多年交道的海盐人，向我道出灾害原来就是水资源时空分布不均的结果。

海盐是个农业县，等边三角形的周边线，一边浸泡在风急浪高的东海里，境内湖塘密布，河港纵横，一片水乡泽国。它从秦始皇建县那时起，就与水打交道，在生产力水平低下，人们无力协调水分布不均的情况下，水给海盐带来的不仅是欢笑，更多的却是眼泪；不仅是福泽，更多的是灾难。海盐人不会忘记，五百年前明成化八年（1472年）那个恐怖的秋天，风驾海潮，塘堤决口，一夜间就溺毙近两万人。时人有诗哀叹曰："成化壬辰秋七月，海腾风石塘决口。桑田夜变陆成川，一望边沙烟火绝。青苗白屋随奔流，红颜皓首尸横丘。一身虽存六亲尽，至今乱骨无人收！"台风涝灾可怕，旱魃也同样灾难深重。民国23年（1934年），海盐百日无雨，作物绝收，饿殍遍野，数万人背井离乡外出逃荒。繁华热闹被孙中山先生称为东方大港组成部分的澉浦镇，几乎成了万户萧疏的凄凉空城！那时的海盐城乡，有多少大大小小龙王庙，海神庙，海王宫，河伯殿，折射出人在无力抗御自然时对水的一种依附关系！

直到新中国建立，特别是改革开放以来，这里的人水关系才发生转折，从过去人依附于自然的畏水敬水，转变为轰轰烈烈的治水开发水，掀起"全民动员兴水利，万众一心修海塘"

的治水热潮。

海盐自那次成化年间海溢后，朝廷在县城附近修了一段大石海塘，当地人称"鱼鳞塘"。鉴于财力，只修了十多里长，在一定程度上起到了防止海潮、稳定海岸线的作用。但由于多年的台风战乱，已多处毁坏。全县其他靠海地方，仍是塘身低矮基础单薄的土塘和草塘。为了全县人民安全，造福子孙，海盐对旧日海塘，来了个旧貌换新颜，全部修建成现代化标准海塘。

标准海塘要经得起百年一遇的特大台风，对工程质量要求十分严格，所用每一块石料，长一米，重半顿，比修筑万里长城的砖石要大得多，从混凝土浇筑的基座上，一层层垒砌起来，跟长城一般高。条石与条石之间，严丝合缝，从前用一尺长铁钉铆住，现在则用高强度建筑材料粘合固定，不使海水渗漏。为保护海塘基座，靠海一面的塘堤脚下，埋设了密集的一排排梅花桩似的水泥铸件。为防波消浪，塘身上还铺设了一个挨一个像巨大铆钉似的水泥铸件，远远望去，有如披挂在塘堤上的一块块坚甲。如今，从海盐最北的郑家塘，到南端与海宁接壤的南北湖，全县百里海岸线上，屹立着这样一道防御海水稳定海岸线的铜墙铁壁。侧面看去，好像巍峨雄伟的海上长城；正面眺望，宛如一条宽阔的沿海高速公路。新海塘竣工不久，恰巧遇上今年最强大的台风麦莎，倘在从前，全县干部群众早已放下手边一切工作，投入到抗台救灾第一线。可如今，有关领导和工作人员，坐在办公室里从监控电脑上，看新修海塘固若金汤，巍然不动地挺立在翻江倒海的狂风巨浪中，保障着全县人民生命财产的安全！

在海盐采访水事日子里，人们一再向我推荐去看看长山闸南排工程。海盐地处杭嘉湖平原太湖盆地边缘，中西部地势低洼，每年雨季，包括黄浦江在内的整个太湖流域的积水都流向这里，上百万亩农田受淹。修建南排工程目的，就是为了把这上亿立方米的洪水，通过一条人工运河从杭州湾排入东海。

长山闸坐落在澉浦长山，是南排工程的出海口。闸门外是茫茫大海，闸门里是一条当年动员30万水利大军修挖的宽阔的人工运河。当时考虑到出海口水流湍急、泥沙变动的地质条件，把长山的一半炸掉，利用原来山的底座，修建水闸。那天，由于上游地区连着下雨，正好看到大闸泄洪。只见滔滔水流，如奔腾马群，扬起漫天水雾，轰隆隆从闸门下喷射而出，把附近海面激荡得波涌浪滚，漩涡翻腾，极为壮观。今年梅雨季节时，太湖水位屡屡告急，严重威胁着嘉兴和上海地区安全。全亏南排工程泄洪及时，才避免了这场30年不遇的洪灾。

与南排工程相配套，海盐对境内1200里河道，逐段进行了改造整治，使全县河网布局，更趋合理完善，做到旱能灌，涝能排，河渠通畅，航运便利，河道两岸垂柳依依，风景优美，粮食产量逐年增加，跃升为浙江省商品粮基地之一。

进入新世纪，提出科学发展观以来，海盐人对水的思考和认识又有了升华。他们结合实践着重分析了水资源现状和面临的问题。我国水资源人均占有量，只有世界人均的30%，而水的有效利用率，不及发达国家一半。特别是近年来，由于江河湖海水质污染，超量开采地下水，浪费水的现象普遍，缺水问题日趋突出。而另一方面，随着经济社会快速发展，对水的需求却越来越大。除了传统农业用水，工业用水比重呈迅猛上升势头。生活用水因人口增加也与日俱增。这些问题如不注意，势必影响经济可持续发展。

解决这个矛盾只有在人与自然和谐相处的基础上，调节好人与水的关系。人从自然界获取水资源后，势必对自然界造成一定影响。从这个观点出发，凡是水害，都有两重性，既有自然属性，又有社会属性。不论是洪水缺水还是水污染，表面看，是水对我们人类的伤害，究其实质，却是我们人对水伤害造成的。人侵占了河道，不给洪水以出路，造成江河横溢。水害是害水的必然结果。害水是因，水害是果！

正是从这样的认识出发，海盐调整思路，更新观念，在继续防止水对人伤害同时，更注重防止人对水的伤害。明确解决水问题的核心，是提高用水效率，建设节水防污型社会。农村的目标是实施节水高效农业；城镇的重点要加大节水力度，加强对排污的监控，进一步提升污水处理能力，保护水资源，打造水文化，使全县水利工作从过去传统水利向现代水利过渡，从先前重点保障农业，逐步延伸到为保障经济社会全面健康的可持续发展服务。

当然，所有这一切，有的还仅仅是未来蓝图上的一些设想。然而，当我冒着凛冽的冬日寒风，登上高阳山巅，远眺气势恢宏的南北湖筑塘围堰工程时；参观污水处理站，在洁净的机房内听机器低声吟唱时；徜徉在平畴沃野风景如画的盐嘉塘畔参观农业示范田时；驱车飞驰在新修的百里海塘上时，我不由地想到，海盐人居安思危，未雨绸缪，在杭州湾北岸大地上，正在谱写着人水关系的新篇章。

水是自然界最活跃的力量，能载舟覆舟，能造福人类危害人类。在漫长的历史进程中，人水关系在经历了最初阶段的依附水，开发水，掠夺水，到今天在付出一定代价后，认识到要在人与自然和谐相处原则下，遵循水的变迁和制衡规律，逐步向人水和谐的更高境界迈进，让水永远造福人类！

2005年12月20日于杭州

（载《浙江日报》2006年1月8日）

# 全国首座中山纪念堂

*——奉化中山纪念堂与我祖父*

那时，响岭岗还像奉化北大门上一道门槛，高高地横亘在宁波到奉化的公路上。（听家乡老人们讲，蒋介石退守台湾前曾来奉化时，对响岭岗一带地势赞叹有加，表示自己百年后希望埋骨于此，把这里建成像南京一样的第二个中山陵。）每次我回家探亲扫墓，车过响岭岗，最先映入眼帘的，是那蓝天下耸立在锦屏山上中正图书馆的罗马式建筑圆顶，还有恰到好处地掩映在翠绿丛中的总理纪念堂的朱檐翘角和淡游山庄白色大理石的纪念塔影，立刻在我心中唤起一阵猛烈的无法言说的乡情。种种亲切回忆，随着汽车从响岭岗上慢慢向下滑行，融化成一行游子回乡的热泪！

多年来，我一直在想，奉化倘若没有了这三座标志性建筑，不知会逊色多少！它们不但凸显了奉化作为一个县城与众不同的景观，还折射出它与孙中山领导的这场伟大的资产阶级民主革命的密切关系。

三座建筑物中，最早建成的是中山纪念堂。2011年辛亥革命百年纪念时，奉化地方文化学者裘国松君著文云：1925年6月，当中山先生在北京与世长辞后的百日，为纪念我国这位伟大的革命先行者，就在奉化北门外锦屏山南麓宋坪公园原址上，开始破土动工。经历三个寒暑，于1928年竣工落成。

纪念堂坐北朝南，为中西合璧的二层三开间单檐歇山顶建筑。正面门前，是鹅卵石铺设的镶花庭院式平台，台分三阶。我小时常来这里耍玩，记得两旁花廊上紫藤盘绕，葡萄串似的硕大的紫色花朵开得姹紫妖媚。纪念堂大门是三扇并列的拱圆形排门，象征中山先生生前倡导的三民主义。进门大厅两边墙上，刻有三民主义语录。中央陈设孙中山半身石膏像，安放在花岗岩基座上，供人瞻仰。整座建筑，青砖混凝土墙体，地面水泥磨石滑面，坚固结实，肃穆庄严。

与主体建筑配套的，在后面还有小院曰锦屏小筑，和西侧平房数间。锦屏小筑供瞻仰者小憩品茗，院内栽有四时花卉，环境幽美雅静。1948年，蒋经国夫妇携儿女来纪念堂瞻仰拜谒时，曾在此小憩。

中山纪念堂落成后，原来的宋坪公园即改名中山公园，稍后又相继修建了中正图书馆和淡游山庄，成为当年中山公园内三处最主要的建筑，这个格局一直保持到今天。

日军侵华期间，中山纪念堂成了日机重要空袭目标，多次遭炸，损坏严重。抗战胜利后修复，遂改称"总理纪念堂"。这是由于考虑到孙中山在国民党内无可替代的至高无上的地位。他逝世后的国民党最高领导人，不再称总理，而称总裁或者主席，表达出对国民党创始人的一份敬意。

如今国内不少地方尤其是南方各省，都建有中山纪念堂。那么，究竟最早的纪念堂在哪里？经文化学者们反复考证比对，建成于1928年的奉化中山纪念堂，比此前一直认为的全国最早的两座纪念堂都要早，比广东梅州大埔中山纪念堂（1929年建成）要早一年，比广西梧州中山纪念堂（1930年建成）要早上整整二年，成为全国首座中山纪念堂。

至于这全国首座纪念堂具体的建造过程，迄今为止，公开发表的文章中多未涉及。今年清明扫墓回奉化，我和胞弟特地上中山公园参观阅读了陈列室中的有关资料和听涛亭中陈训正先生《奉化中山公园记》一文，再对照坐落在城西吞祖父墓前的墓表，才知道当年中山公园、县体育场、培本幼稚园和公立医院等文化建筑，均系当时地方士绅朱守梅和汪蟾香（也就是《奉化中山公园记》中提到的汪从龙，即我祖父）、周骏彦、俞啸霞、凌涛生、丁安旦和方象生等发起筹建（《奉化中山公园记》中提到的还有戴乾、周钧棠、俞飞鹏和周从圣）。汪、俞二人还承担了整个建筑的设计、招标和承造等具体事项。至于董事会各董事出资以及募集捐款的具体人头数额，我记得20世纪50年代末听涛亭的原碑上均有记载。由于热心县邑文化公益事业，赢得口碑，被时人称为"奉城七君子"。

当年各地修建中山纪念堂，大多是因为中山先生生前在该地留下过革命事迹（如广西梧州），有的是由于倡议人与中山先生有着特殊因缘（如广东大埔）。奉化孙中山既未到过，筹建人中与孙中山也并无特殊的因缘。为首的倡议人朱守梅先生，当时还只是个黄埔军校军需处主任，想来与中山先生过从不会太深。与朱同年的我祖父，一生中最高职务也仅为崇德县茧捐局长和浙江地方银行奉化办事处兼省县金库主任，更是位卑言轻。但据叔父回忆，祖父早年加入同盟会，是奉化汪姓人中第一个剪去辫子的。看来，奉城七君子们当年在全国率先倡议修建中山纪念堂之举，主要还是在信仰上追随孙中山，出于对中山先生的一份崇敬，一份爱戴，一份景仰！

岁月不居。全国首座纪念堂从奠基至今，已走过了披风沥雨90年。不仅为古老小城平添了一处游览的绝好胜景，又彰显了奉化在辛亥革命中独特的历史地位。记得我在家乡读书时，中山公园是我每天晨练爬山的好去处。站在总理纪念堂前面平台上，俯瞰山下锦溪清流，远眺城邑屋舍俨然，尽收眼底。20

世纪50年代初暑假，县里举办物资交流大会，要文化馆布置一个大型连环画展览宣传时事形势。我跟随文化馆长周士非老师画画，几个人白天在纪念堂西侧小平房里埋头作画，文化馆还为我们提供伙食。那时，我正长身体，可家里生活极其拮据，文化馆食堂却经常吃肉丝炒茭白和白面馒头，给我留下了难忘印象。更让我忘不了的，士非老师允准我晚上睡在图书馆楼上藏书室里。时值酷暑，我拿两张报纸往干干净净的红漆地板上一铺，随手从架上取下本书，躺在凉津津的地板上便不求甚解地整夜整夜读起来。许多世界文学名著，我就是在那里接触到的，为我第二年考入北大乃至日后的写作打下了基础。可那时，我一点也不知道，这两座对我最初文学生涯曾烙下过深深印痕的建筑，祖父为它们倾注了自己的智能和心血！

　　想到这些，离开图书馆陈列室时，我和胞弟都不禁伸出手去摸摸油漆已经剥落的门框，摸摸至今仍坚固完好的水泥圆柱，感到自己与家乡这两座标志性建筑，又平添了一份亲近，一份情缘！

　　（原载《奉化日报》2014年4月23日，《宁波日报》5月4日转载）

# 春到武岭

溪口在奉化。可我这个奉化人却直到近年来才正儿八经造访家乡这名闻遐迩的古镇。

没去的缘故最先是交通不便。溪口离我家奉化城里，号称60华里，步行得五六个小时。哪像现在，每天仅直达的中巴车就有上百辆，路况又好，一支烟工夫便宽宽地去了。

记得仅有的那次还是半个世纪前在家乡上中学时，学校组织去溪口春游，夜里借宿武岭中学，睡在大礼堂水泥地上。武岭中学校舍漂亮，设备齐全，学生着装时尚，一律是我们从未见过的深蓝色司威特（一种厚运动衫），在校园里见到我们这些土头土脑的县中学生，宛如阔少见了登门告贷的穷亲戚。按说，奉化是县，溪口只是它辖下的一个镇，我校该是全县名门正出的中学。但由于武岭中学校长乃蒋中正，在那时人们心目中，二者的位置是颠倒的：溪口是县，奉化却只是个镇，奉化沾了溪口的光。

后来我便外出求学离开家乡了。那段时期里，溪口受了蒋氏父子的株连，政治名声不好，地位一落千丈，蒋氏故居丰镐房也被政府机关占用，柱子上一度贴着"凡是反动的东西，你不打它就不倒"的语录。武岭中学被地区传染病医院占用，文昌阁成了一片无人问津的废墟，在那样一种气氛下，莫说没人上溪口观光，就是像我这样与溪口沾边的奉化人，没来由的有几分心虚，在可以不具体说明籍贯的场合下，习惯地自称为宁波人，尽可能不与溪口发生干系。

直到20世纪90年代受杂志社约请来这里采风，才正儿八经游览了阔别多年的家乡古镇。经历半个世纪风雨，溪口模样大变。第一印象是长大了。从前全镇只一条从镇东武岭门沿河向西3华里长的半边街，一度称雄半个浙江。如今新修的四车道马路，绕镇而过。通衢纵横，新楼林立，交通发达，从前的东大门——武岭门——成了市中心，镇区整整扩大出三倍；其次是长高了。旧时溪口房舍大多平屋。一眼望去，青山郭外斜，溪流门前过。小镇依山傍水，静谧地掩映在绿树翠竹丛中。如今到处是装饰一新的水晶宫似的大厦，光彩夺目，密集地矗立在车水马龙的热闹的大街两旁。镇容上空的轮廓线，像发酵似的上升着，挡住青山，遮去绿树，蒸蒸向上的现代化气息中透着几分浮躁，不但改变了古镇体貌，还改变了古镇气质。倘若将旧时溪口比作一个山里殷实人家出来的自视甚高的苦读之士，那么眼前的溪口，已是一位富有实力且懂得如何包装自己的正在走红的明星！

　　那天恰好牛年元日，亦新亦古的丰镐房内，人满为患。楼上楼下，拥塞着南来北往客，东洋西洋人。导游的讲解声互相打着架，吵得谁也听不清。下楼时，听得身后两位来自湖南韶山的游客在大发感慨：过去是咱们韶山热闹，听说这里雪窦山冷清，如今两座山一般热闹了！

　　从丰镐房出来，看大街上游人往来不绝，项背相望，我们索性避开拥挤喧嚣作水上游，在武岭头下登上游览的宽体竹排，泛舟剡溪。坐在竹排的小竹椅上骋怀纵目，觉得这里名不虚传是溪口十景之首。剡溪东去，武岭南来，如奔腾苍龙一头扎入溪中。水石相激，在溪畔毓秀出一幅浙东山水的经典：危崖碧潭，楼台古木，溪桥河街，远村青峰，精巧玲珑中透着气势，绮丽的真山真水里寄寓着众多的人文历史内涵！

　　撑排的艄公这天生意格外繁忙，一直乐呵呵的眉开眼笑。见他一身迷彩服，问他是否当过兵？艄公哈哈笑过一阵后说：

　　"当过！"

　　"部队在哪里？"

　　"家里。当的是民兵。"

　　"那你当过干部吗？"

　　"不瞒你说，因为姓蒋，当过的最大干部就是这条排的排长。不过如今好了，上回中央首长来溪口视察时，就是坐我条竹排游览武岭头。"

　　傍晚时分，主人陪同登临矗立在武岭头上的飞檐雕甍的文昌阁。文昌阁原是座小庙，建于清雍正年间。北伐那年蒋介石回溪口时，翻修拆建，改造成为一座气势飞动的楼阁，成了他的私人别墅和藏书楼。每次回溪口，因丰镐房内住着原配毛氏，他和宋美龄便在此憩息。1949年4月退离大陆前夕，蒋氏父子也曾在此泛舟，到剡溪对岸伫立在新砌石勘上，久久地遥望着丰镐房祖居，然后驱车登上太康号军舰，从此便踏上了不归路。

　　凭窗远眺，见一轮落日，渐渐西沉。夕阳里，一川金色溪流，滚滚东来，长街西去，岸上行人熙来攘往。溪山依旧在，丰镐房却换了主人。我似乎感受到历史前进的脚步。然而今日溪口成为旅游黄金线，这繁荣和发展，得益于当地自然山水的优美外，还由于拥有像丰镐房这样全国独特的人文历史景观。从这个意义上讲，溪口所有的新楼和大厦，都或多或少与丰镐房牵连着。然而在过去相当一段时间里，这些宝贵的旅游资源竟被当作反动的东西，扫进历史垃圾箱！就在我这样想着时，沿着河街的华灯，倏地亮了，所有商厦宾馆，顿时大放光明。夜的溪口，出落得比白日更加绚丽妩媚！

（载《解放日报》2004年6月13日）

# 东江水悠悠

如果将溪口定位为奉化市山镇的代表，那么西坞便是奉化水乡的形象使者了。

西坞的这一定位，很大程度由于那条穿镇而过的东江。正式地图上标为鄞奉江。奉化母亲河——奉化江——上游三条支流中，只有东江的水深自西坞以下能航行火轮船，直达宁波市内灵桥附近的码头，是全县的黄金水道，西坞也因此成为奉化唯一的内河港口。

在水运兴盛的年月，不但是奉化本地人，甚至宁海人，象山人，都来这里搭乘西坞火轮去宁波，再转道到上海，或者去更远的地方打工谋生，闯荡天下。浙东沿海一带的山货木材，稻谷瓜果，石料陶瓷，也大都从这里水运到宁波，再销往全国各地，然后运回来当地所需的洋布洋油，五金机械，呢绒毛线和日用百货。东江为当地不仅带来现代物质文明，还带来了先进文化和科技信息。

我第一次走近西坞也是由于东江。那是20世纪80年代初，我因父亲病重从内蒙古赶来探望。回去时，忽发奇想，非要体验一下儿时常听大人说起的西坞火轮不可，于是弃车改船，来西坞坐小火轮去宁波。

　　开往宁波的小火轮每天清早发船，我头天夜里借宿在西坞一位亲戚家里。天蒙蒙亮便起床去赶轮船。上船的码头在居敬桥畔，码头不大，乘客也没有想象的拥挤，人气不旺。这与那时奉化到宁波的公路交通便利发达有关。我慌慌地买了票，刚上得船来，还来不及跟送行的亲戚道别，汽笛一声长鸣，轮船便马达轰鸣启航了。

　　朝阳从江边苇竹丛后升起来，波光粼粼的江面有如一条闪金铺银的金光大道，小火轮平稳地朝前行驶，偶尔有一只野鸭从江边芦苇丛里噗啦啦惊起。正是涨潮时分，江水倒灌，江阔水平，从船窗望出去，两岸是一望无际的锦绣绿野，没有一寸土地是裸露着的，到处是稻菽涌浪，菜花摇金，桃花像片片云霞，在晨光中明灭变幻。望着这雾霭迷蒙、如诗似画的家乡大地，作为一个启程远游告别家乡的游子，我心头忽然涌上一种难以言说的复杂感情，说不清是欣喜还是忧伤，只觉得自己那双看惯大漠戈壁的眼睛突然之间模糊起来了。以后，我多少次驱车奔驰在这条回家路上，却再也不曾有这个感觉了。

　　船舱虽然陈旧，由于江水返照，舱内却满舱阳光，亮堂堂的。乘客大都是些只有时间富裕其他却不富裕的平民百姓，有做小买卖去宁波进货的，有串亲作客的，有走街串村耍手艺的，还有编织袋里装着龙须笋或者半扇猪肉去宁波卖好价钱的当地农民。大家都不是一些只争朝夕的人物，旅途上心态很好，彼此很讲乡情，拿出随身带的吃食相互客气着。坐在我身旁的一位乘客，递过两块上面盖有小红花印的米馒头来叫我品尝。他听说我在内蒙古工作，向我详细地打听起服装行业的情况来。原来他是个裁缝，想去西北寻找脱贫致富的门路。坐在我另一边的是个农民，他们生产队正在酝酿把集体的田分给个人。他觉得这好是好，就怕将来政策一变被说成是搞资本主义单干。坐在前排一个船客见我们这里聊得热闹，也转过身来加入谈话。原来他在宁波小学教书，这次回西坞老家是因母亲突然收到父亲从台湾的一封来信，全家人又是高兴又是害怕。高兴的是因为30年失去联系的父亲终于还健在，害怕的却是这一海外关系的新变化，不知又会招致来什么麻烦，商量结果向支书作了汇报。书记听后连连摆手，叫他们就放心大胆回信好了，现在政策不同了，大陆还欢迎他们台湾亲人回家来看看呢！说得全船人开心地哈哈大笑。

那次坐西坞火轮的经历，留在我印象中，就是一船欢笑，一船阳光，一船乡情！

没想到，20年后，这次我应邀来这里采风，故地重游，西坞面貌大变。甬台温高速的建成通车，将西坞与宁波的距离缩短到只有一刻钟的车程，几乎成了这个东方大港的南郊。高速出口处附近，便是声名鹊起的力邦村。这是为解决当地一百多家外来企业打工族居住的生活园区，以便更好招商引资。提起外来打工人员住处，在我印象中，便是地处城乡结合部的农民小矮房，大通铺。然而力邦村却是一片崭新的高楼，房间里窗明几净，像大学生宿舍一样，高低床，每间10人，有电话电视，设施齐全，生活舒适，成为外来打工族温馨的家园。力邦村对面是新开发的工业园区，这里落户着上百家外来和本地企业。我浏览着眼前一家家洋里洋气的服装厂招牌，忽然想起20年前那位萍水相逢的年轻裁缝，说不定他去西北寻求发展，积累起一定资金后回家乡来创办服装厂，如今已是这里某家企业的董事长了。还有那位父亲在台湾的小学老师，如今再也不必为台湾来信发愁了。今日的西坞，向世界敞开着门户。说不定这工业园区里某家台资企业，就有他父亲的股份！

　　漫步新区，强烈感受到时代的变迁，历史的发展。当然也有没变的，作为水乡西坞标志性建筑——居敬桥，仍然风采依旧，苔痕苍然的桥身，跨越在东江上。只是桥畔轮船码头售票房，已人去屋空，大门上挂着把锈迹斑斑的大铁锁。登上码头，有块钢板已经烂穿。昔日这座黄金水道上繁华热闹的码头，如今只系着两条破旧肮脏的小船，随着江流在款款地来回摆动。这野渡无人舟自横的情调，更平添了一份落寞和凄清。

不知为什么，我忽然感到有点惆怅。朋友们告诉我，最后一班西坞火轮的汽笛声，已成为这里人们记忆中的绝唱。我站在码头上，望着泱泱江水，无言北去，忽然想起孔子那句名言。人与历史之间的关系大概就是这样：明知是因为陆上运输的快捷和便利，使这黄金水道无可挽救地衰落下来，这无疑是个进步。一座轮船码头的兴衰沉浮折射出奉化的变迁。可这历史的进步里，是否也带走了人们心中某些美好的记忆？

2004年5月27日于杭州

第 3 辑 · 他乡萍踪

# 天下第一大玉佛观瞻记

曾以最大钢铁联合企业闻名全国的鞍山，如今，有了新的全国之最——大玉佛。

大玉佛重260.76吨，由整块天然彩玉，120位玉雕师傅耗时18个月凿成，被我国大世界吉尼斯总部于1997年11月授予世界最大玉佛证书。鞍山人像当年对待鞍钢一样，自豪地称它为天下第一珍宝——"玉佛王"。

然而，在这次中国作家协会赴鞍山访问团中，除团长外，其他成员对此竟一无所知。以至在玉佛苑观瞻和聆听情况介绍时，作家们个个都惊讶得瞠目结舌。

玉佛苑坐落在鞍山景色宜人的东山风景区。主体建筑玉佛阁吸取了北京故宫、曲阜大成殿、承德避暑山庄和武汉黄鹤楼等诸多著名建筑的特点，是座集宫殿、庙宇和园林艺术于一身的仿古建筑。阁高33米，相当于北京毛泽东纪念堂，是目前国内最高的古典式建筑，气势恢弘，雄伟庄严。想来最大玉佛享受最高梵宫，倒也顺理成章。

从玉佛造型看，与常见的释迦牟尼坐像无大差异。但细细品味，从设计构思，比例透视，到杂色巧用，工艺处理，在成功运用传统玉石雕刻技艺上，可谓样样到位，准确精湛，富有东方佛教文化特色，是举世无双，具有极高艺术价值的巨型精品。置身像前，从任何角度望去，佛祖那对半开半合的双眸，尽管只露着一点炯炯有神的瞳仁，却似乎在居高临下地俯视着你，觉得世界万物、善恶功过，尽在佛祖明察秋毫的视野之中。

雕凿世界最大玉佛，是玉石加工史上空前盛举，同时也意味着空前困难。雕凿玉佛关键是开脸。当初，确定为大玉佛面孔的那部分彩玉表面，绿、黄、白、黑、蓝、深绿、浅绿，七彩纷呈。倘若剥离进去，一直是这种斑驳混杂的花玉，雕出来的佛祖岂不成了个大花脸？这不仅有损佛祖庄严慈悲的形象，而且破坏了作为玉雕精品的艺术价值。然而，现有的科学技术手段又无法事先测得玉石内层的色彩走向。一个哈姆雷特式的生死成败抉择，就这样蕴藏在充满玄机的冥冥之中。

在准备大玉佛开脸的那些日子，工程现场一直笼罩着从未有过的紧张气氛。从指挥部领导、工程设计人员、雕刻师傅，到勤杂辅助保卫人员，尤其是那两位担任开脸的玉雕师傅，精神压力之大，自不待言。尽管为预防意外，指挥部事先已设计好几套应急施工方案，但那两位开脸师傅依旧紧张得一连几天茶饭不思，寝食不安。

正式开脸那天，他俩早早起床，漱过口，净过手，在大玉石前燃起三炷香，恭恭敬敬地叩了三个头，然后在众目睽睽下，神情庄重地登上三层楼高的作业面。玉雕行中有句行话：雕玉没有运气，只有勇气和智慧。两位师傅站在脚手架上，无言地对视了一眼，像是鼓励又像是安慰，然后深深地吸了口气，调整好心态，举起手中斧子，对准佛脸上一片突起的锈迹斑斑的瑕玉，"当"的一声斫了下去。

粗粝的玉石表皮应声剥落下来，玉工们管这叫"扒皮问料"。工地上黑压压地挤满了人一片，大家都屏声息气，目不转睛地注视着开脸师傅手中锤起锤落，连扒四层，玉石的色泽渐渐开始淡化，但依然杂色互陈。等扒到第七层时，只剩黑白两种颜色，半明半暗，阴阳未定。两位雕玉师傅全神贯注继续挥舞着手中的斧凿，一斧凿一斧凿，每凿都在线上，该留的一分不少，不该留的一分不多。现场鸦雀无声，人们眼不错珠地注视着，等待着。等扒去最后一层时，奇迹出现了：深暗部分的玉色开始变淡，而浅白部分却又逐渐加深变暗，黑白交融，犹如两种颜料调和在一起，互相化合成了一色的褐绿，那么纯净，那么均匀，竟没有一丝跳色的斑痕！

现场骚动了，人们一片惊讶，发出嗷嗷的欢呼声。后来，当整座玉佛雕成后，发现这一大块彩玉就只这一小片玉色单一纯净。大佛的脸庞不偏不倚，恰好就定位在这上头。褐绿色的美玉，也正好符合古印度人黝黑的肤色！

作家们听到这里，议论纷纷。有赞叹玉雕师傅"巧夺天工"，也有说是佛缘，"佛面天成"。究竟是巧合，还是佛缘？还是留给来玉佛苑参观的人们去评说。

大玉石背后现在雕凿的是渡海观音，与正面释迦牟尼在风格和韵味上迥然不同。倘单就玉雕技艺论，观音完全做到随玉赋形，凹凸成趣，达到了自然真切的纯熟境界。特别是那几缕白玉的巧用，简直是出神入化的神来之笔——在山为出岫云岚，缭绕山巅，舒卷自如；在水则化为闪烁不定的波光涛影，营造出一片长风掠空，充满动感的海天佛国氛围。满面慈祥的观音大士，手持柳枝，好像刚从普陀山上宣讲完佛法，乘长风，驾巨鳌，飘飘洒洒，踏浪东行。站在观音面前，仿佛听得见她裙裾迎风飘扬的飒飒声，脚下巨鳌泅水的呼哧声，浪遏岩礁的飞溅声，让我们惟妙惟肖地感受到观音大士普渡慈航的佛教艺术魅力。

据玉佛苑负责人说，当时在雕凿观音背后山景时，事先并没有设计好样图，完全是玉雕师傅随着玉石剥离的自然形态，随状造物，即兴创作，凸处成峰，凹处为水；出人意料的是，观音竣工三个月后，一位来自南方的高僧云游到此，发现这

山景竟是我国四大佛教圣地之一——观音道场所在地普陀山的
缩影。

　　佛教讲缘分，认为世间万物，冥冥中存在着某种内在联
系。巨石成佛过程中这种种巧合说明，巨玉选择大佛是完全正
确的，既顺乎民心，又合乎天意。但我们倘若逆向思维来考虑
问题：当年，这巨玉并非就在鞍山，它的产地在距鞍山170公
里的玉乡岫岩；而且早在40年前就已经发现。据史记载，我国
在清乾隆时，曾发现过巨型瑞玉，却只有两吨重，当时朝野就
为之轰动。盛产玉石的我们邻国缅甸，倒是发现过90吨重的巨
玉，被公认为世界最大玉石。现在岫岩巨玉比它大三倍，无疑
是天下第一瑞玉了。但由于当时国内条件局限，周恩来总理指
示对这一稀世珍宝要"妥为保管"。直到80年代，岫岩划为鞍
山市后，财大气粗的钢铁巨人才对巨玉的开发利用提到议事日
程上来。他们在当地驻军支援下，动用了四辆坦克，加固沿途
所有的桥梁路基。巨玉下山离开玉乡那天，当地老百姓流泪为
它送行。短短170公里路程，竟走了8天8夜。之后对开发设计
的可行性报告，又反反复复论证多次。到今天人们才得以一睹
大佛风采。倘若事情发展进程不是这样，当年发现不久就开发
利用，未见得有玉石成佛一说了。退一步说，即使成佛，也难
逃"文革"浩劫。玉佛苑很可能像其他著名寺庙一样，遭到寺

毁佛倒的悲惨命运。从这个意义上来说，岂不是大佛选择了巨玉，选择了鞍山，选择了当今盛世！

愿这稀世珍宝为钢都带来新的繁荣，带来吉祥如意！

（载《东海》2000年第12期）

# 秋雨滇西

地处西南边陲与缅甸接壤的云南腾冲县，史称"极边第一城"，是徐霞客西游到过的最僻远的一座边城。美丽的瑞丽江上游——叠水河穿城而过，为小城留下了一处国内极其罕见的景观——城内大瀑布，即叠水河瀑布。江畔有座国殇墓园，大小如同北京十三陵明代帝皇陵寝，这里埋葬着九千一百八十六位腾冲攻城战阵亡的抗日将士。内中一位年轻将军，新婚才15天，离家别妻，赶来前线，壮烈地倒在腾冲城下。60年前的这场惊天地泣鬼神的战斗，称得上是8年抗战中最为惨烈的一仗焦土战！

一个秋雨凄迷的午后，我瞻仰了这座陵园。偌大的园内，松柏蓊郁，林木扶疏。雨点打在枝叶上，发出一片哗哗声，更增添了陵园的肃穆和空寂。直通忠烈祠的甬道上，冷落得连不易生长青苔的火山石，竟也苔痕苍然。园内无一游客。我见右边厢房展览室大门开着，便踅进去细细地参观起来。

腾冲战役自1944年6月底打响，至9月14日结束，历时长达

75个日日夜夜。担任主攻的是滇西中国远征军第20集团军下辖的四个师和一个预备师，美国陈纳德将军领导的著名第14航空队，也参战给予了有力的空中支援。发动腾冲战役，是由于这年下半年国际反法西斯形势好转，国内战场从防御开始转入反攻。驻守西南边区的第20集团军，这时刚刚强渡过怒江，便接到命令，着手向守卫腾冲的日本侵略军发起进攻。

腾冲由于所处的重要战略地位，历史上一直是兵家必争之地。明正统年间，朝廷为了稳定西南边疆，下旨当地一万五千名守边将士，历时四年，用巨石修筑腾冲城。城墙高二丈五尺，厚一丈八尺，城门整个用铁包成，真是雄关似铁，被史家号称"铁城"。然而1942年5月，当日军从缅甸密支那越过中缅边境，截断滇缅公路，派出小分队进逼腾冲时，驻守铁城的官员竟一枪未发，弃城逃离，"铁城"遂即陷落，广大滇西国土相继失守。抗日大后方一下子成了前方。日军侵占腾冲后，为了巩固其军事统治，征集民夫，在四周山上构筑了无数明碉暗堡，并有地道直通城内，还在城头上每隔十步，筑一碉堡，这就更增加了攻城难度。

第20集团军于6月底发起攻击到7月下旬，才拔除四周山上日军碉堡和各村寨的据点，打得极为艰苦。日军退守城内后，凭借坚固的城墙进行顽抗。第14航空队出动飞机，炸开城墙缺口60余处，攻城部队遂突入城内，与日军展开肉搏战。小小腾冲城，20集团军从8月20日攻入城内，到9月14日全部彻底歼灭守敌，前后历时竟25天。几乎每座民宅，每条街巷，都经过刀光剑影的殊死拼杀，真可谓是白刃相看血纷纷的惨烈争夺。跟随攻城部队一起入城的《大公报》记者，在战斗结束一小时后历数城内被毁日军堡垒，竟多达300余座！巨石垒筑的八里长的铁城城墙，夷为一摊废墟；城内二万余间民房，全部化为焦土；全城找不到一张完好的瓦片，看不见一片完整的树叶，战斗之残酷剧烈，为八年抗战所罕见！

腾冲光复后，鉴于当地人民在战火中遭受的空前浩劫，当局不得不三年豁免腾冲粮赋，三年缓征兵役。但是，为了纪念攻城战中牺牲的抗日勇士，腾冲人民在极端困难的条件下，克服种种艰难困苦，于第二年便修建起了这座陵园，取名国殇墓园。

从坐落在忠烈祠后面小山坡上的阵亡将士纪念塔下来，雨越下越大。哗哗雨声中，有黄叶打着旋儿在慢慢飘落。当地民谚云：滇西无寒暑，有雨便是冬。可我瞻仰陵园时，心头却一直热烘烘的，有几分惶恐，更有几分沉重。腾冲一役，我方代价十分惨重。据纪念塔上的碑文称，担任主攻的第20集团军伤亡近二万，其中阵亡9186名将士，内有盟军14人，歼灭日军六千余。从战斗的规模和战果看，在整个抗日战争中，应该说也是不多见的，而且意义重大。腾冲攻城胜利后，中国远征军乘胜追击，相继收复了龙陵、芒市和畹町等县，把日本侵略军从滇西这片广大国土上全部驱逐出境，重新打通了从印度经缅甸北部进入中国的这条国际补给线，对后来的全国抗战胜利，起到了有力的支援作用。

可是，在这次来腾冲之前，由于自己的无知和孤陋寡闻，却压根不知道60年前这场曾经震撼全国的鏖战，而且还一直自以为是地认为，那时的政府军，只是在抗战前期迫于全国人民压力，在东南沿海与日本侵略军打过几仗，以后便龟缩在峨眉山上当起抗日战争的摘桃派来了。如今观瞻过国殇墓园，站在这片成千上万中华热血男儿用鲜血和生命换来的血染大地上，面对长眠在这里的抗日英烈们，心中热血贲张，感到深深的羞愧和内疚！

滇西秋雨，沙沙下着，漫天洒落在眼前这片血染大地，洒落在我的心田，仿佛在给抗日勇士们唱着一支迟到的颂歌！

癸未白露滇西归来

（载《文学报》2003年9月8日）

# 槟榔青青

　　大陆对槟榔至今尚未认可。前几年出差去云南，去广西，去广东，远远看到槟榔树，被告知：槟榔不能和椰子一样当水果来吃。问其原因，有说是吃了要烂嘴，有说腐蚀牙齿，还有说有有毒物质。说时对我的无知流露出宽宏大量的微笑。

　　这次去台湾，抱着"不入虎穴，焉得虎子"的决心，总算平生品尝了一回"禁果"。

　　在去日月潭的路上，途经水里时，公路两边的田野里，山坡上，到处是高高的槟榔林。青白色的光洁树干上，有着一圈圈浅色疤痕，酷似毛竹竹节，笔直地伸向蓝天，颇有一副卓立不群的派头。小小的羽毛状的树冠下，垂挂着一串串沉甸甸的果实。正是槟榔成熟季节，槟榔园里有头戴斗笠的农妇，举着长长的伸缩刀在采割果实。

　　水里属南投县，是台湾槟榔的盛产地。大街上槟榔摊多得一家挨一家。铝合金的框架，三面皆落地玻璃橱窗，活像只巨大的陈列柜。卖槟榔的都是年轻女子，当地人称"槟榔妹妹"，秀发披肩，化妆艳丽，穿着暴露，端坐在临街的大玻璃窗后。一路看过去，那感觉，就像在观看选美大赛，成了这条旅游线上一道独特的亮丽风景。

陪同的台湾女作家王小姐，是位槟榔专家，并有专著出版。据她介绍，全台湾从事这一行业的人在百万以上，嚼槟榔的至少有两百万人，已是个不可小觑的族群。

有趣的是那些槟榔店名，像参选者芳名，一个个都女人味十足，高高地悬挂在槟榔摊上：性感火辣妹槟榔，美少女槟榔，水灵灵槟榔等等。车过"停车再开槟榔"店时，大家在车上不约而同地大声要求起来：

"我们也要停车再开！"

驾驶员师傅笑起来。在一片嘻嘻哈哈的笑声中，旅游大巴在路边停靠下来。店里的槟榔妹妹笑意盈盈地迎出门来，打开纸盒，里面装着一颗颗拿叶子包着的青色果实，台湾人叫"青仔"。每颗大小如同橄榄，表皮青翠有光泽，中间切开处，露出洁白果肉，还夹着我们不知名的绛红色配料。

见我们这些大陆同行欲尝又怕的样子，王小姐向大家解释说，这配料叫"红灰"，夹在槟榔里一起嚼，味道更佳，各位不妨体验一下。如果槟榔像你们说的真有毒，台湾会有这么多人吃吗？难道他们都不要命了？

经这一说，同行一位女作家颇有第一个吃螃蟹人的豪勇，率先抓起一颗放进嘴里嚼起来。我们几位须眉自然也不能被讥为贪生怕死之辈，都抓起一颗放进自己嘴里。正要咀嚼，那边王小姐突然叫起来：

"别，别咽，这第一口槟榔汁得吐掉！"

女作家立马转过身去，"呸"的一声吐在路边，竟是一口殷红的鲜血。吓得我们几个人都张着嘴定格在那里不知所措。

王小姐笑弯了腰。

"这是槟榔汁不是血！"她解释说："因为配料里有石灰，第一口最好不要吃下去。"

但我们还是心存恐惧，吐了一口还继续吐。

"行了行了！"王小姐和槟榔妹妹在一旁都心疼地齐声叫起来。"要再吐，你们就把精华都给吐了！"

回到车上，发现嚼过槟榔的人嘴唇和舌头都红红的。在台湾也因此把嗜好嚼槟榔的人称为"红唇族"。

王小姐笑着问大家："你们这几位红唇族觉得味道如何呀？"

槟榔的口感实在很难用一句话说清楚。它有点淡淡甜味，但甘中带涩，涩中含苦，苦中有酸。总之，味道有点暧昧。

开车以后，王小姐告诉我们，在水里一带，至今流传着一则故事。当年，郑成功率领部队刚从大陆渡海过来时，驻军在这里的浊水溪畔，有的士兵不服水土，染上瘟疫，眼看着就要不行时，无意间吞食下一颗槟榔，重病奇迹般得以痊愈。这才发现槟榔有清毒健胃，提神醒脑的药效。

在台湾的原住民族中，嚼食槟榔就不是那么实用了，却带有某种文化品位。它是敬献给头人贵重贡品的象征，是亲友间互相馈赠的珍贵礼物，又是青年男女爱情的信物。在喜庆丰收的节日里，姑娘向心爱的小伙子表达爱意，便是馈赠一枚加好配料的槟榔。如果男方接受这份爱情，便当即放进嘴里嚼起来；倘若拒绝，则不进嘴，但必须收下。作为一个青年男子，如果从没收到过姑娘相赠的槟榔，那可是奇耻大辱。

我说："这样看来，台湾嚼食槟榔，与原住民族影响分不开。"

"大陆也并非没有嚼食槟榔的传统呀！"王小姐振振有词说。据她所知，早在清代，达官贵人中就流行嚼槟榔。一些文臣武将、王孙公子、名媛贵妇，都随身佩戴着考究的槟榔荷包。曹雪芹在《红楼梦》里对此就有过真实的描写，第64回贾琏在宁国府与尤二姐厮混时，忽然想吃槟榔，说："槟榔荷包也忘记带了来，姐姐有槟榔，赏我一口吃！"据一些有关资料记载，当时北京大栅栏就有好几家槟榔店。吃槟榔在那时被人们视为雅事。

大家开玩笑说，随着海峡两岸文化交流的加强，这雅事说不定又会在大陆热起来呢！

那我们回去投资开家槟榔店如何？诚聘王小姐当顾问。

也叫性感火辣妹槟榔店吗？

不，我们叫"红楼梦"槟榔！

笑声飞出车外，洒落在去日月潭的路上。

（载台湾《台湾新闻报》2000年11月2日）

# 西伯利亚红栎

想不到这次海参崴之旅，留给我这个俄罗斯情结浓重的人，感觉一时竟难以说清。

国际大巴终于得到了放行的指令，从珲春口岸俄方边境检查站进入俄罗斯远东地区。抬腕看表，北京时间午后2时，过关查验，竟化了整整5个小时，占海参崴之行全部时间的近十分之一！尽管导游事先在车上对俄方工作方式已提醒过多次，但大家情绪仍不免因此受到挫伤。

好在不久便得到了补偿。

大巴沿着边境公路朝前行驶。据说，这路还是上世纪末珲春口岸开放时，吉林省为俄方无偿修建的。如今多年未修，路面破损且显得狭窄。广袤的原野上，灰蒙蒙苍穹下，一如前苏联歌曲中唱的：一条小路弯弯曲曲细又长，一直通往迷雾的远方。

珲春与俄罗斯边疆滨海区仅一道铁丝网之隔，但两边生态环境反差极为明显。抬眼望去，四周一派地广人稀、阒无人迹的原生态景象。公路两旁看不见一间房屋，一片耕地。只有孤零零的经过柏油处理的木头电杆，牵引着三根细细的电线，忠心耿耿地伴随着我们。起伏的丘陵上，看不见裸露的土地。漫山遍野是望不到尽头的茂密的树林，被秋风染得色彩斑斓绚丽：鲜黄明亮的小叶白桦，红得耀眼的赤杨，满树金黄的高大挺拔的落叶松，披一身苍绿的郁郁沉沉的雪松和冷杉，还有色泽黯淡但风韵犹存的朝鲜柳。偶尔有一泓湖水，在林中镜子般地发着亮，岸边银色的芦苇丛中，不时有天鹅起落的优雅身姿。难怪人类艺术明珠之一《天鹅湖》，会诞生在俄罗斯的土地上！

听着这久违了的无声的歌，望着眼前这有如俄罗斯画家笔下流动的风景画卷，大家情绪终于又慢慢高涨起来。快到斯拉夫扬卡时，公路两边变成了清一色的栎树林，带毛边的椭圆形树叶，每一片被秋风染成金红，绵延百里，大地红得像在熊熊燃烧，又像傍晚时分的满天红霞飘落在地上，壮观极了！车上的人说，为了这红栎林，莫说过关等待5个小时，就是15小时，也值！

栎树在我国东北地区习惯上叫柞木，是山毛榉的一个属科，有麻栎，白栎，红栎等等。树干高大，木质细密坚硬，是制作家具的上好材料。其果实俗称橡子，加工脱涩后可供食用。日本军国主义侵占我国东北期间，大米全部被征用，中国人只允许食用橡子面。许多人吃后排泄困难，苦不堪言。在我小时印象中，它与苦难联系着。后来得知我居住的杭州西湖有个景点，叫红栎山庄，不止一次去观赏过。每当秋风乍起，周围几棵高大的栎树，满树红叶，宛如一支支高入云天的巨大火炬，燃烧在湖光山色的澄明里，给西湖秋色平添了一抹浓重的热烈和妩媚。以红叶闻名的自然首推北京香山，然美则美矣，只是这里一丛，那里一片，星星点点，构不成规模和气势。去海参崴路上，这西伯利亚红栎林，绵延数百里，海海漫漫，一片金红。等在斯拉夫扬卡用过餐，雨住天晴，一碧如洗的蓝天，白云，辉映着金红的大地，酷似一面巨大无边的俄罗斯三色旗招展在天际，浩浩荡荡地指引着我们向海参崴进发！

听当地人讲，海参崴是满语，意即出产海参的地方。1860年，沙皇俄国趁着腐败的清政府在第二次鸦片战争期间的困难处境，强迫我方先后订立了中俄《瑷珲条约》和《北京条约》，割占去了包括海参崴在内的乌苏里江以东和黑龙江以北60多万平方公里的我国领土，相当于现在除了山东之外的整个华东地区面积。今天俄罗斯正式出版物上，称该地为符拉迪沃斯托克，是滨海边疆区（省）政府所在地。这是座美丽的海港城市，很有点像我国青岛。风光旖旎的金角湾、阿穆尔湾和绥芬河湾，有如用来吃西餐的一把叉子，把坐落在它上面的城市建筑像叉几块土豆块似的，远远地叉向一片蔚蓝的日本海。俄罗斯太平洋舰队总部就驻扎在这里。城市建筑几乎都是20世纪70年代的，街道缘着山坡，高低起伏，市容显得有些陈旧。车辆不少是韩国二手车。沿海防波堤有几处已经破损倒塌，露出来锈迹斑斑的钢筋，让人觉着城市有关部门还来不及考虑这些具体市政设施的修缮。

　　海参崴另一看点，因为是西伯利亚大铁道的终点。这条铁路，西起莫斯科，横穿欧亚大陆，全长9288公里，号称世界上最长的铁路。二战期间，靠着这条大动脉，将作战需要的各种物资，从广大西伯利亚地区源源不断地往运欧洲前线，为伟大的卫国战争胜利立下了不可磨灭的功绩。如今，屹立在金角湾码头旁的陆港火车站月台上，还陈列着当年的一台机车，向我们讲述着那烽火岁月里的英雄故事。机车旁边矗立着一块方尖碑，9288几个大字标出莫斯科至海参崴的铁路全长。方尖碑顶端装饰着精美的俄罗斯国徽，那只双头鹰在骄傲地向人们炫耀着这个横跨欧、亚两大洲国家幅员的广大辽阔。以至列宁领导的布尔什维克，尽管在1917年已夺取政权，然而直到1922年，亦即革命胜利五年后，才在远东地区建立起苏维埃政权。今天海参崴市内胜利广场上的纪念碑，就是为了欢庆这一胜利而建造的。说到这段革命历史，俄罗斯导游告诉我们，海参崴原先有列宁纪念像一百多座，如今只有车站广场那一座还保留着。我们在这唯一的列宁像前流连了很久。这位在世界上创建了第

一个无产阶级专政国家的领袖，站在高高基座上，像我们在前
苏联电影中常见的那样，一只手里抓着刚刚从头上抹下来的前
进帽，另一只手高举着指向前方，正在向聚集在他周围的武装
起义的赤卫队员、水兵和工人纠察队发出攻打冬宫的总动员。

俄罗斯导游说，今天他们这一代人还知道列宁，至于他们
的孩子们，就不大知道列宁是何许人了。

导游叫伊戈尔。当知道他是这里远东理工大学中国经济专
业的学生时，便问他列宁时代的文学。

你喜欢高尔基吗？

听说过，但没读过他作品。伊戈尔坦率地回答。

玛雅柯夫斯基诗呢？

有的喜欢有的不喜欢。

阿赫玛托娃呢？

知名度很高。但我不喜欢。

那么普希金呢？

喜欢。

叶赛宁？

他的诗没有人不喜欢。你知道，俄罗斯人爱好读书。

小伙子长得很帅，幽默风趣。大家问他在学校里一定有很
多女朋友。

伊戈尔不屑地挥了一下手：为什么很多？女朋友一个足

够了。

为什么一个足够？

可以换嘛！

在海参崴的游览参观几乎是闪电式的，内容也不是很丰富。所到之处，无论在观看俄罗斯风情表演的游船上，也无论是远东最大的陆港火车站，还是中国游客下榻的宾馆，所有指示牌上的说明文字除俄文外，有英文、韩文和少量日文，就是没有看到中文。而这些景点游客，却大都是中国人！这叫人有点不好理解。我曾想，也许这是俄罗斯知道汉语的人有限。可据国内报上称，近年来俄罗斯汉语学习大为普及，从前只集中在为数不多的几个中心城市和远东地区，如今发展到了全国一大批城市的外国语学院、综合性大学和师范学院，设有汉语教学的中学也增加了不少。前不久，俄罗斯国内一项调查显示，俄罗斯是最受中国人欢迎的国家，而中国对于俄罗斯人来讲却只排到第5位。这并不意味俄罗斯人对中国不友好，而是因为对中国了解不够。要通过互办国家年，加深了解。

还有一点令我感到不快的，在某个景点参观前，我们常常被告知不要乱扔垃圾。说的次数多了，听来就不十分入耳。后来在回来路上，终于有了一点解答。

我们来时是走陆路。国际班车到斯拉夫扬卡就为止了，在这里换乘俄方旅游车，沿大彼得湾到海参崴，兜了一个大圈子。回来改走水路，在海参崴坐渡轮横穿大彼得湾，到斯拉夫扬卡码头换乘国际大巴，路程缩短一半。渡轮车人混装，底舱停车，旅客坐在上面大厅内，跟我国宁波白峰渡到舟山一样，在海上航行三小时。大厅里除了我们中国游客，还有俄罗斯当地居民。他们在自己位子上，一个个捧着本书在静静地读。我留意了一下，书大多半新不旧，大概是一些读过不只一遍的久盛不衰的经典。而我们中国游客，这时已拖过随身带着的拉杆箱，在过道上随便一放，三五成堆地凑在一起兴高采烈地玩扑克。我们小导游则更是放肆，他大概昨晚没睡好，一人占着三个座位在俄罗斯姑娘身旁竟横陈着打起呼噜来。我突然想起来时过关情景，同车一位年轻姑娘往下丢垃圾，俄方工作人员看到后，要她捡回来扔到旁边垃圾箱内。车上说笑的人顿时安静下来，全车鸦雀无声地望着自己这位穿着时尚的女同胞走下车去捡垃圾，心情一时都难以言说。是的，眼下我们公路暂时比俄罗斯的宽阔平坦，城市的新楼比俄罗斯多，宾馆里的设施暂时比俄罗斯新颖现代。但一个国家，难道仅仅靠着这些，就能真正自立于世界民族之林吗？！

2006年11月24日于杭州

（载《解放日报》2006年12月16日）

# 茅台：一方水土养一方酒

　　假如你还没到过茅台镇，你一定想象不到这名扬天下的国酒之都，竟害羞似的躲藏在贵州全省最低处的深山大壑——赤水河大峡谷。这究竟是它的谦逊低调，还是别有缘故？等了解茅台酒的酿制过程后，你心里大概就会有了解答。

　　车出仁怀城，一直朝西北行驶。昨晚淅淅沥沥下了一夜雨，这会儿车窗外蓝天如洗，日色似金。漫山遍野的高粱，不知远来的风跟它们嘀咕了些什么，撩得它们一个个笑弯了腰。据说，这种当地生长的糯高粱，与大家熟知的东北高粱不同，壳厚粒小，籽粒饱满，经得起多轮次地翻烤，就是酿制茅台酒无可替代的优质原料！

　　说到这香飘四海的酒林至尊，车上的人七嘴八舌都说开了。原来茅台酒的前世今生，也并非一路风光。当年，北洋政府农商部将华（成义）和王（荣和）两家烧房生产的茅台酒，用土陶罐装着以茅台造酒公司名义，满怀希冀地送到旧金山巴拿马万国博览会上参展。由于包装土气寒碜，遭到与会者的冷遇。眼看展会就要落下帷幕，负责送展的官员情急之下，摔破酒罐，顿时展厅内弥漫开一股奇异的酒香，幽雅、细腻、纯净的酱香中夹带着一丝甜甜的沁人心脾的兰香，顿时震撼了与会的各国人士，最终一举夺冠，与苏格兰威士忌、法国科涅克的白兰地一起跻身世界三大著名蒸馏酒，在我国酿酒史上留下了一段"怒掷酒罐震国威"的佳话。

仿佛应和着这故事，车窗外飘进来阵阵扑鼻酒香。原来茅台镇离县城仁怀并不远，一支烟工夫便到了。只见街道两旁，鳞次栉比皆是酒肆作坊。所有临街的店堂内，摆放着各式各样大大小小的酒坛酒瓮。富有喜庆意味的各种招牌上，也均是酒的广告：茅台王子酒，茅台迎宾酒，赖茅，习酒，董酒，仁酒，郎酒，贵州醇，陈坛老窖，茅台镇酒百年老字号酱香白酒和茅台八十周年建军酒等等，真是黔北多佳酿，未到人先醉！

街道绕来拐去地一直倾斜下去，经过金碧辉煌古典城楼式的国酒门，和高耸在山上的全镇标志物——巨型的茅台酒瓶，发现已置身在谷底赤水河边了。这条河因为与一位伟人名字联系在一起，让许多国人记住了它。我们站的地方，就是当年红军第三次渡过赤水的茅台渡口。那时，河两岸巉岩峭壁，危崖触天。从这里到下游四川合口的河段上，据说有大小险滩170多处。不远处的吴公岩，就是当年令船公谈河色变的"鬼门关"。缺吃少穿的红军在国民党40万大军围追堵击下，就是在这样险恶环境中在赤水河上来回穿插。多少衣衫褴褛的年轻人倒在了河中再也不曾起来。耸立在岸边的无名纪念碑，至今向来自四面八方的游人述说着当年那场著名的战斗。

但赤水河并没有我想象的气势，水流浑浊湍急，滚滚北去，河上凌空飞架一桥。沿河陡峭山坡上，几乎已看不见绿色植被。密集的现代化高楼和富有特色的黔北民居，像丛丛密密森林从山上覆盖下来。中间条条通衢，宛若垂挂的悬瀑。沿河街上车来人往，市声如沸，一派黔北雄镇的繁华景象。

紧靠河边是一长溜蓝色屋顶的建筑群，绵延数里，从对岸飘送来阵阵诱人酒香。听当地主人说，这些全是茅台酒厂新建的制酒车间。

我不解地问，制酒车间为啥建在河边？

为的是取水方便呀！

听了主人解释，我不胜惊讶地望望脚下泥沙翻滚的河水。来此前，我想当然地以为，茅台酒是用当地特殊的优质地下水酿制。没想琼浆玉液的美酒，用的竟是这浑浊得像黄河水般的赤水河水，真有点匪夷所思！

赤水河是贵州第二大河，源出云南东北群山，一路东来，进入茅台地界折向北上，到四川注入长江。几乎全省都是喀斯特地貌结构的贵州，独独从仁怀开始变成了丹霞地貌，特别是茅台镇的地层结构红色砾石岩，具有良好的渗透性。地面水和地下水透过岩层土石渗入河中，溶解了红砾岩中多种对人体有益的微量元素和微生物群，致使河水清甜可口，纯净澄澈，富含微生物。难怪晚清时当地著名诗人郑珍咏赞赤水河是"集灵泉于一身，汇秀水东下"。我想，这大概是造物主对善于酿酒的贵州人的特殊恩赐！

然而由于天无三日晴的地域环境影响，每年过了端午，雨水渐稠，两岸泥沙冲入河中，河水变得浑浊泛黄。等到重阳以后雨季停落，河水开始回清。季节性极强的茅台酒生产，因此每年都在端午投料，重阳取水。

好酒离不开好水。然而成就茅台酒的，并非仅此优良的赤水河水质，还有其他不可或缺的重要条件。这就是包括当地气候在内的特异地域生态环境。

茅台镇坐落在贵州海拔最低处，这就避开了高原气流的影响。两面高山，少风多雾，冬暖夏热，一年里35度以上高温天气长达5个月之久，长时间笼罩在闷热潮湿的雨雾中。那天我们在茅台参观时就领教到这特有的气候。时间才阳历五月，在阳光下待上一会，就感到闷热难受，身上一直在微微出汗。来到酒厂内参观，车间里的温度竟比户外有过之无不及。正在忙碌的工人师傅身上，一个个早已是白色短袖的夏装，仍热得脸上汗涔涔的。看我目光扫来扫去，在车间内搜索有无空调，主人笑着解释，茅台酒酿制工艺的特点是"三高"，即高温制曲，高温堆积发酵和高温馏酒。酿制茅台酒离不开这种特殊的高温气候条件。这是酿酒的需要，是酒料发酵和熟化的需要，是栖息和繁殖酿造茅台酒所必需的微生物的需要，是造就茅台酒特殊酒香的不可或缺的必需条件。如果没有这特殊的气候水土条件，也就没有了茅台酒当年在万国博览会上那股曾征服全世界的芬芳！

有趣的是20世纪六七十年代，有关部门曾多次进行过茅台酒异地酿制的试验。所用原料辅料，全都是茅台当地带过去，甚至包括窖酒用的古黄泥老窖；水同样取自赤水河；参加试酿的人员，从专家、技术人员到具体操作工，也全是原班人马。采用的工艺，从制曲、发酵、摊晾、蒸馏到窖藏，更是一丝不苟照搬茅台酒的酿制工艺；唯独一点，地点变了，不在茅台镇当地，而是选择了一个相距也就100公里的地方。结果，酿出来的酒，就没有茅台酒原来那个味道了！

反复多次的异地酿制实践，说明了一个真理：只要环境一变，离开了茅台镇当地，一旦失去当地特有的气候水土条件和空气中的微生物群环境，就再也酿造不出正宗的茅台酒！

神哉茅台！过去常说，一方水土养一方人。如今才懂得，一方水土还养一方酒！

2003年7月于杭州

# 走近中国苹果第一镇

也许是因为小时语文课上读过牛顿与苹果的故事，使我在众多水果中，对这引发了人类伟大发现的小小果子，便多了一种记忆。可那时，我居住的江南小镇，按行政级别来说也算是个县城，却从未见过这种生长在北方的水果。记得有一年，在上海华孚钢笔厂当工人的伯母回家乡过春节，带来一小筐色彩艳丽的水果，装在红纸盖着的竹片编的镂空小筐里，鲜亮的果皮宛若小女孩可爱的脸蛋。这是我平生第一次看到苹果。后来长大成人，苹果成了我最爱的水果，吃过的数量多得自己也记不清。享用了一辈子苹果，却还从未见过它长在树上的样子，觉得有点寡情薄义，就像有人默默给你服务了一辈子，却连人家姓甚名谁都未曾问过一声。这次来到中国苹果第一镇——山东观水镇，算是对苹果有了一点真正地见识。

观水镇属烟台牟平区，盛产红富士，是驰名全国的烟台苹果的一个主产区，被全国果品协会授予"中国苹果第一镇"。十月果乡，是苹果成熟的季节，这里正在举办苹果文化节。

大街上到处张挂着文化节的大红横幅和宣传广告。行人熙来攘往。街道两旁堆积着山样的苹果，桶装的，筐装的，纸箱装的。路上是南来北往风尘仆仆的车辆，挂着全国各地牌照，有江苏的，浙江的，福建的，江西和山东本省的。一辆辆满载苹果的大货车正待启运；也有扎堆的几群人围在一起，正南腔北调地在高声洽谈业务。小小苹果，搅动了这里千家万户，让这个坐落在昆嵛山下的胶东小镇一下子火了起来。

小镇四周是依山绕村的苹果园。海海漫漫快要成熟的苹果，把周围山坡都染红了。那一个个红艳艳、沉甸甸大红苹果，风情万种地挂满枝头的样子，有种无法抗拒的诱惑力，让我们从树下走过的人也像当年犯错误的人类祖先在伊甸园一样，也想伸手摘了来吃。空气里飘荡着阵阵果香。果园上空，像网络似的纵横交叉着用来吓唬鸟雀的彩色塑料带，在山风吹拂下来回翻动着，一闪一亮，把苹果园点缀得富有丰收的喜庆气氛。

正在采摘的女主人，见我们跟随主人爬上山来，好客地递过个苹果让我品尝，用当地胶东话豪爽地说："咱们这里苹果用不着削皮，没农药残留，你们放心吃吧！"

我接在手里，抹去表皮上一层薄薄的似有若无的霜粉，发现鲜红的果皮闪着光泽，亮晶晶的，流溢着生命的液汁，其间还透着一缕缕绛红色拉丝，美丽极了。再细一看，整个苹果，上下左右前后，通体红艳，煞是美观，不像我在杭州家里买的苹果大都上半个红下半个青，只红了半拉。

主人听我说后笑了，领着我弯腰朝苹果园深处走去，发现每棵树下，一张挨一张地铺着银色塑料膜，把整棵树映照得仿佛打着灯光似的亮堂堂的。

主人解释说，这是反光膜。天上阳光只能照到苹果上半拉，下半拉的采光就依靠这些反光膜了，就像现在年轻人拍婚纱照时摄影师手上拿的反光板，从下往上照着，给苹果下半部分一点阳光，让它慢慢上色。不然的话，苹果表面就半拉红半拉青。他们从前对果品外表注意不够，在向欧美、东南亚出口时，竞争不过有些国外苹果。

可我以前却一直以为，苹果美丽的颜色是与生俱来，天然生成的，想不到是种植人精心培育的结果。

主人领着我们慢慢朝山上走去，一边向我们介绍，为了给苹果美容，让果实上下左右前后都充分享受到光照，在修剪果树时，事先要控制好主干数量，树冠分若干层次，注意果实通风采光。等小苹果长到一定时候，要及时间果，剪去冗果和影响采光的叶片。然后还要及时转果。苹果不像向日葵，能自动跟着太阳转。它需要人工帮助，把背阴的果面转过来朝向太阳，使苹果全方位多侧面承受阳光的照耀。听着主人介绍，我想，全园成千上万只苹果，仅这上色一项，倾注了果农的多少辛劳和汗水！

观水的苹果不但外表美观，品尝后，发现皮薄肉脆，汁水丰富，像从前国光苹果似的甜中带酸，但比国光甜，比国光脆，还带着一股沁人心脾的清香，又爽口，又解渴。

没想来到山顶，主人从树上掐下个苹果又让我品尝。我说刚才已经尝过了。他嘿嘿笑着，说你尝尝吧，尝过就知道了。我用手抹了两把果皮，一口咬下去。真是不尝不知道，一尝真的不一样。山上的苹果竟比山下的明显甜度要高，肉更松脆，味道更加醇厚。我好生奇怪，同一座苹果园，果子的味道却不一样，莫不是品种不同？

主人摆摆手笑了。

"我们这个园里的果树都同一个品种，"他笑着解释说："土壤也都同一种土壤，主要是山上山下的海拔不一样。苹果喜欢阳光。这里海拔300多米，比山下高多了，日照时间长，阳光比山下好，品质自然也更好些！"

原来，苹果是一种热爱阳光的水果。

苹果从每年春天开花，到10月中下旬开始成熟，是在水果中生长期最长的，比与它差不多同时开花的桃子李子，生长期要长出一倍。苹果的储藏期，在鲜果中也是最长的。头年采摘下来的苹果，能一直储藏到第二年新苹果下来，甚至更长。在水果店货架上，鲜桃李子荔枝橘子等时新鲜果，换了一茬又一莅，只有苹果一年四季牢牢地占据着货架不下来，让大家天天都能品尝到新鲜苹果。

站在山上，放眼望去，金秋观水，漫山遍野仿佛铺展着红艳艳灿烂朝霞。听主人说，观水近年来苹果年产将近四亿斤。如果一斤苹果平均按三个计算，全国13亿人差不多每人能分上一个。我说：我每年吃的苹果里，不定就有你们观水的一个苹果。

主人自豪地点点头：差不多吧！

苹果目前已成了大多数老百姓离不了的当家水果，因为价格适中，不像车离子那样昂贵，一个大苹果只有一个小小的车离子的价钱，寻常百姓大都吃得起，是真正走进中国人千家万户的老百姓水果。苹果还由于品性平和，既不寒，也不热，属于中性水果，无论体寒还是体热的人都可以放心享用。不像荔枝桂圆等性热的水果，体热的人不宜多吃；也不同于柿子等性寒水果，体寒的人需要谨慎。苹果的适应人群在水果中又最为广泛。即便是糖尿病患者，由于它含糖较低，不到香蕉的三分之一而又富含维生素C，医生推荐患者每天下午可以吃半个苹果，用来摄取糖尿病病人肌体所需的维生素。苹果还由于含有抗氧化剂，有预防肺癌的功能，故有西谚云：ONE APPLE A DAY，KEEP DOCTOR AWAY（每日一苹果，病痛远离我）。

告别时，主人送了一小袋苹果，说过几年这里果园将铺设轨道，行驶车辆，授粉、修剪、施肥、浇灌、采摘等栽培技术将实现机械化，欢迎大家再来！

从山上下来，手里拎着的采摘袋分量渐渐重起来，仿佛除了苹果，还带回去许多关于苹果的珍贵记忆。

2012年10月于杭州

（载《浙江日报》2013年1月11日）

# 西部茶海

仿佛是辽阔的呼伦贝尔草原，又像是北大荒三江平原一望无际的绿色麦田。垄垄茶树，纵横交错，绿涛涌天，海海漫漫向着天际涌动着。

这里是中国西部茶海，坐落在贵州北部湄潭与凤冈两县交界的永兴和田坝为中心的低矮丘陵地上，占地50万亩，覆盖了两县大部土地。像这样广袤平阔的地形地貌，在地无三尺平的贵州是独一无二的，就如同全省三分之二以上的喀斯特地貌，唯独闻名天下的茅台酒产地赤水河流域，却是丹霞地貌一样，显得十分罕见而又神奇。

西部茶海的前身是民国时期的中央实验茶场。1939年，抗战进入最艰苦阶段，一批茶叶种植专家奉当时的国民政府之命来这里考察，根据当地气候、土壤和水文等各种得天独厚条件，决定开辟建立中央实验茶场，种植茶叶，用以出口换取抗战所需的军火。不久，浙江大学躲避战火西迁，也落户湄潭。浙大农学院的师生们为当地带来了龙井茶的品种和技术，有力地推动了当地茶叶生产的发展，为这里赢得亚洲最大茶场的不二地位，同时也为抗战做出了不可磨灭的贡献。

半个多世纪过去了。岁月不居，时节如流。尽管西部茶海规模向周边有所扩展，但由于无有知名品牌，致使长期来这里的茶叶一直处于国内知名品牌原料供应地的可怜地位。改革开放以来，当地在对传统茶业管理体制进行重大改革同时，注重科学种茶，狠抓品牌意识，打造出了像湄潭翠芽和凤冈锌硒有机茶等知名品牌，与曾获巴拿马世界博览会金奖的都匀毛尖一起，成为当今贵州的三大名茶。

那天，我们在凤冈县锌硒有机茶产地仙人岭茶业基地参观。公司坐落在田坝村，村民绝大多数人家都盖起了三合院新房，清一色的坡屋顶，青盖瓦，雕花窗，白粉墙，红柱子，颇有北欧乡间建筑风格。董事长老孙，原是个基层干部。1984年响应号召，辞去公职，承包了仙人岭上50亩荒山，种树种茶，到今天发展为拥有近万亩有机茶园的上等级的企业。

上山前，老孙让我们先在他茶庄歇息品茗。当采茶姑娘端上茶来，我举杯凑到唇边要喝未喝时，一股熟悉的龙井特有的茶香，随着热气从杯中冉冉升起直抵鼻管，还以为是主人拿出我们家乡的龙井来招待，不由得端杯定睛细看，发现杯中的茶叶条索园直，锋苗显露，不像龙井似的一旗一枪，而是像一根根直立金针，叶尖向上，叶柄在下，在清亮黄绿色的汤汁中慢慢地上下浮动着，样子很像我们建德的绿水云针。

主人介绍说，这就是他们这里的拳头产品凤冈锌硒有机茶。明前龙井，冲泡三次就淡而无味了。凤冈锌硒有机茶，冲泡六次喝起来还茶味十足。

我忙呡了一口，像品尝茅台酒似的一呡二咂三呵，煞有介事地咂巴起来，果然觉出味醇甘爽，虽香不及龙井，但其间还杂有桂花香，苹果的甜香，松柏的清香，混合成一股说不出名来的好闻的气味。我心暗想，会不会像茉莉花茶似的添加进各种香花，举起杯来转圈察看了一遍，除了独芽嫩叶，杯中别无他物。

老孙在一旁说，有机茶的香味是天然生成的。为此，我们推翻了传统的种茶理念，不同于从前单一的种植法，而是将茶树和其他别的树种在一起，做到茶中有林，林中有茶，互相补充，和谐共存。这几年我们在种植有机茶过程中体会到，茶树的成长，其实离不开其他树的帮扶。

我们在老孙仙人岭茶叶种植基地就看到了这茶林共存的和谐景象。基地在仙人岭上，云雾缭绕，车只能开到半山腰上的陆羽广场，然后步行登山。空气清新，环境优美，在漫山遍野的一垄垄茶树中，每隔一段距离，便矗立着一片像柏树似的高大树木，看去宛如一道道屹立在茶海中的防波堤。

老孙介绍说，这可不是一般的柏树，是从日本引进的栢木树，细碎的叶片，酷似柏树，已经20多年了。我们从旁边经过时，老孙上去薅了一把下来，在手里用劲搓揉几下，叶片上微微渗出一点黏稠的绿色叶汁来，散发着一股诱人的苹果甜香味。

原来这些栢木树，经阳光照射，枝叶会散发出一阵阵苹果似的芳香，随风飘散开去，被树下和周围正在生长的茶叶吸收。

有机茶香味就是这样天然生成的。老孙呵呵笑着告诉我们。

除了日本，他还从印度，危地马拉，阿尔及利亚引进树种，还引进台湾的杜莎树，桂花树等等，当然还有本地的杉树松树和米木籽树。这些树木不但枝叶能散发出不同的芳香被茶叶吸收，形成茶里的天然茶香，而且由于茶林相间，满目葱翠，净化环境，有利茶叶生长。特别是由于树荫覆盖，延缓了茶叶生长期，增加了茶叶的产值。

我一时没听懂，经老孙解释才明白，原来茶农中有个说法，早采是个宝，晚采一堆草。茶叶不喜欢阳光直射。茶林相间，树荫遮蔽，延缓了茶叶生长期，延长了采摘时间，保证了茶叶质量，这就为茶园增加了收入！

老孙在介绍这些经过时，他那张饱经风霜酷似中东地区某个领导人的脸上，洋溢着欣慰的神情，想不到这个自幼生活在基层的人，在种植有机茶上有这么多高招。

"哪里呀？"他谦逊笑说："这是向贵州大学农学院老师请教的。现今无论做什么，不讲科学可不行。"

说到科学种茶，一路上老孙的话更多了。

茶园刚建立时，他就从贵州大学聘请两位土壤专家来仙人岭考察，发现这里土壤中含有丰富的锌和硒。锌是人体必不可少的微量元素，硒可防癌抗癌。而同时富含锌硒元素的地方，国内说来就数凤冈田坝了。倘若茶叶里同时含有这两种十分难得的人体必需的微量元素，必将受到广大消费者欢迎，发展前景可观，这更进一步坚定了老孙开发打造有机茶的信心。

他于是从浙江、福建引进龙井、福鼎。但有机茶作为当下茶叶品质三个层次的最高级（其他两个等而次之的层次为"无公害"和"绿色"），除了味道，最主要要解决好茶叶中的农药残留问题。为此，在生产过程中，他们从不用化学方法，施肥不用化肥用有机肥；浇灌茶园的水是天然水，没有污染，从半山腰上的仙人湖里引上来。治虫禁用农药，采用物理的方法。夜晚利用虫的驱光性，在茶地里点除虫灯；白天依靠粘虫板杀灭虫子。

放眼望去，漫山遍野的茶园里，到处插着一块块书本大小的黄色粘虫板，起先还以为是什么标志牌。老孙上去取下一张来，看到上面粘满各种各样虫子，有些刚自投罗网的虫子还在扑腾挣扎，想逃脱覆灭的下场。

　　老孙说，像这样大小一块粘虫板，每面约可粘捕500只左右虫子，两面便一千只虫。使我们每片茶叶的形状色泽，看去都十分完整纯净，没有丝毫虫咬的残痕，再加上清明前采摘独芽时，我们对工人有严格要求，禁止用指甲掐茶。指甲掐过冲泡出来的茶叶，叶柄顶端颜色发黑，影响品相。规定必须用拇指和食指揪采，这样泡出来的茶叶，两头颜色一样，通体鲜亮，黄中带绿，有如一根根纯净的金针在清亮的汁水中闪闪发亮，使锌硒有机茶这几年在市场上越来越受欢迎。

　　就在老孙说到兴头上时，落在后面的一位仡佬族作家，忽然用米木籽树叶吹奏起仡佬族民歌来：

　　东茶西茶茶缘深，
　　汉族仡佬情谊长！

　　歌声高亢激越，久久地回荡在仙人岭上。

2013年6月9日

# 心中的香格里拉

离开虎跳峡，汽车便一直在崇山峻岭中盘桓。一边是触天危峰，山上老桧交柯，云雾封瀚；一边是悬崖深壑，金沙江支流冲江河，在深谷里虎啸般咆哮着。从地图上看，这一带已属横断山脉。

傍晚时分，眼前忽见一片平畴，当地人称坝子。芳草连天，阡陌纵横。黑的牦牛，白的山羊，驮着夕阳，在河滩上悠闲地低头吃草。前方山岗上，赫然矗立着一座布达拉宫式的喇嘛寺，披一身霞光，煞是雄伟壮观。再细看，散落在坝子上的屋宇房舍，方正高大，一色粉墙，酷似放大的洁白毡房。房顶上都支棱着经幡，色彩鲜艳的风马旗在晚风中猎猎飞舞，给眼前这片恬静的世外桃源烙上重重的藏族印记。

原来这就是我们这次旅行的目的地——迪庆，即后来的香格里拉市，四周高山环列，交通闭塞。西北面梅里雪山，就是美国探险家洛克曾多次提到的云南最美的山脉——卡瓦格博（藏语康巴方言：意即白雪），是至今尚未被人类征服的几座雪山之一。茶马古道怯生生地从山下垭口进入西藏。全年有五个月大雪封山，平均雪厚5米以上。风雪弥漫中，前不见去路，后不见来踪，成了一片绝域。这就给英国作家希尔顿构筑世外桃源——香格里拉，提供了广阔的自由驰骋的想象空间。

记得那天我们风尘仆仆从雪山回到预订的下榻饭店，在房间里洗澡刚打上肥皂，突然水龙头里没有了热水。狼狈的情状不难想见。原来是水管堵塞，一时无法修好，不得不换地方转移去别的房间。

服务员是位藏族姑娘，为此一再向我们致歉，可我还是忍不住冲口说了句：

"就这服务水平，还想自称香格里拉，快别作践这好名字了！"

对迪庆的第一印象，就一下子大打了折扣。

离开迪庆最后一天，安排去白水台游玩。这是我国最大华泉台地，位于哈巴雪山东麓。当我们一进入这片自然保护圈，一团浓得化不开的绿，从四面八方溢进车内。窗外山山岭岭，林木蓊郁。峭拔的云杉，爬满青藤的雪松，高大的冷杉枝丫上，垂挂着一丛丛绒毛般的苔藓，仿佛童话世界里长着胡须的树爷爷。银光闪烁的雪山，像一片远古的梦境，缥缈在郁郁葱葱的黑森林背后，给眼前的山林平添了几分神秘的氛围。车上气氛开始活跃起来。有人说：

"怪不得这里会成为世博会吉祥物金丝猴灵灵的家乡！"

听到我们的赞美，一直在自顾自低声哼唱着民歌的藏族司机，突然大声插话：

"为了这些树木，我姐姐的一家都下岗了！"

原来他姐姐姐夫都是州纸浆厂工人。纸浆厂多年来是迪庆财税大户，利润丰厚。但有人算了一笔账：纸浆厂每年要吃掉一个山头的木材。倘以50年论，其全部利润用来种树，哪怕时间再翻一番，也补偿不了被它吞噬的木材价值。迪庆人这才恍然大悟，原来自己这是在吃伤天害理的子孙饭。然而对一个贫困地区来说，纸浆厂的巨大投入就这样付诸东流，无论领导还是普通百姓，都有点舍不得，下不了关闭纸厂的决心。正在这时，这年长江下游遭遇了一场牵动全国人民的心的特大洪水，使住在长江上游的迪庆人认识到，由于自己独特的区位，万里长江流经迪庆境内有五百多里，对保护这条中华民族的母亲河、造福全中国负有特殊的重大责任。为了全国人民利益，他们二话没说，下定决心，牺牲小我，关闭纸浆厂，调整经济结构，开发旅游事业，决不在上游再乱砍滥伐，保护好母亲河，保护好长江上游地区的自然生态！

仿佛应和藏族小伙子的话，路边不时地出现一座座废弃的小型木材加工厂。林中小片空地上，插着各种各样醒目的标志牌：退耕还林，保护环境。空地上新种的小树，已有半人多高，在风中欣喜地摇曳着，翻动着柔嫩的枝叶。

藏族小伙子感叹说：要不砍树，咱们这里生态环境可真是美得没法说了！

可不是嘛，白水台就是一片堪称绝妙的胜境。大山深谷的万绿丛中，突兀着一座雪白晶莹的山冈，寸草不长，远望过去，宛如美人梳妆用的玉妆台。白净光洁的台面，一格格玉雕的抽屉都打开着，想来是主人临时有事，走开一会儿来不及关上。近前一看，有涓涓细流萦回石上，像琼浆，似玉液，从高处一级级地流泻下来，酷似凝固的飞瀑，气势汹涌地冲下山来。从科学上讲，这华泉台地是由于水中碳酸钙经过千年沉积，才形成这银塑玉雕的大自然奇观。

白水台最高处有一潭清泉，是纳西族传说中的神泉。据洛克1922年说，"泉水晶莹清亮"。80年过去了，水质至今澄澈如初。神泉边有棵伟岸高耸的高山柳，树枝上挂满了黄色经幡和各种颜色的哈达，宛如一株鲜花盛开的神树，为神泉常年遮挡着风雨。树下熊熊燃烧的火塘旁，守候着一位纳西族东巴老人。他头戴七叶帽，见我们来到跟前，分送给每人一小把五谷杂粮，两小片香樟木。按照老人指点，我们先将木片投入火塘中，然后再朝神泉双手合十地拜了三拜，老人站在一旁口中念念有词，为我们诵经祝福，算是施行过东巴教的朝圣礼。

原来白水台是东巴教的"麦加"。东巴教是纳西族一种信奉万物有灵、多神崇拜的原始宗教。创始人阿明就是在这里修行得道，山上有他修炼的灵洞。他创造的东巴象形文字是目前世界上唯一活着的象形文字。每年农历二月初八，方圆几百里内的纳西人身披七彩羊皮，赶来这里，家家生起火塘，杀鸡宰羊，把鸡血涂抹在树上。当夜幕降临，全家人就围坐在熊熊燃烧的火塘边，东巴们挨家逐户地来念经祭祀，祈求神灵保佑，全家吉祥安康。黑沉沉的山谷里，地上家家火塘熊熊，天上繁星闪烁，交相辉映，空谷里回荡着嘤嘤嗡嗡的诵经声，营造出一片庄严神秘的氛围。纳西族这种传统的祭祀活动，已有数百年历史，相沿至今。故纳西族有"不到白水台，不算真东巴"之说，很像穆斯林心目中的圣地麦加。

神泉背后是一片平坦开阔的沼泽地，遍地是汩汩冒水的泉眼，水流清澈，汇入神泉。沼泽地四周有木板搭建的露天回廊，供游人观赏。中央各种野花燃烧般开放，在秋阳下散发出一阵阵浓郁的芳香。成群的蜂蝶在花丛中飞舞，嘤嘤嗡嗡的采蜜声，应和着如歌的泉声，似诉的松风声，婉转入云的鸟鸣声。听着这大自然的天籁，我们一个个醉倒在地上（实际是木板上），一时间得失俱忘，荣辱不问，觉得自己真的置身在世外桃源的香格里拉了！

就在这时，奇迹发生了。当我慢慢睁开眼来，远远望见哈巴雪山在梦幻般闪光，头顶树梢上空，飘着一片银亮银亮的白云，边缘竟是淡淡的绿，最外边又是朝霞般的红。我最初以为自己眼花，拼命眨巴眨巴眼睛，再定睛凝视，仍是这样。待同去的朋友们都细细看过后，结论一致，确是一片从未见过的彩色祥云。

大家被这异象惊得从地上一骨碌站起，又是欢呼，又是雀跃，又是歌唱。过去曾在歌曲里唱过的五彩祥云，如今我们亲眼目睹，真真切切看到了，一时间沉浸在吉祥欢乐的氛围中，觉得这次香格里拉之行最大的收获，就是这片东巴教圣地给予我们的最宝贵的馈赠！

没想回来路经已废弃的州纸浆厂，忽然想起司机下岗的姐姐一家，问他找到工作没有？

"上个月局里已经安排了，"藏族小伙子朗声回答："就在你们住的饭店。"

"做什么呢？"

"我姐姐文化低，还能做什么，客房部服务员呗！"

我心里像叫什么东西撞了一下，感到有些愧疚，说不定被我抢白过的那位藏族女服务员，就是司机的姐姐，也许不是。但不管怎样，迪庆人为了保护母亲河，造福包括生活在长江下游我们在内的全中国，宁可自己暂时蒙受损失，也要保护好生态环境，将迪庆建设成真正的香格里拉！

2000年10月31日

第 4 辑 · 雪泥鸿爪

# 永远是参天的文学大树

想象中的龙华是个看桃花的美丽地方。然而今天绿荫丛中，低回着柴可夫斯基的《悲怆》，花光辉映着泪光，来自各地的吊唁的人们静候在大厅外。长长的队伍像一缕绵延不尽的哀思，为着大厅内那中国文学的伟大良心在缓缓向前移动。

透过泪光，我终于看到了躺在鲜花丛中您那张熟悉的面容，您依旧那样慈祥，安详，我的第一感觉是，巴老，您没有离开我们！稍稍感到有点特别的是，您不像平时穿着那件我们眼熟的蓝布上装，却换上了一套深色西服，还郑重其事地打了一条颜色鲜红的领带，仿佛出访参加某个国际会议前在这里作稍事憩息。

那天傍晚，得知您病情恶化，以为仍能转危为安。因为类似情况此前曾多次出现过，都化险为夷了。谁知这次奇迹没有出现。最初从电视上得知噩耗感到巨大震撼。在我心理上，尽管我们已无法走近您，看上您老人家一眼，甚至听您对我们说一个字，但只要您心脏仍在跳动，那便是一种慰藉，一种标志：您仍和我们在一起，没有离开我们。可如今，您却走了，永远地离开了我们！

在沉痛的日子里，我一次次想起您生前对我和温小钰无微不至的种种帮助和关怀，依旧强烈地感受到您老人家那无私博大的爱！

那是30年前"四人帮"粉碎不久，我和温小钰在时代的感召下，与许多文艺界同行一样，心中有太多的压抑着的话想说。可先前的短篇小说容量，显然已难以承载，便试着写中篇。第一个中篇小说《土壤》写成后，抱着试试看的态度寄给了您主编的《收获》杂志。没过多久，收到编辑部一个沉甸甸的挂号大信封。我俩当时第一感觉是凶多吉少，稿子退回来了！没想打开一看，竟是一封热情的信，说小说基础不错，前半部写得流畅，后半部分比较薄弱，改后务必寄回云云，落款是李小林。后来我们才知道这是您的女儿。更没想到的是，我们这个作品，竟得到像您这样的文学大师亲自过目，当然那是后来在浙江莫干山上才知道的。

1981年夏，《土壤》虽已获得全国第一届优秀中篇小说奖，但我们有自知之明，这与《收获》的帮助分不开。我们唯有更加努力写作，写好作品，来回报编辑部的厚爱。那段日子我们躲在内蒙古大学自己一间十多平米的家里艰苦奋斗。一天，校园里高音喇叭突然十万火急地喊我俩名字，叫去总机室

接长途电话。那个年代，长途电话对普通人来说还是十分奢侈
的事物，非到万不得已才动用它。我们一边气喘咻咻向办公楼
里的总机室跑去，一边担心着怕是自己老家父母发生了什么意
外？等接过电话，弄清楚是李小林通知我们，是您邀请我们和
谌容、叶蔚林、张欣欣、水运宪等去浙江莫干山消夏，便一屁
股坐在了凳子上，觉得事情来得太突然了，好像做梦一样。草
原与上海远隔千山万水，更主要还是在心理距离上，您是我们
景仰的文坛泰斗，与我们隔着一段神圣的距离，我们总是仰起
头来望着您。可现在，您竟向我们发出邀请，去我们小时听大
人交谈中提过而又从未到过的家乡避暑胜地。这真是让我们感
到太意外了！

　　直到莫干山上面对面走近过您，才知道您原是个极其平
和，充满爱心，处处总在呵护着别人的慈祥长者。从上海集中
出发时，我发觉您身体已不是太好，走路步态不稳，但您还是
和我们一起坐面包车上莫干山。到了山上，您住屋脊头三号楼
楼上，我住楼下，每天上午见您独自一人，绕楼彳亍，从我窗
前走过，一边走一边念念有词，像是在构思作品打着腹稿，我
们都不敢出屋来打扰您。可山上路过的游客，一旦认出您来都
很想和您合影留念。我见您每次被人拦住打断思路，都态度和
蔼地停下来站在那里，等合完影又继续自己构思。也有个别不
大自觉的人，自己照后又把孩子塞到您身旁合影，孩子照了还

让他全家老少和您合照，没完没了，我在房里看着真想冲出屋去干预。但您却自始至终态度和蔼，有求必应，好像不知道能拒绝别人似的。后来我发现，只要可能，您总是想把更多的快乐带给别人，让人们感到生活的温暖。

谈到文学，您在山上有一次问我和温小钰如何合作写小说。我们说，主要是自己水平不高，又是业余写作，时间上得不到保证，两人联手能进度快一点。即便如此，《土壤》在最后定稿阶段还手忙脚乱弄得全家总动员，把在内蒙古大学数学系进修的妹妹和妹夫都动员来帮助誊写。您听后笑了，说这个作品前半部比后半部写得好，那个农场场长的形象别的小说里还不多见，结尾也不错。我听了心里咯噔一下，没想您这样大师还亲自看我们作品！更没想到的是，您不仅看过《土壤》，还看过我们发在《收获》上的另一小说《积蓄》。您指出，那个作品结尾有点画蛇添足，鼓励我们以后要尽可能多写。话不多，但切中肯綮，给我们日后在创作上莫大的启发和受用。

告别莫干山前夕，您宴请大家。经过一段时间相处，随着对您的更多了解，您更赢得大家敬重。席间说话都比较放松，不时还发生争论。您高兴地看大家吃着，自己却几乎不动筷子，像个慈祥的长者静静地听着，画龙点睛地插上一两句话。我和温小钰突然觉得您好像一棵参天的文学大树，在追求火与热的艰涩中伸展根须和枝叶，我们在树下呼吸感悟，灵魂中因此也弥漫着爱，不由地站起来向您敬酒，祝福您这棵文学大树根深叶茂，永远常青！那天晚上气氛极其欢乐融洽。几年后，听莫干山管理局负责人说，那晚宴请是您个人花的钱。您觉得既然是个人请客，就不要转嫁到公家名下。

　　回到内蒙古不久，传来消息，您被确诊为帕金森症。我们得悉后，一直牵挂着您的健康，希望您早日康复。后来我们从内蒙古调回浙江，离您近了，以为能更多听到您的教诲。不料温小钰也被确诊为帕金森氏综合症。在跟病魔作艰难斗争的日子里，是您给了我们巨大的支持和帮助。您身染沉疴，可每次来杭州休养，要让小林夫妇来家看望，关心着温小钰的病情，叮嘱她要加强活动，每天要坚持走路，还用您自己跟帕金森症作斗争的体验，增强她战胜病魔的信心。有时我去您下榻的地方，您总忘不了要详细询问温的病情，语重心长地叮咛我们一边治病，一边还要坚持写作，不要放下。1991年春天，您再次来杭州休养，我得悉后去中国作协灵隐创作之家看望。那天，院里那棵高大的广玉兰正繁花盛开，您坐在树下轮椅上，雪白的花朵辉映着您满头银发，您显得精神格外矍铄，您问到温小钰病情，我说近来有些反复。您问她走路怎么样，我说有些困难。您听后没再说什么。哪知道我走以后，您要小林把从上海带来的自己正在用的助步器，送来给我们使用！我和温听说后，又感激又惶恐，激动得不知怎么向您表白好？您和温小钰一样，也是帕金森症患者，而且您患病时间更长，您比我们更需要它，我们万万不能收受！后来的事情就更出我们意料了。您回上海后，仅仅过了一天，小林就来电话，说您已将温小钰帕金森症情况，向您保健医生华东医院神经内科主任邵殿月教授作了介绍。邵教授非常好，希望能直接见到患者。如果患者行动有困难，嘱家属将病历和有关检查报告径直送她。鉴于小钰这时已行动困难，只好由我将病历和有关资料送到华东医院。邵教授看后认为情况比较严重，当即表示，既然患者无法来上海，那她亲自前往杭州。就这样，由于您的关照，邵教授带着两名助手来杭州家里为小钰作了认真的检查和诊治。在我们生命历程最艰难困苦的时刻，是您，向我们又一次伸出了援助之手，让我们感受到人间的真情和巨大的温暖！

巴老，一直以来，您关怀帮助我们，从不张扬，更不图回报，每次都是默默地为我们做着这一切，我们一辈子都忘不了！我们知道，您这并不仅仅只是针对我们个人。您作为一代文学宗师，对新时期成长起来的一大批作家都这样的充满爱心，这是您作为文学前辈对后来人的呵护和关爱，是您一生追求的燃烧自己、温暖别人的崇高品格和思想魅力的体现！今天，我们从西子湖畔风尘仆仆赶来龙华殡仪馆，默立在您面前，只是想对您说：巴老，您对我们恩重如山！您播撒下的爱

的种子，已成长壮大；您永远是高耸在我们心中一棵参天的文
学大树！

2005年10月25日吊唁归来

（载《解放日报》2005年11月12日）

# 寻觅新诗泰斗的足迹

出了畈田蒋村去大堰河墓的路上，天下起雨来。淅淅沥沥的雨声打在伞上，仿佛在一路喟喟低诉着，我国诗坛泰斗艾青老师与他一生敬爱着的乳母的感人故事。

畈田蒋村是我心仪已久的文学偶像艾青老师家乡，坐落在浙江金华东北方与义乌交界的傅村镇。全村400户人家，对诗人的名字，几乎妇孺皆知。村里墙上，到处抄录着他的名篇，《我爱这土地》《北方》《乞丐》和《黎明的通知》等等，让人一进村，就闻到一股扑面而来的浓浓书香。当然，最先映入我们眼帘占据在突出位置上的，是诗人献给他所深爱的保姆的成名作——《大堰河，我的保姆》。

艾青出身望门，原姓蒋。听村里老人们讲，艾青的太公辞世时，五个儿子分家。老大分得的银子用担子挑回家来，村里人都记不清挑了多少担。结果吃喝嫖赌，挥霍一光，相继败落。只有艾青祖父这一支，恪守传统书礼，耕读传家。艾青出生时，母亲楼氏难产，生了三天三夜，好不容易才呱呱坠地。

算命的说，这孩子命硬要克父母，成了家里不受欢迎的人。尽管当时蒋家有三进并列楼屋，然而偌大的空间却容不下这个刚来到人世间的婴儿，便将他寄养到村里大堰河家。艾青就这样在襁褓时期便遭放逐，品尝到人生况味。这是他一生中第一次被放逐。

没想到，穷苦的大堰河竟亲娘般地接纳了这个遭逐的婴儿。

其实，大堰河自己的命运是全村中最为可悲和卑微的。她自幼被卖到畈田蒋来成为蒋忠备的童养媳，算来和同是姓蒋的诗人一家还有点族亲。然而作为一个人，她却连个正经的名字都没有。村里的人告诉我，大家只知道这个小童养媳姓曹，是畈田蒋西边大叶荷村的人，因此就叫她为"大叶荷"（大堰河）。正如艾青在诗里说的，"她的名字就是生她的村庄的名字"。

大堰河家离艾青故居不远。我们由她孙女婿蒋祥荣先生领着，从诗人家里出来，穿过蒋氏宗祠门前的广场，不到一刻钟便来到大堰河住处。

这是一间挤在村边的破旧农舍。低矮的檐头上，在雨意渐浓的天空下哆嗦着几枝瘦弱的瓦菲。狭小门框上钉着块"大堰河旧居"的小木牌。祥荣先生把门打开，里面就是大堰河家人住的房间。凹凸不平的乌黑泥地，光线幽暗，让我一下子想到诗人5岁前住在这里的情景和氛围。斑驳的泥墙上，随手搭挂着大堰河脱下来的沾满炭灰的蓝土布围裙。她一定是由于忙不迭地去照料小艾青，连围裙上炭灰都来不及掸去。

家境虽然贫困，然而她对小艾青的关爱和照料，却倾其所有，无微不至，就像对待自己亲生的儿子。艾青在诗中写道："你用你厚大的手掌把我抱在怀里，抚摸我；在你搭好了灶火之后，在你拍去了围裙上的炭灰之后，在你尝到饭已熟了之后，在你补好了儿子们的为山腰的荆棘扯破的衣服之后，在你把小儿砍伤了的手包好之后，在你把夫儿们的衬衣上的虱子一颗颗的掐死之后，在你拿起了今天的第一颗鸡蛋之后，你用你厚大的手掌把我抱在怀里，抚摸我。"

大堰河就这样从白天到黑夜，手不失闲地哺育着她的乳儿，关爱着她乳儿一如自己亲生的儿子，使艾青幼小的心灵，虽得不到亲生父母的关爱，却贮满了乳母深切的爱和感人的情。关于诗人的这段生活，如今有座雕像矗立在大堰河家门前，生动地展现出她与乳儿亲子般的深情。

艾青在大堰河家生活了五年多，他不仅吃着她的乳汁，小小的心灵还深深感受到自己乳母奴隶般的凄苦，和生活施加给他们一家的凌侮。特别是当后来被父母接回自己家中，看到高大敞亮的画栋雕梁，红漆雕花的精致家具，换上有着丝和贝壳纽扣的新衣，吃着碾过三遍的白花花米饭。两相对比，尽管乳母家与生母家实际距离相去不远，一在蒋氏宗祠东，一在祠堂西侧。两家又傍着同一祠堂，然而无论在物质上还是在精神上，却过着天壤之别的生活，致使他在幼小年纪，就朦朦胧胧意识到人世间的不平，导致他日后渐渐走上"写着给予这不公道世界的咒语"的人生道路！

我问蒋祥荣，来畈田蒋参观的人多不？回答是过去不多，这几年越来越多了。今天是母亲节，一上午就接待了一千多人。这大概是人们对文化旅游的兴趣不断增长的缘故。

雨下得越来越大了。我们在村人带领下拐下大路，向左朝一条田间小路走去。行约半里，见前面一片郁郁森森树林旁，突然出现一片石铺的平台。最前头是座青灰色的高大牌楼，面对着一片漠漠绿色稻田。牌楼后立有一碑，高约一人，镌刻着艾青诗句："大堰河是我的保姆，我敬你，爱你！"碑后便是诗人一生敬爱有如亲娘的乳母——大堰河墓。按照当地习俗，墓碑用砖块垒砌，正面水泥抹平，上面是艾青手书的"大堰河之墓"。墓畔四周，郁郁青松。唯独坟头上长着棵高大的法国梧桐。莫不是因为大堰河去世后，仍在牵挂着远在法国学绘画的乳儿，想着想着，便从她心田里长出棵苗壮的法国梧桐来。

据艾青诗里说，大堰河去世时才40几岁，一口四元钱的棺材和几束稻草，是座穷苦人家的草盖坟。将近一个世纪过去了，今天在我们眼前，整座墓址及其四周环境却雅静肃穆，这是艾青1982年复出后回家乡来时，由他个人出资重新修整的，也是他献给乳母的一份敬爱！

我在雨中墓前伫立良久，忽然想起今天是母亲节，在我生命落雪的日子里，多么渴望自己身边也像这位文学偶像一样，能有位拯救自己的像大堰河一样的乳母！就是这位中国善良贫苦的普通农妇，她不仅用自己乳汁哺育了艾青，还用自己悲苦的一生，在艾青心中唤起了诗人的情怀。我想，如果当时没有大堰河，也许就没有了今天的艾青，中国浩渺璀璨的文学天空就此少了一颗明亮耀眼的星辰；即便有，怕是身上也不会有他今天这样的气质，也不是今天人们心目中的艾青。中国的诗坛，也将会是不同于今天的另外一种态势和格局。从这个意义上说，大堰河不仅养育了艾青，还养育了我们中国的新诗！

想到这里，我心里突然涨满敬爱的大潮，站在潇潇雨中，向着静静睡着的大堰河深深地鞠了三躬，并仿效诗人在诗中的做派，在心里默默告诉她生前所不知道的那些事，那些关于她乳儿第二次的被放逐……

2014年5月11日

（载《光明日报》2014年7月25日）

# 迟到的怀念

17年前5月，当许多人为这位诗坛巨星的陨落，眼里饱含悲痛的泪水时，我也很想写点什么来表达心中的哀思。但转念一想，自己与艾青老师过从太少，恐有傍"大款"忝列门墙之嫌，便打消了这个念头。岁月倥偬，如今自己年届耄耋，倘再不抓紧时间说说，就没有机会了。再说，人活在世上，能给别人在困难中带去一点精神上的慰藉和光明，知道后心里也会感到欣慰的。

我在初中时就是个狂热的艾青"粉丝"。那时，随着被我们政府特邀为"人民代表"的父亲，莫名其妙地一夜间成了"反革命"，整日价迷恋于捕鱼捉蟹玩蛐蛐的我，身边的少年玩伴都不再和我一起玩了。家庭变故让我一下子成熟了。孤独苦闷中，开始转向书本，当时，我最喜欢的书就是《艾青诗选》。诗里对春天和光明那种一往情深的憧憬和追求，以及流露在字里行间的忧郁而伤感的情调，仿佛巨大磁石牢牢地吸引了我。有段时间，我迷恋艾青的诗到了爱不释手的地步，很想拥有他的一本诗集。可惜那时母亲对付我弟妹六人吃饭都捉襟见肘，哪来闲钱给我买书？只好将一些特别引起我共鸣的诗抄在本本上。本子也不是买来的现成本子，而是从用剩的作业本上拆下来订起来的。由于纸张的质地和颜色不同，订在一起像块夹心饼干。本子虽不上档次，抄写得却极其认真、恭敬。艾青的诗，成了我那时人生路上的一盏灯，孤独苦闷中的精神火炬。

我不但喜爱艾青老师的诗，还爱屋及乌，喜欢艾青这个名字。艾草在江南田野上刚长出来时，是青色的。艾青二字，反映了一种生活的真实；再从艾草属性分析，当春天来临，它最早破土而出，是春天的先驱。艾草还可入药，止血祛寒，驱蚊除邪，使得这种带着泥土清香又有点苦涩的野草，在审美情趣上形象地反映了艾青诗歌的社会效应；第三，艾青二字，念起来朗朗上口。艾是去声，青是阴平，联在一起符合汉语平仄搭配的要求。从汉字书法艺术结构分析，无论上下还是左右，对等匀称，书写起来在视觉效果上，不存在东倒西歪或者头重脚轻的缺陷。作为一个人名，按社会职业的分工，它既不适用于驰骋沙场的战将，也不适合从事繁重劳动的蓝领，更不适合于五大三粗的体育明星。艾青这个名字，简直就是专门为诗人量身定做似的，唤起我们一种美的联想。中国诗人中，我认为两位诗人的名字起得最为到位，一个是李白，另一个便是艾青。两位诗人的名字均不但代表着人，还唤起人们对其诗作的联想。

我就这样由他诗和名字，想象他这个人应该是面孔清癯、白净，举止倜傥优雅，还有一双普希金似的忧郁的眼睛！

20世纪50年代初期我在北大学习时，终于见到了这位心仪已久的文学偶像。

那是北大诗社的一次讲座会上，艾青老师来给大学生中诗歌爱好者做报告，题目是《论诗歌的形式问题》（后来该文发表在《人民文学》上），地点在上回美国总统克林顿访问我国向北大师生发表演讲的办公楼礼堂。报告会下午二时半开始，可我吃完午饭便早早去抢占座位，在最前一排上挑了个视角最佳的位子坐了下来，以便一睹他的风采。

等到见过以后，说心里话，我感到有点失望和伤心。艾青老师本人的形象与我想象的相差过于悬殊了！

40年后的一个初春时节，为落实我们省委宣传部领导的指示，进一步办好《江南》杂志，我代表浙江省作家协会，上北京东四艾青老师家，聘请他担任《江南》顾问。临走这天清晨，我特意嘱咐同行的编辑去卖鱼桥买些艾青团子，带去北京送给艾青老师，让他尝尝家乡这意味深长的传统食品。可惜时令未到，无货供应，在卖鱼桥头只买了两把农人刚从乡下拿上来的春笋。当时，艾青老师身体已不是太好，站不起来，坐在藤椅上看电视。我们说明来意，然后将刚出版的几本《江南》杂志请他指正。他拿在手上，定睛端详着封面上"江南"二字。

"这两个字写得好啊！"他由衷地赞叹说："一笔就有千斤重。是沙孟海的吧？"

我忙回答："是请他为《江南》写的。"

"有的人书法名气很大，"他话锋一转。"龙飞凤舞，大家都说好，我看不出有什么好？"他翻阅了一阵刊物内文，问："现在你们《江南》发行多少呀？"

我回答说："总共五千份，其中四千份通过邮局发行，还有不到一千册零售。"

"这个已经不容易了。现在我们中国是全民下海经商。"

"主要是我们工作没跟上。"我说："所以请艾青老师当我们顾问，为刊物把把舵，让更多的人喜欢我们《江南》，把发行量进一步搞上去。"

承蒙艾青老师慨允，答应担任我们顾问，我一高兴便口无遮拦地侃起来，说自己在初中时就想见他，想了好多年，直到北大诗社讲座会上才第一次见到他，没承想与自己想象的不一样。

艾青老师很感兴趣地问：

"是不是让你大失所望了？"

我支吾其词地说："有点吧！"

艾青老师说："倒说来听听。"

见他笑吟吟的眼神像是在鼓励，我于是便放肆起来："大概由于长期熬夜，您当时的脸色看去十分难看。报告时一支接一支抽烟。大量的尼古丁损坏了您的牙齿，颜色看去很可怕。日以继夜的伏案工作，肩膀一边高一边低。加上浓重的金华口音夹杂着陕北腔，听起来吃力极了。给我印象最深的，还是您当时做报告时那件大家都难得见到的很有档次的呢子大衣，像刚解放时那些南下干部似的不经意地披在肩上。这一披，固然披出了风度，披出了派头，披出了与众不同，却披丢了诗人的气质，让我又高兴又伤心！"

"哈哈哈……"艾青老师听了开怀大笑。因为病痛，腰身有些佝偻，但脸上却洋溢着孩子般纯真的笑容。他儿子艾丹在一旁说，父亲好久没这样笑过了。

我征询似的问艾青老师："真是失礼，我说话有点放肆了？"

艾青老师摆摆手，眼睛里闪烁着一位智者慈祥的光彩。

"其实，您诗选扉页上那帧照片就很好，"我说："眼睛像是在深情地望着远方那一片您热爱着的土地。这是喜欢您诗的人都熟悉的艾青式的笑容。"

"你喜欢？"他问。

"非常喜欢。"

他叫艾丹进房去找找还有没有了？艾丹进去找了一会，出来说没有了，大概是出画册已经用了。艾青老师看出我有点失望，叫我自己进房间去挑上一张。屋里写字桌上堆着一大摞照片，我从中挑了一张出来，艾青老师在照片背面用签名笔写下我为之倾倒的那个名字——艾青！

让人痛惜的是，艾青老师担任我们《江南》顾问不到四年，便不幸离世。第二年，艾青夫人高瑛去金华路过杭州，我上她下榻的杭州大酒店看望，出来时送我一册新出版的艾青老师诗集《大堰河》。清明将至，翻看珍藏的相册簿，看到艾青老师那张照片，望着他那深情目光中流露着一点忧郁的眼神，想起当年那段往事，竟亲切得让人有点恍惚，觉得这位大堰河儿子依然亲切地活在我的心中……

2013年清明前夕

（载《人民日报》2013年5月8日）

# 暮色中的图书馆

　　直到现在，只要谈及自己创作，仍然会想起母校北京大学，想起北大图书馆——我文学创作扬帆的起锚地。

　　20世纪50年代中期的北大图书馆，在我这个来自江南小城的穷学生心目中，无疑是座神圣的知识殿堂。图书馆那时有阅览室四处：第二阅览室在文史楼上，借阅社科类图书。手续简便，凭学生证现借现还，对文科学生查找教学科研的有关资料极为方便；第三阅览室借阅各类中外报刊也叫报刊阅览室，在文史楼旁边一座凹字形平房内。沿墙报刊架上，摆放着各种中外报章杂志，品种繁多得仿佛全世界报刊都汇聚在这里了。由于报刊现实性强，信息量大，同学们都爱上那里浏览翻阅。阅览室的座位因此特别紧俏，每天晚自习就成了同学们之间一场看不见硝烟的位子争夺战。第四阅览室是北大珍藏的善本借阅室，在当时的西语系教学楼后面，平时人很少，显得十分清静，室内弥漫着一股淡淡书香。借阅善本需经特殊批准。我由于写作有关陶渊明的论文在那里潜心地消磨过一段时光。

图书馆本部习惯上叫第一阅览室，紧傍西校门办公楼，是全校师生借阅图书的地方。这是座民族风格的古典建筑，四周绿树掩映，花木扶疏，环境幽雅，室内的设施是当年燕京大学留下的，比前三处都显得讲究豪华。沙发式的扶手实木座椅，凳面根据人体臀部形状凹下一片去，中央有道凸起的楞，坐在上面感觉舒适宽敞。记得我第一次上这里来借阅图书，有如个乡下孩子坐在什么豪宅的宝座上扭来转去，兴奋得半天没看进书去。此景此情，至今想起，仍令我怦然心动。

图书馆本部设施虽好，但由于离学生生活区较远，每次上完晚自习，回宿舍得斜穿过整个校园，沿路林木葳蕤，南北阁到第二体育馆一段没有路灯。这使一些胆小女同学望而却步，但为小伙子对自己钟情的姑娘献殷勤，提供了施展骑士风度的绝好机会。

记不清多少回了，我沿着这条幽径，伴送过后来成为我妻子的女同学温小钰回27斋女生宿舍。就是在燕园这条幽径快到南北阁附近，我向她吐露了自己的初恋，不久又孕育了我的处女作诗歌《夜出图书馆》。

1956年冬天，未名湖上照例结着层厚厚坚冰。但不知为什么，这年寒冬，却春意融融。一个大规模的抓经济建设的高潮在全国各地热火朝天地掀起展开。祖国现代化建设，在呼唤人才，呼唤知识。在文化教育领域，向科学进军的号召有如浩荡东风，吹遍了燕园角角落落，把北大学子传统的爱国情怀，吹化成一股汹涌澎湃的为祖国而刻苦学习的热潮。那些日子里，未名湖畔，博雅塔下，花神庙前，看不到一个闲逛的人。同学们惜时如金，除了上课，所有时间都钻在图书馆的知识海洋里搏击遨游。

从1954年进入中文系以来，我一直是个爱钻图书馆的书蠹。在当时那种比较宽松自由的政治气候和学术氛围下，又刚刚获得美好的爱情，真有一派春风得意马蹄疾的感觉，感到浑身有使不完的劲，无比灿烂的光明前程在前头等着我们。今天回想起来，当年那段大学春秋，仍是我生命中除新时期外最难忘怀的美好时光了！

那个冬天和随后来到的春天，我每天晚饭总是在食堂匆匆买上菜，往学校发给的捷克白色搪瓷饭碗里一扣，然后一边往嘴里扒拉饭菜，一边大步流星赶去图书馆抢占座位。直到闭馆铃响过一遍又一遍，管理人员再三催促，才恋恋不舍地起身离去。一天夜里，我在图书馆里跟陶渊明不为五斗米折腰苦苦地纠缠了一整天，背起书包懵懵懂懂出了图书馆大门，迎面袭来一阵丁香花沁人心脾的芬芳，不由得我深深吸了口气，忽然感到这攀登科学顶峰的境界多么让人着迷，大学生活真是美好，随着脑海里情不自禁地涌流出如下的句子来：

　　每晚我跨出图书馆门口，

　　总要抬头望望夜空。

　　知识的繁星呵，

　　什么时候我才能将你数尽？！

　　回到38斋宿舍，躺在床上越想越激动，越激动越想。创作的冲动像烈焰熊熊燃烧，觉得非写出来不可。这就是发表在这一年春天里《中国青年报》上我的处女作。诗极其幼稚，但却是我的真实感受。最先还是温小钰在报上偶然读到。当她那天晚上把这些句子背诵给我听时，不知怎的忽然流下泪来。我的文学创作，就这样不知不觉地起步了。

　　1996年底，全国第五次作家代表大会在京召开。母校领导邀请文代会作代会委员中的北大人回校参观，征求对百年校庆筹备活动意见。会后我趁便去寻访了当年的图书馆楼。

　　夕阳西下，校园里笼罩着一层淡淡的玫瑰色。依旧是当年那条熟悉亲切的幽径，那路边英国式的古老路灯，那寒柳，那青松，那宫槐。雕花的图书馆门楼，静静地坐落在萧疏的冬日校园中，朱红色的门柱上，油漆已经剥落，透着几分凋零几分沧桑，就像一位曾经辉煌过的令人尊敬的学者，在一次次贡献出学术成果后，在悉心地培养了一批又一批学子后，如今年事已高，在寂寞中悄没声息地安度晚年……

我忽然喉头有些发紧。40年过去了，多少次梦回燕园，如今眼前这暮色中的母校图书馆已不再年轻，然而它却是我爱情和文学梦的摇篮，是我心中永远圣洁的青春梦境！

（载《解放日报》2002年4月20日）

# 祖 父

　　多年漂泊在外，每次回家乡，除了看望当时还健在的父母，还总要去乡下祖父墓前，看望这位自己心中最亲近的亲人，不论是朔风呼啸的春节假期，还是春回大地的清明时节。

　　算起来，祖父与我一起生活的时间很短，在我刚开始记事不久——不到9岁——便罹病辞世。他对我种种的好，不少是母亲茶后饭余的转述。而母亲因房子问题对祖父一直耿耿于怀，应该说，这些话的可信度就越发地高了。

　　记得那是日本侵略军占领家乡期间，我们全家弃屋逃难到邻县宁海。浙江沿海地区国统区与沦陷区的态势，基本上以宁海的西点镇为界，一直稳定到抗战胜利。

　　那时，我们借住在城内与县政府一墙之隔的水角菱巷内。房东鲍修棠老先生是当地一位热心慈善事业的名士。祖父祖母则择房另住，记忆中是座刚建起不久的新楼屋，具体地址再也记不起来，与我们住的地方相去不远。

　　一次，我领着妹妹去看望他们。祖父正坐在藤椅子上拿着闪闪发亮的水烟壶抽烟，见我们兄妹俩嘻嘻哈哈进来，关心地问，是不是走路走饿了？他说话声如洪钟，中气十足。大概因为这个缘故，家乡一些熟人中昵称他"阿蟾大炮"（祖父名字蟾香）。

祖母于是给我们各人煮了碗酒冲鸭蛋放在桌上，还加放了一勺抗战时期很难得的红糖，吃起来又甜又香。所不同的是，我碗里有两个鸭蛋，妹妹却只有一个。祖父和祖母兴致勃勃地围在一旁，看着我俩嘀里嘟噜地向鸭蛋发起攻击。

妹妹低着头很快吃完碗里的鸭蛋，看我碗里还有一个，委屈地问，为什么哥哥有两个蛋，而我只有一个？

祖父一手捧着闪闪发亮的水烟壶，一手拿着根像竹筷似的纸捻儿，哈哈大笑，宽厚的脊背慢慢地朝藤椅背靠下去。

"因为你哥哥身上长着两个蛋呀！"声音里透着无限喜悦。"你倒用手摸摸自个儿身上，有吗？"

妹妹虽年幼无知，然而出于人的天性，对祖父所说的蛋的涵义，朦朦胧胧似乎有所领悟。她终于推开空碗，默默地下了桌子。我在妹妹异样的目光注视下，不无得意地故意用勺子在碗里弄出声来，将那颗象征男孩的蛋稀里哗啦地打发落肚。

当我回家把这"蛋"的故事告诉母亲，经过妈妈演绎，似乎对其涵义有了更进一步的认识。原来祖父兄弟二人，他是老小，在我们住的汪家闾门里属于西房，子嗣三男一女。我父亲排行老二，老大伯父生一男一女。祖父按照家族传统，最初将自己的希望寄托在长房长孙身上。谁知我堂哥虽一表人才，高大帅气，却不成器。记得有一回，我在祖父家楼上敞堂间吃午饭，很有点"开轩面场圃，把酒话桑麻"的味道。祖父一人占据着八仙桌上座，祖母和我分坐两侧，正兴头头端起酒盅来要呷一口时，堂哥出现了。祖父立马沉下脸来，把酒盅往桌上重重一放，喝令堂哥出去。好端端的吃饭气氛就这一下子消失殆尽。

堂哥先嬉皮笑脸地赖在那里不走，似乎有什么事求祖父。祖父不由分说地转身抄起一张板凳，要朝堂哥砸去。祖母慌忙站起来一把拽住，争夺间碰翻祖父酒壶，满桌子都流淌着酒水。

堂哥趁机拔腿朝楼下逃去。不料祖父拿着板凳，边骂边撵，快追到楼梯口，见堂哥正飞身下楼，把手中凳子嗖的一下朝他砸去。幸亏堂哥躲闪及时，凳子从头上飞过砸在楼下水泥地上，当即一条断腿飞到半空中落在楼前院里的花坛上。

我从没见祖父生过这样大气。他脸色铁青，气呼呼地坐回到桌边，见我吓得一声不响地缩成一团，坐在椅子上簌簌发抖。

"真是不肖子孙！"祖父重重吐出口气，伸手摸摸我的脑袋，声音喑哑地说："浙成，你要记住，长大了一定要好好读书。千万不要学你堂哥这狗东西！"

我重重地点了点头。祖母忙着收拾酒具，又是埋怨又是宽慰地对祖父说："何必生这么大气呢，把浙成都吓成这样子。来吧，我把酒再给你去热一壶，继续吃我们的饭！"

那天中午，烈日当空，满院子是白晃晃的阳光。不知是因为气温炎热还是吃得太快，祖母一边给我擦汗一边不无忧虑地自言自语：

"这小人不会有事吧？怎么出这么多汗！"

回到家里，我将祖父追打堂哥的事，向母亲随口学说了一遍。哪知道母亲对此事十分在意，问了一遍又一遍，最后郑重其事嘱咐我：

"你要听阿爷的话，用功读书！"

这年秋天，我迈出家门进了校门，成为宁海遗惠小学（即今县中心小学）的一名学生。班主任姓王，是位女老师，穿一身裁剪合身的蓝印丹士林布旗袍，面容姣好，说话声音温婉，笑起来恰到好处地露出一点点闪闪发光的金牙，很招小男孩们喜欢。我也许由于喜欢班主任，十分喜欢自己所在的这个新集体。

一个星期日的黄昏，我们班上几个小男孩正在北门外阒无人迹的城墙下玩耍，忽然看见王老师孑然一身，踽踽在城墙下的荒径上。她那张平时笑容粲然的脸上，这时在夕阳映照下，却是我从未见过的落寞和忧伤。我突然觉得自己像是偷窥了老师秘密，慌得不知怎么办好？退在路边小声地叫了声"王老师"，向她鞠了一躬后便转身慌慌地逃走了。长大后读柔石《早春二月》，书中那女主人公的命运，不知为什么，老让我想起自己的王老师来。这当然是后话了。

小学一年级结束时，王老师总结全班工作，表扬了几个学习成绩好的同学，宣布我的学业成绩为全班第二。我拿着成绩报告单得意洋洋跑去告诉祖父。他正坐在藤椅上吸水烟，接过报告单，把手中的水烟壶往茶几上一放，戴上花镜，仔仔细细地浏览起来。

"全班第二，"他抬起头来自言自语。"按说也不错了！"

"那还用说！"祖母欢声喜气地附和上去，一边伸出手来鼓励般地摸摸我头发。"全班四、五十号学生，考第二名容易吗？"

"妇人之见！"祖父洪亮的声音喝断了祖母，然后转过身来，不免失望地像是责问我又像是在责问自己：

"怎么只考了第二呢？！"

看到祖父不悦的脸色，我吓得有些慌神，冲口而出：

"要是考第一的同学不来上学，我不就是全班第一了嘛！"说完"哇"的一声，张开大嘴委屈地哭将起来。

"哈哈哈！"祖父转嗔为喜，发出一阵震耳欲聋的大笑。

"真是个姆郎（当地方言，意即脑子少根弦）孙子！"祖父又乐和又严肃地说，看我拿手在擦抹着眼泪，忙从纺绸衫口袋里摸出洁白的手绢来替我拭泪，边揩边说："不是人家不来。而是我们要比人家更用功，才能成绩更好！"

我没让祖父失望。小学二年级结束，我终于考得全班第一。祖父得悉后，把我抱坐在他膝盖上，叫每天接送他的又大又气派的银行黄包车，绕着宁海县城转了一圈。此后，每个星期日，他都坐着他的包车，把我接到他家里吃午饭。因为我家不如祖父家吃得好。

宁海的夏天中午，热浪袭人。每顿饭都吃得人汗津津的。祖父和祖母又都喝酒，时间拉得很长。每次我吃完饭放下筷子，他们酒才喝了一半。我看祖父祖母不停地拿毛巾擦汗，就进房里找了把葵扇来，站在地上替他们打扇。扇大人小，一只手拿不住，就双手握把，站在祖父身后又对牢祖母，这样扇起来两人都能扇着风凉。

"姆郎孙子知道心疼阿爷了！"祖父呡了口酒，开心地呵呵笑着。

"阿娘（当地方言，祖母）呢？"我一边呼哧呼哧扇着一边大声地问祖母。

"风凉足了！"祖母脸上堆满笑容，剥出一只青蟹的大螯，在酱油碟里蘸了蘸。"阿囡过来，快把这蟹螯吃了！"

我嘴里吃着美味，耳里听着两位大人的夸奖，手里的大葵扇霍哒霍哒地扇得越发起劲了。不一会儿，就热得满头是汗，呼哧呼哧地大口喘气。祖母心疼地叫起来。

"阿囡行了，行了！"她见我压根没有停的意思，走过来一把将我拉到怀里，用毛巾擦去我头上汗水。"歇息吧，汗出多了要长痱子的！"

这天离开时，祖父塞给我一张簇新的浙江地方银行的纸币。

"拿去买包糖吃！"

此后，我在祖父家每次打完扇，祖父就给我一张簇新的纸币作为奖励。我舍不得花，每次都回家交母亲保存。只是后来物价飞涨，时代变迁，这些钱都成了废物。但母亲从祖父的这一次次对我的奖励和关爱中，意识到祖父把对我堂哥的爱，渐渐转移到我这个二房的长子身上。她悄悄地关照我：浙成，你现在已经是祖父心目中的长孙了。你要努力读书，不要让祖父失望！

没承想，祖父心目中这个宝贝，一次意外地掉在井中差点淹死。

我们客居的鲍家西院，天井里有口水井，水质清冽，水位又高，供全家人吃用洗涮。一天，弟弟玩吊水，不小心将绳索连吊桶一起掉在井中。我也没跟母亲说，自作主张进房拿了父亲的藤手杖来。手杖有个称钩状的把手。我将手杖倒过来，拿住手杖尖端，趴着井沿口探下身去，用手杖把手去钩水里的吊桶绳索。谁知井台上长着青苔，正要钩到未到之际，脚下一滑，"噗通"一声，倒栽葱地掉进了井中。

　　刚落水那一瞬间，尚能听到妹妹弟弟在井台上的哭喊声，心里倒也不觉着什么害怕。后来人沉在水中，感到眼前白亮亮的，想着自己一定要憋住气，不能多喝水，否则，人就会淹死。因为淹死的人都肚子鼓胀，就是水喝进去太多。谁知人在水中，随着身体急速下沉，不一会儿便憋闷得受不了，刚想吸口气，"咕嘟"一声喝下口水去。心想坏了，下回说什么也不能再喝了。没想喝了第一口，紧接着，不由得就喝了第二口，第三口，速度越来越快，再也无法控制，心里骇怕起来，觉得自己这回死定了，准保没命了，想叫喊挣扎，哪里知道这样一来，水喝的越发地快也越发地多……正在这时，肚子上突然像叫什么东西杠了一下，一直在向井底沉去的身体反弹上来，慢慢地浮出水面。这时，由于水已经喝进不少，脑子已不很清醒，只迷迷糊糊听到母亲在上面声嘶力竭地喊我的名字："浙成，浙成，快抓住！"我睁开眼来，发现眼前有根晾衣服的廊竿，伸手一把抓住。只听母亲急煞白扯地喊："抓牢，别放手！"我觉着身体在一点点往上起来。由于手湿竿滑，刚浮出水面一点点，又滑了下去。井台上乱成一团，大家又哭又叫。井口上趴满了人，有人放下挑水用的水钩扁担，有人放下绳索来，还有人拿来推磨用的磨栓，说是鼻子上那根横梁易于我两手同时用力握住。可是由于井口不大，那丁字形的磨栓横过来直过去，都无法通过，急得众人在井口大叫大嚷。这时只听母亲趴在井口声嘶力竭地喊我名字：

"浙成，我们放下芋艿篮来，你爬进去坐在里面试试！"

芋艿篮是竹编的大篮子，是当地农民收获芋艿时用来装运芋艿头和芋艿籽，每只篮一般能装七、八十斤。我于是照着母亲的吩咐，抓住身边芋艿篮，费劲拔力地爬了进去。一条腿还在外面，觉得篮子已经在往上拉动了。

母亲趴在井口大喊："两手抓住篮把，别松手，死命抓住！"

当大家七手八脚地把我吊上来放落在井台上，母亲把湿漉漉的我从芋艿篮里一把抱起来时，我感到冻得浑身哆嗦，抱住母亲大腿放声号啕，一句话也说不出来。

这时，在清理掉在井里东西的世荣哥，发现父亲的藤手杖还斜插在井壁石缝里。原来我下沉的身子，由于杠在了这藤手杖上，才反弹上来。大家说，全靠这根手杖，救了浙成一命。

落井的消息很快传到祖父耳里，他立即从银行坐着包车赶来。这时，我已经擦干身子，换过衣服，焐着棉被睡着了。据事后母亲说，当她见到祖父黑着脸进来时，心头咚咚直跳，以为祖父会劈头盖脸地责骂她。听完母亲叙说，祖父问我母亲，浙成落井时身体有没有摔坏？

母亲回答说，身体倒还好，水喝得也不多，全靠那根藤手杖，很快把他弹了上来。

祖父把手杖拿在手中，看了又看，摸摸手杖弯把，又摸摸手杖尖头，一副爱不释手的样子。然后把它交还给我母亲，嘱咐她：一定要好好保存！以后，母亲将这根手杖用纸条缠起来，就一直挂在我卧室床头墙上，像吉祥物一样在冥冥中护佑着我。以后我参加工作探亲回家，发现母亲已把它移放在自己卧室的床头墙上。这是后话。

当祖父把手杖交还给母亲后，就没再理会我母亲，一声不响地坐在床头陪伴着我，看我睡梦中手舞足蹈，谵语不断，心情沉重。直到吃晚饭时，母亲留他吃饭。他朝她挥挥手，没心思吃。临走时，再三嘱咐我母亲夜里务必照管好我，明天他会叫中医过来看看，开几帖药；后天再请莲花山道士来家打醮，为我驱邪压惊。

祖父平时在我们全家人心目中，是个威望有余而慈祥不足的长者。来宁海避难前，他在家乡热心全县公益事业，被人誉称为"奉城七君子"之一。然而这个君子式的爷爷，在我落井患病的日子里，竟比母亲还母亲的照料着我。那几天，母亲在我床旁放了把藤椅，祖父天天就坐在藤椅上陪伴着我。每次母亲把煎好的中药端来让我服用时，祖父总是先接过手来，亲口尝过冷热苦涩后，才拿小勺一口口喂我。怕我口苦，每回还令母亲事先准备好一碗糖水，让我服药后用来漱口。

道士打醮的场面，记忆中有点恐怖。身穿道袍的师父披头散发，手里挥舞着雪亮宝剑，念念有词地在堂前设坛作法，当场刺死一只事先准备着的雪白的大公鸡。然后一手持剑，一手拎着血淋淋的公鸡冲进我躺着的房里。祖父怕吓着我，将我抱在怀里坐在藤椅上。道士将滴血的大白公鸡，在我头上顺时针转三圈，逆时针又转了三圈，一边怒目圆睁，正言厉色地像是在警告一个我们看不见的什么人。然后从房间这个角落穿到那个角落，做出一副追赶的样子，最后终于将其撵出房间。然后从作法坛上取回一道事先准备好的四指宽的镇妖符，固定在我床头的帐钩上。

若干年后，只要一讲到祖父，母亲最津津乐道的，就是这段往事。直到我已做了父亲，听母亲讲这件事时，听着听着，仿佛自己又回到了坐在祖父膝干上的岁月。不过，我家兄弟姐妹六人，在祖父感情的天平上，倾斜于谁是极为明显的。记得有一回，宁海县长来造访，祖父陪他在楼上品茶说事。这天我和妹妹正在祖父家玩耍，一不小心摔倒在院子里，痛得哇哇哭起来。祖父听见后立马从楼上下来，把我从地上扶起，哄了半天，还是祖母出来才叫他才上楼去继续陪客。

　　母亲听说后，说要是当时摔倒的是我妹妹，祖父即便见了，准保立刻缩回头去继续陪客人，只当没这回事儿。

　　没想到这样疼爱我的祖父，没等我长大为他做点什么便离开了。记得祖父走的那天，我正在学校上课。看到世荣哥神色慌张地在教室外探头探脑，好不容易等到下课铃声打过，他急火火地把我招到外面，说是母亲叫我立刻回去。然后他领着我到老师办公室请过假，便一路小跑地径直来到祖父住处。只见楼上祖父卧室里，父亲母亲叔叔婶婶姐姐弟弟妹妹们都跪在地上，趴着祖父床前嚎啕大哭。见我进来，众人让开一条路，眼睛已哭得红肿的母亲一把将我拉到祖父床前。

　　"浙成，你最后好好看看阿爷！"

　　祖父像睡着似的平躺在床上，头发刚刚剃过，身上穿着一身刚换的他平时喜爱的新白纺绸衫。与睡觉不同的是，他刮得干干净净的嘴巴上放着一团药棉花，上面有一小块殷红血迹。

　　我大哭起来，与亲人们的嚎哭声汇成一片。就在这片震撼屋宇的大合哭中，祖父静静地躺着，再也吵不醒他了。这是留在我幼小心灵上第一次对生死的领悟。

　　祖父入殓后，棺材放在楼下灵堂。我们八、九个孩子都换上白衣，戴上披麻的白帽，腰上扎根草绳，日夜守护在祖父棺材旁边，与祖父相伴相陪。事后，班上同学问我，夜里和死人并排躺着睡觉害怕不？说真的，不但不怕，还觉得很好玩。以至要出殡时，竟哭着央求母亲让我们再多陪祖父一些日子。

　　出殡那天，所有的人都走着跟在祖父棺材后面。只有我坐在轿子里，双手捧着快和我人一般高的祖父神主，放在膝盖上，就像祖父当年抱着我坐在黄包车上绕县城一周……

2014年6月12日

# 母亲的特权

因为觉得自己"文商"低下，便特别钦羡那些早慧的"神童作家"。3岁背得唐诗三百首，5岁上熟读了据说需要五遍才能读懂的《红楼梦》，把书里情节记得滚瓜烂熟。

我记得自己已长得很大了，不要说看古典文学名著，连家里那只用罗马数字标写的自鸣钟都看不懂。每次快到做饭时，母亲叫我进屋去看钟点，我便傻乎乎地在自鸣钟前站上好大一阵，默默记下长针和短针的位置，然后跑到母亲面前，往斜上方举起一只胳膊，代表短针；再把另一只胳膊直直地举在头顶上，代表长针。母亲一看便明白了，说一声："哦，十一点了，该烧饭了！"起身到厨房忙乎去了。后晌日昃，阳光照在西墙头，母亲又差使我进屋看钟，我如法炮制，回来站在她面前，把代表短针的那支胳膊，往斜下里插去，另一支依旧直直地举在头上。母亲轻轻地叹口气：

"时间过得真快，五点了，该烧晚饭了！"

我直到上初中，还整天迷恋于捕鱼捉虾玩蟋蟀。记得那时，家乡小河里鱼虾真多！我家建造在穿市而过的城河上，每回发大水，河水漫溢上来，院子汪洋一片成了鱼塘，鱼多得会跳到房间地板上来。有回刮台风，大雨滂沱，墙门里所有人家都被困水中，无法出门去街上买菜。正当母亲为下饭的小菜发愁时，忽听"噗哩"一声，一条白花花蜜姑鱼，足有一尺多长，从水中"呼"地一下蹿到地板上，劈里泼拉乱跳着。我一声欢呼，飞身扑去，把活蹦乱跳的大鱼死死压在自己小肚子下，生怕它挣脱又蹦回水里。

"哈哈，真是天上掉下个馅饼！"我学着大人的样，伸出两根指头插到蜜姑鱼鳃里，欢天喜地拎着跑到厨房告诉母亲："妈，快看，我们有下饭的菜啦！"

捉虾与捕鱼就不同了。虾的脑袋上长着长长的触须，一旦发现前方有攻击物逼近，不动声色地朝后退去，然后冷不丁一蹦，仿佛孙悟空的一个跟斗，转眼间消失得无影无踪。然而对我来说，虾的这套逃遁套路早已烂熟于心，即便是全身黑黝黝的狡狯的老虾公（即经验丰富勇猛善斗的雄虾），也难逃我这如来佛手掌心。只要我在水中石头底下一发现它，便一只手做成网状，神不知鬼不觉地事先部署在它身后，然后另一只手从正面慢慢朝它压迫过去，虾感受到前方有侵害它的东西朝自己迫近，便不慌不忙地向后退去，然后蜷曲起身子猛地一蹦，不偏不倚落入我的手中。我在我们县江黄泥墈捉虾，从未空过手。每次回家总是满载而归。光着脚丫子，把脱下的两只布鞋倒扣在一起，仿佛一只礼品盒，里面满满装着一鞋子活蹦乱跳的老虾公。这天吃晚饭时，全家人面前就会多出一盘盐水虾。看着爸爸妈妈和弟妹们吃得津津有味，我心里会涌上几分得意。

至于玩蛐蛐，那就更邪乎了。一般蛐蛐我是不屑一顾的。蛐蛐里有一种与蜈蚣生活在一起的，孩子们中间称为"蜈蚣虰"，牙腺里能分泌出一种毒液。交战时，与普通蛐蛐只要一拼牙，对方便抱头鼠窜地败下阵去，观战的小伙伴们发出一阵开怀大笑似的叫嚷声。蜈蚣虰的克星是与蜗牛生活在一起的蜗牛虰，还有据说与被咬走不到七步的剧毒的蕲蛇生活在一起的蛇头虰，就更凶猛无比了。要想抓到战斗力强、在孩子们中能称王称霸的蛐蛐，不但不能怕苦怕脏，有时还得冒点风险，钻到恐怖的扔死小孩的万人坑，甚至是已经腐烂的棺材弄里，为此常挨母亲责骂。

记得有一回，我起床后突然觉得自己耳朵里很疼，像有什么东西在一点点啃啮似的。住在我家读书的表姐过来一看，惊讶地叫起来，说是耳朵洞里像是有只蛐蛐的脚露在外面，会不会是夜里睡熟时，放在枕边的蛐蛐从笼子里爬出来钻在耳朵里咬啮。母亲一听便炸窝了，把全部怒气撒到我放在枕边的那些辛辛苦苦用胶水一点点粘起来的关蛐蛐的玻璃笼上，被她连窝端，统统扔出门外。等到去过医院，被医生否定后，回家来竟破天荒地狠揍了我一顿。

哪想到，我这里刚向她诅咒发誓地保证过，附近墙脚下忽然传来一长声蛐蛐极其抒情的鸣奏声，美得像是一支小夜曲，我心里一振，全身神经立马调动起来，别转头去谛听，然后蹑手蹑脚地循声寻去。尽管眼角还挂着悔过的泪水，对母亲的保证却已全然忘在九霄云外了。

母亲见自己儿子这个样子，常常为此唉声叹气，甚至在背地里暗暗垂泪，为我日后前途担忧：这孩子真是憨大！怎么只长个子不长心眼，将来大了怎么办呢！

不过后来，我总算没让母亲操心。我有了一份固定的糊口工作，还写书发表作品，甚至还在全国获了奖。她在街上买菜，别人告诉她消息。她总是说，天下同名同姓的人多了去了，你们说的那个人，不是我儿子。甚至在她从报上亲自读过我的作品，在电视上目睹过有关我的采访，在电台上亲耳听过有关我的报道后，仍似信非信。她老人家无法将这"两句三年得，一吟双泪流"动脑筋花心思的活计，与她心目中这个五大三粗、没心没肺的憨儿子联系在一起。

这是母亲的看法，也是她的权利。

人世间只有最亲近的人之间，才拥有这种特权！

上述文字，曾发表在我家乡的报纸上。后来母亲辞世，整理遗物，在她床前桌子抽屉最底层，发现了这张登有这篇短文的报纸，心里像叫什么钝器重重撞击了一下，喉头一紧，鼻头酸酸的，管腔里有咸渍渍东西在流动。我拼命忍住，还是有一大滴泪水顺着脸颊滚落下来。

（原载《解放日报》2001年12月6日）

# 温泉的怀念

想不到这潘天寿先生纪念亭会成为我生命中的一个老地方。

纪念亭在浙江旅游度假胜地——宁海南溪温泉，用当地的竹子——大毛竹、乌竹、青竹、鳗竹、小黄竹、斑竹和紫竹——建造。竹的屋顶，竹的门窗，竹的雕柱，竹的栏杆，支撑起四只气势飞动的竹的檐角，有如潘先生指画的一只苍鹰，栖息在疗养区的出口处。亭内有一诗碑，是这位20世纪中国画四大家之一的画坛巨擘，在60年代开发温泉新井来此小住时留下的一首七言绝句。潘先生故居离此不远。他怀着对家乡的美好感情，在诗中盛赞"温泉新水宜清浴"。南溪温泉富含氧、锂、锶、氟等二十多种矿物质和微量元素，对心血管、神经系统、类风湿关节和皮肤病等有明显疗效，且入水后不必用皂，身上污垢即除，也就是诗里说的"宜清浴"。浴后肌肤洁净爽滑，颇有"温泉水滑洗凝脂"的神效。

我也是因为水与这里结下不解之缘。20世纪90年代初，我为妻子温小钰治病，跑遍了全国各大医院，遍访中西名医。绝望中有友人热心推荐宁海温泉，便在他的陪同下来此做最后一搏，兴许能有将妻从死神魔爪下解救出来的奇迹！

根据事先与医生制订的方案，这次治疗务必要多管齐下，服药，温泉浴疗，配合每天推拿和必要的活动。由于帕金森症导致全身运动神经障碍，小钰最怵头就是活动。每次抬腿迈步，有如针扎锥刺，疼得她龇牙咧嘴嘶嘶倒吸冷气。来前，医生反复向她强调活动在治疗中的重大作用，事先做了充分思想工作。她也表示要很好配合。

那时，南溪温泉还尚未像今天这样开发，只有六幢简易砖楼，散落在林木葱郁的深谷里。天台山和四明山像慈母的双臂，把它揽在怀中，将城市的喧嚣和俗尘挡在山外。置身谷中，骋目望去，除了两边山上满眼的绿，就是上下满眼的蓝——蓝的天和蓝天般的湖水。

我们由于经济拮据，住在收费最低廉的六号楼，坐落在整片建筑群最里头，像一座半岛深入在尚未开发的林莽中。楼前茶园，面对着高耸的青峰，有如绿色的帘子高悬窗前。夜晚透过绿纱窗传来阵阵如歌的虫声，清晨悦耳的鸟鸣，像城里广播喇叭报道着黎明的到来。天籁和秀色，是这里的大自然对我们慷慨的馈赠。

然而我们的治疗方案第一天便未能按计划完成。

这天等小钰服药后药物发挥作用，紧锁的关节开始松动，我和友人抓紧时间扶她出来活动。友人肩扛一张藤椅，我挽扶着小钰朝纪念亭走去。这是我和友人到的头天就勘测好的。它正对着我们住的六号楼，中间隔着一片茶园，旁边有条水泥路相通。平时人迹罕至，四周林壑秀美，亭后一泓山泉，两旁杂树花发。一挂银色的飞瀑从陡峭的山崖上破绿而下，终日在弹奏着真正的高山流水。亭内那时还有供人歇息的石凳石桌，是个理想的健身去处。

我挽着妻沿水泥路朝前走着。不一会儿，她便累得走不动了，友人忙将藤椅放在路边让她坐下稍事休息，然后继续挽着行走，好不容易来到亭内。妻在友人指导下手扶栏杆开始活动腰腿，然后试着做了两次蹲下站起，第三次却再也蹲不下去了，急得友人在一旁大声诵念"下定决心"。我看她抿抿嘴唇，几次想努力蹲下，却始终下定不了决心，无助地望着我。

"卫兴，歇一会儿吧！"我忍不住替妻央求起来。

谁知这一歇，等起来想再活动，药效开始消失，全身关节僵直锁牢，什么活动都做不成了。

如是数日，友人卫兴私下里对我坦言，温老师的活动量是来前医生根据治病要求和她目前的承受能力制定的，决不会过量，务必请我放心。现在我老去干扰，无法按计划进行，他心急如焚。这是在跟死神争时间。为了温老师的生命，卫兴要求在她做动作时我能暂时回避。

　　我理解友人良苦用心。他正在为上海某出版社赶写一部长篇，出于友情为协助我，主动抛下手边创作和家事。唯一的希望便是这次温泉之行，能对温老师治疗上起到一点实实在在的帮助。

　　第二天我遵照友人建议，在温开始活动时借故上茶园看看回避了。

　　"不行，别走！"她大声叫起来："你不要走！"

　　望着妻双手紧抓竹栏杆，一脸病容，泪花晶莹的目光里，流露着几许求助几许凄楚。已经走到亭外的我仿佛被人施展定身术似的定格在那里了。这是已经病入膏肓的亲人在呼唤，能忍心走开吗？都说夫妻本是同林鸟，要一起承担人生旅途上一切艰难困苦，今天怎么撇下她去独自面对了？！我这还算是个男人吗？再说，我明明知道这些动作，对正常人来说不费吹灰之力，对她却如同在经受酷刑。人在这种时候，最需要有亲人和她在一起了。可我若是在场，看到她如此这般地受煎熬，忍不住又会干预。生活有时真是残酷：只给我们留下一条荆棘丛生的羊肠小道！

　　我耐心地做她思想工作，我们不是说好要跟病魔作斗争吗？眼下这斗争集中到一点，就是你要用超凡的意志，去忍受苦痛，按计划完成规定的动作。

　　在我情绪激动地说着这些话时，友人在一旁拿手指着自己腕上的手表，提醒我注意药效。我只得心一横，冲出亭子，朝大山深处狂奔。起初还隐约听见妻的一两声叫，很快便什么都听不见了，只是心里在反复拷问自己：天哪，这代价也太大了！叫一个重病之躯去承受痛苦，让她痛上加痛，这也太不人道了，简直有点残忍！可理智又在提醒自己，这是在跟死神背水一战，置之死地而后生，岂能婆婆妈妈怜惜眼泪？我就在这样理智与感情、道义与良心的两难选择中苦苦挣扎，等来到水库坝顶，抬头望天，发觉自己竟泪流满面了。

　　回到亭内，妻面如纸色地坐在藤椅上喘息。汗涔涔的宽脑门上，沾着一绺乱发。一见到我，眼圈泛红了。我默默替她撩开乱发，擦去汗水。友人报喜似地大声告诉我，你不在场，今天温老师按要求完成了全部规定动作！

　　此后一段时间，妻果真每天按要求完成，这使我心里隐隐升起一丝希望。为保证她的营养，友人从当地熟人处借了辆自行车，每天我蹬车到十里外集镇去买鲜鱼活虾来烧。我和友人似乎都在心中暗暗等待着奇迹的发生。一天，做完功课从亭子出来，雨后晴空，青峰如洗，一对美丽的淡黄色粉蝶，从亭后泉边款款飞过我们身边，在亭前茶园的茶树丛中翩跹起舞。正玩得高兴，斜刺里飞出一只同类也加入进来。三个伙伴互相追逐着，嬉闹着，忽儿飞上树巅，忽儿钻入茶树丛中，玩得越发的兴奋和投入。不料这景象竟引动了蝴蝶世界。一瞬间，成群结队的粉蝶从四面八方的花草丛中林莽水边飞来。队伍迅速膨胀壮大，从十几只，几十只，上百只，转眼工夫发展到上千只，有如一团美丽祥云，在茶园上空像欢乐的旋风在旋转，翻滚欢腾，汇聚成盛大的蝴蝶狂欢节！

我们三人都被眼前这壮观的场面震撼了。想不到这一向背着游手好闲恶名的小虫，竟有这样的生命活力，激情充沛，尽情地享受着生活的美好！正在茶园采茶的林场女工欢声喜气地招呼我们：

"看见这好兆头了吧？我们在这里已十多年了还从没见过。你爱人的病一定会好起来的！"

可不是嘛，我们在这里已经不止一次地亲眼目睹过：有的患者抬着进来，经过服药浴疗，健步如飞，高高兴兴地回家去了。

这天，妻的情绪特别高涨，甚至有点亢奋，一路上竟没息歇，一口气走回到我们住的疗养楼。

然而，奇迹最终并未出现。在经过无数心力交瘁的这种酷刑般的活动和辗转反侧的不眠之夜之后，在一次次默默地吞咽下绝望的泪水之后，我们神情黯然地告别温泉，纪念亭里留下了妻的汗水泪水，留下了我们的伤痛和无奈，留下了我们向命运抗争的失败记录。它成了妻人生的最后驿站，成了我生命中某个重要时期的老地方。

妻病故后，整理她遗物时发现对这次温泉之行有一段文字，字迹歪歪扭扭难以辨认，全文如下：多少回了，我想放弃治疗。我实在无法承受这酷刑般深入骨髓的剧痛。但我不敢，怕汪会因此垮下来！

原来这一切又都是为了我！京、沪、杭几大医院诊治后，她对前景已心明如镜。这次温泉治疗，让她在告别生命前又徒受了一番折磨，无谓地忍受了这么多深入骨髓的剧痛，实在有些残忍，也有些愚蠢！尽管我可以为自己辩白，在病魔面前无所作为才是最大残忍。然而事实证明已无实际意义。但她竟然把所有这些深入骨髓的剧痛都默默忍受下来了，不为别的，只怕我会因此垮下来。每念及此，心里感到无法宽宥的内疚和愧悔！

如今，妻离开我已十多年，也不会再有深入骨髓的剧痛了。可我每次来温泉，独自站在潘先生纪念亭诗碑前，看到亭台也像我一样一年年老去，油漆剥落，石桌石凳已不知去向，屋顶也已出现若干漏洞。一缕阳光透过尘封蛛网，空照在这块妻曾站过的如今已破损不堪的水泥地上，我仿佛依稀看到，她仍悄然地站在那里，双手紧抓栏杆，求助地望着我。那泪花晶莹的目光里，带着几许无奈，几许凄楚，几许无言的怨怼。

（载《文汇报.笔会》2006年10月29日）

# "秃头丈夫"

如果说秃发是一个人毛发方面的残疾，那么不少男人都为自己这种特殊的残疾而苦恼过。

我在大学念书时，有着一头茂密卷曲的黑发，很像当时外国文学课上普希金作品中的茨冈人，很招当时的女友后来的妻子温小钰喜欢。可是班上团支部却很不以为然，几次语重心长地找谈心，告诫我不要追求资产阶级生活方式，学旧社会交际花上理发店烫什么头发。我一再解释，这并非我的过错，是我从母亲身上带来的。无奈组织上不信，弄得我几次想剃成光头了事。只是由于爱情的力量，使得这头卷发在艰难困苦中保存了下来。

然而好景不长。大学毕业后分配去北国边疆工作，不服水土，先是卷发逐渐变成直发，再也不卷曲了。这倒也无伤大雅；后来，接二连三政治运动，挨批检讨，一顶顶吓人大帽子，没把我给压趴下，倒压得我一头茂密的黑发，过早地开始凋零谢顶了。那时，我最害怕的事，就是清晨对镜梳头。梳子过处，哪怕我再小心翼翼地小心有加，头发照例纷纷扬扬从头上四面八方无声地坠落下来。每梳一次头，身前脚后的水泥地上，落着一层秃发，就像深秋时节的树下飘落着一层厚厚的黄叶。

再就是洗头。那时没有现在的生活条件，家里有浴卫，洗澡时连带着把洗头一起解决了，要不就上美容店把脑袋交给理发师打理。那时洗次头真还有点兴师动众，先去开水房化二分钱打上壶开水，然后端着脸盆，带上香皂毛巾去宿舍楼盥洗室里，脑袋凑到水龙头下呼噜呼噜洗起来。每次事毕，毛巾上脸上密密麻麻地沾着一根根掉下来的头发，捡不胜捡。再低头一看，满脸盆水里，黑压压地荡漾着一层头发，活像是密集的鳗苗在脸盆里游动，看着心里会陡地涌上一阵慌乱，有种青春已逝、生命不再的酸楚和怅惘。

终于有一天，我发现自己成了秃顶。

那天，几位圈子里哥们来家小聚。饭后送大家到宿舍楼门外，忽然感到头上有零星雨点在飘落。我忙着要进家去替哥们取雨具。众人仰脸望天，都嚷嚷着哪来的雨，一边嘻嘻哈哈地各自开锁，跨上自行车蹬腿走了，竟浑然不觉。

等大家走后，我仍心存狐疑，伸手细细地摸着头顶，头发有点湿渍渍的，分明已被水雾濡湿。再抬头看楼上人家的阳台外，也都没晾晒任何衣服杂物。那么，这头发上细微的水珠，究竟又是从哪里落下来的？！

借着天光的映照，左看右瞧，终于发现空中有一闪一亮的细小水雾，像粉尘一般，从高空丝丝缕缕，有一阵没一阵地飘落下来。这大家肉眼不易察觉的雾雨，却被我不长眼睛的头顶察觉了，说明那上面有了与众不同的变化。我忽然意识到平时掉头发的惨状，不由地又伸手在头顶上一点一点地仔细摸起来。真是不摸不知道，一摸吓一跳。头上的情况已变得惨不忍摸，像样的头发已所剩无几，摸上去的感觉几乎是一片裸露的光秃秃的头皮，热烘烘的，毫无遮拦，稀稀拉拉地长着短短的婴儿头发似的绒毛。就如同光秃秃的山顶，水土被风卷走，林木再也无法生长。难怪人说春江水暖鸭先知，我这是秋来雨凉秃头先觉呵！

这无意中的意外发现，在最初的瞬间着实让我惊骇得有点乱了方寸。回到屋里，冲到镜子前照来照去，进进退退，不停地扭过来扭过去照着，对自己头顶上那块想象中的不毛之地有些不可思议。

妻见我这副模样，感到好生奇怪。

"还奇怪呢！"我没好气地朝她痛心嚷起来："知道吗？你今后要和一个秃头男人生活在一起了！"

妻哈哈大笑。

"这个我早就发现了。昨天，我课堂上刚给学生们讲过西方现代派作品《秃头歌女》。如今可好，我拥有了个秃头丈夫！"

　　我见她笑得前仰后合，有些不高兴了。问：

　　"你真的觉得这很开心是不是？"

　　妻这才收敛住笑容，把她的一双手，直直地伸到我鼻子底下。

　　一字一句地问："你还认得这双手吗？"

　　我看了一眼，忽然觉得喉咙里像有什么东西哽噎了一下。她知道，我很宝贝她这双手，是双十足的女人的手。十根葱样的纤指，圆滚滚，细长长的，从指根逐渐细上去。白皙的手背上，印着十个浅浅的迷人的小窝儿，显得纤巧而丰腴。我第一眼看见时便爱上了这双手。可如今，它也像我头发一样，变得面目全非，皮肤粗糙，满是裂缝，里面还残留着永远洗不净的乌黑的煤屑和油垢，手背上还过早地显现着一块块颜色淡淡的老年斑。

　　我一把紧紧地握住眼前这双妻的手，心里突然涌上一阵《麦琪的礼物》里那种人生况味。

# 我的体育老师

　　年届耄耋，居然还能一连几小时趴在电脑前敲打键盘。有时腰酸手累靠在椅背上阖眼歇息时，会情不自禁想起中学时代的马明芳老师来。是他，让我至今仍具有这种高强度劳动所需的体魄和耐力。

　　马老师是体育老师。记得那是考入县中上第一堂体育课，我们按规定全班同学事先在操场上列队站好，当最后一声两长一短的上课钟声刚一停落，一个身板笔挺的年轻老师，手拿点名册便出现在我们队列前。他穿着当时我们家乡小县城里从未见过的一身雪白的运动服，上身是英国BYFORD牌的短袖紧身T恤，白色卡其布运动裤裤线挺括得几乎能劈开西瓜。脚上是白得纤尘不染的回力牌网球鞋。发达的胸肌，粗壮的脖颈，两只健壮的胳膊，孔武有力得如同青蟹的两只大螯，浑身上下透着青年男子特有的健美和阳刚之气。

　　我和几个小男孩顿时都惊骇得目瞪口呆了。小学时，教体育是一位图画老师兼任，面孔白得像张图画纸，喊起口令来的声音就像小公鸡打鸣不成调子，惹得我们几个小男孩互相做鬼脸偷偷直乐。可如今的体育老师，却像画册里看到的那个叫大卫的外国美男子，使我们第一眼看到马老师，便在小小的心灵里暗暗地喜欢崇拜起他来。

第一堂课是垫上运动。但马老师点过名后并不急于上课。他自己先在垫子上做了一套动作：先是一连串眼花缭乱像风车般飞转的旋子，接着是一组快速滚翻，有如车轮在飞滚，然后一个鲤鱼打挺，身上灵活得像是安装了弹簧，眨眼工夫从这头蹦跶到了那头，最后是一个漂亮手倒立，纹丝不动地定格在垫子上，活像一只蜻蜓高高地翘着尾巴停在水草上，足足过了一分钟，开始在垫子上慢慢爬动起来，忽儿前进，忽儿后退。小男孩们看着看着兴奋得心花怒放，忘了这是在上课，竟哗哗地鼓起掌来。

马老师从垫子上站起来，笑着问大家：

"喜欢吗？"

"喜欢！"我们可着嗓门，异口同声回答。

"很好。大家以后慢慢学，还有好多好多有趣的动作呢！"马老师说起话来嗓子有一点点轻微的嘶哑。他整理了一下散乱的头发，问大家："你们以后长大了都想做什么呀？"

同学们七嘴八舌回答：有的想当医生，给人治病；有的想开拖拉机，给农民伯伯耕地；有的想当地质队员，为祖国建设寻找宝藏。还有的想当老师，科学家，解放军等等。

马老师打断大家。

"同学们这些想法都很好。"他停了停问大家："要是身体不好，今天头痛，明天脑热，能当解放军吗？"

"不能！"

"所以不论你们将来做什么，医生科学家解放军，要是没有健壮的体魄行吗？"

"不行！"

马老师说，体育课就是告诉大家如何正确开展体育锻炼，增强我们每个人的体质，同时通过体育锻炼，还能培养我们的意志和毅力。将来你们不论从事什么工作，要想做出成绩来，都要有一点咬咬牙再坚持一下的吃苦精神。

不知是因为喜欢马老师的缘故，还是他这番教导在我幼小心灵里生了根，反正打那以后，我喜欢上了马老师的体育课。不但上课积极，不等敲上课钟便早早等候在操场上了，而且学做动作认真规范，马老师常常让我给其他同学做示范，弄得我心里沾沾自喜。我不但对体育课产生浓厚兴趣，还积极主动参加体育锻炼。每天天不亮便从家里赶来学校，和住校生一起参加晨练爬山。马老师见我锻炼的积极性这样高涨，显得十分高兴。

晨练的男女同学从操场出发，出学校后门跑出去，经过锦屏桥，就上山朝我们县城著名景区锦屏山上爬去。开始几天，我爬到半山腰上，便累得气喘吁吁再也爬不动了。这时，穿一身雪白运动服的马老师，会神不知鬼不觉地出现在我身边，鼓励我，为我加油，有时陪伴在我旁边带着我一起慢慢登上山巅。下山时，又嘱咐我上山容易下山难，要格外小心留神。有一次，我下山时膝盖一软，跌坐在地，要不是马老师手疾眼快一把抓住，滚下山去的后果就不堪设想了。

中学毕业时，我虽仍身材矮小，但已是各个部分机能协调体质健壮的小伙子了。而后又北上求学，支援边疆，摸爬滚打了几十年直到今天，健康的身体为我学习和写作带来了说不尽的好处。这些当初就是马老师帮助我奠定的基础。

少小离家老大回。从内蒙古调回杭州，回家时问起中学时的老师们，除几位上调到省城工作外，大半已不在人世了。然而马老师还健在，只是年事已高，前几年就不教课了，在业余体校游泳队帮忙，家属却一直在乡下老家方桥没调来县城，马老师平时就独白一人在游泳池值班室里过日子。

那天，外甥陪我去游泳池值班室看望他，这里正在举行省少年潜泳比赛。四周看台上，彩旗林立，座无虚席。各式各样的遮阳伞，把看台点缀得如同百花盛开的美丽花圃。记得从前这里是当地大户人家朱守梅先生家的墓园，地处僻静，少有人迹，是我们每天晨练跑步从锦屏山上气喘吁吁地下来回学校的必经之地。那次我下山把脚崴了拉在最后，马老师担心我一个人害怕，特意在这里等我。想不到如今已是一片热闹非凡洁净美观的现代化泳池了。

马老师不在值班室，听人说他去赛场上帮忙了。我们只好先在看台上坐着边看边等。场内大概刚结束一个赛项，扩音器里正在公布运动员成绩。外甥兴致勃勃向我介绍，正在公布的破省记录的冠军就是他们业余体校游泳队的。外甥因腰伤没能参加比赛，但对选手们的情况相当熟悉，如数家珍。正说在兴头上，他突然拿胳膊肘捅了我一下。

"舅舅，马老师！"

顺着他手指方向望去，只见一个白发萧然穿着件过于肥大松垮圆领汗衫的老者，步履蹒跚从点名处走过来。他佝偻着背，把手里几块写着10米、20米、30米的小指示牌，哆哆嗦嗦地依次放在泳池边沿上。在最初那一瞬间，我心里说不出是种什么滋味。要没有外甥的指点，我简直无法使自己相信：眼前这位老态龙钟、弯腰拱背的白发老人，就是一直珍藏在我心中的那个身板笔挺肌肉发达穿一身雪白运动服的马老师！

我忙从看台站起来朝下走去，手扶栏杆，朝老人激动地大声喊：

"马老师，您好！还认得我吗？"

老人停下步来，仔仔细细地打量了我一阵，脸上是一种令人失望的淡漠神情。我连忙自报家门，仍然无济于事。正在这时，几个刚参加完比赛身上湿漉漉的小女孩跑过来围住马老师。她们手里拿着鸭蹼板，兴高采烈地争着向他报告各自的成绩。老人爱抚地摸摸她们脑袋，咧开缺牙的嘴呵呵笑着。

"祝贺你们破纪录！"马老师开心地笑着。"其实，我们理应有更多的优秀选手可以破纪录。"他伸手指指站在我身后的外甥说："要是他腰没扭伤的话，破50米潜泳记录有啥问题？！我得提醒一下他们指导老师，往后训练时，要特别注意运动员的受伤问题，保护好运动员！"

正说着，广播喇叭里传来男子30米潜泳开始点名。马老师对我歉然一笑：

"请等一会儿，我去去就来。"说完转身忙走到泳池边沿，把系着彩色小纸旗的终点指示线挪放到30米的位置上。他放好这边，又步履蹒跚地绕到泳池另一边去挪线时，一脚踩在排水沟里，身子失去平衡一下子摔倒在地。我正要跨过栏杆跑上去扶，比赛的枪声响了。场上观众发出一阵轻微的骚动。裁判长在喇叭里十万火急地喊着终点线。马老师涨红着脸，双手紧紧扳住池边突出来的水泥矮墙，挣扎着站起来，然后哆哆嗦嗦地迈动双脚，把终点线移放在30米处的位置上……

从马老师处回来，一时间忧思难平：当年健美壮实的青年小伙，弹指间成了老态龙钟的白发老者，固然有点"存者忽复过，亡殁身自哀"的惆怅，然而再一细想，马老师体力上的青春虽已不再，然而他精神上的青春却丝毫不减当年，对自己热爱的事业依旧一丝不苟，兢兢业业。而这难道不正是我如今需要面对的。这样一想，我立刻挣扎着直起腰来，又趴在电脑键盘前忙碌起来……

# 爱得其所

早已过了谈论自己心中白马王子和灰姑娘的年龄，如今老熟人们在一起时的热门话题，已换成了自己的孩子们。

有一回，听一位在电视台工作的熟人，说起她独生女参加中考的一段经历，感触良深。

那天清晨，她替女儿张罗好早点，默默地陪在一旁看她喝完最后一口牛奶，语重心长地对女儿说：

"我知道今天你们许多同学有大人陪着去考试。你爸跟我昨晚商量再三，认为你还是一个人去考为好。不是爸爸不能请假，也不是妈妈不想陪你，而是觉得今天这样的场合你独自去面对会更好。希望你能理解爸爸妈妈的一片用心。我们相信你一定会成功！"

女儿什么也没说，只是点点头，吃完早餐就从餐桌旁默默地站起来，像平时一样说了声"妈，我走了！"便带上头天夜里收拾好的书包和雨具出门了。

那日天不作美，风雨交加。做妈妈的等女儿走后，带上雨具，悄悄尾随其后，远远地看见自己心肝宝贝打着伞，歪斜着身子，迎着风雨步履踉跄地踽踽前行。她好几次想冲上前去保驾护航，但最后还是忍住了。只是远远地跟在身后守望，直到女儿随着大批考生安全地进了学校大门消失在人流中……

没想到，前些日子女儿从英国来电话，竟又提到这件早已忘却的往事。女儿在电话那头像报喜锣鼓似的告诉妈妈，她最无把握的那门课程，昨天考试竟顺利地通过了，而且还得了个优秀。老师同学都为她高兴，纷纷前来祝贺。她激动得都流下泪来。说到这里，女儿突然哽咽，颤声地问：

"妈妈，你猜猜，我当时想起了什么吗？"

"想起什么？"

"想起了自己中考时那个风雨交加的早晨！"

当妈妈的几乎忘了这件事。

但女儿在电话那头情绪激动地说："从我家到考场，其实并不远，可我的感觉里这段路程却很长很长，也想得很多很多。后来我终于明白了：生活在这个世上，归根结底是要靠自己，任何人都无法替代。躲在父母羽翼下是永远不可能长大的。谢谢妈妈爸爸，你们不但给了我鱼吃，还教会了我钓鱼的方法！"

女儿最后还顺便告诉她，出国时带去的那笔钱一直留着没动。先前没对妈妈说，自己在国外一直是边读书边打工来维持日常生活的。

　　这位平时在单位被部下视为女强人的妈妈，说到此处，激动得眼睛在镜片后面竟一闪一亮。

　　与她相比，我只有自愧弗如。她懂得父母对子女的爱，要爱得其所。该热情澎湃时就热情澎湃，不该澎湃时要善于把爱深深地藏在心底。千万要警惕溺爱滥爱。现今独生子女时代，许多父母对自己孩子爱得过于慷慨大方，造成爱的贬值，贻害了自己孩子。诸如此类的故事，在我们身边发生的还少吗？有人担心爱得其所会引起孩子误解。其实，现在的独生子女是十分敏感的一代人，他们比谁都分得清父母对自己的爱的深浅和多寡。即使一时理解不了，有朝一日自己有了孩子，便会认识到父母的这片良苦用心，会加倍地爱自己的父母。否则的话，还倒有可能落下个不该有的埋怨。

　　　　　　　　　　　　　　（载《家庭教育》2004年第11期）

# "老人专座"的联想

据说韩国人在拥有众多名山大川的中国人面前，不大敢夸耀自己国家的山美水美人美，而只是说：山好水好人好。日前因写作需要去了趟韩国，多少有点感受。

韩国的水，著名度最高首推汉江，流长不及我国长江十六分之一。20世纪70年代后，由于工业发展，污染严重，几乎成了一条脏河臭河。后来迎接1988年奥运，经大力整治，水质大为改观。如今的汉江，江水澄净，两岸风光旖旎，成为汉城一道亮丽的风景；韩国的山，倘与我国的大山比较，算不得是真正的山，但几乎每座山上都生长着郁郁葱葱的被称为韩国民族树的松树。韩国人与松树结下了不解之缘。他们的先人，降生在松木屋里，呼吸着松枝和松针燃烧时散发出来的清香，用惯了松木制作的器皿和农具，热衷吃与松树相关的食物，告别人世间时入殓于松木打造的棺材，长眠在后山松林中。可谓是生于松下，长于松下，安息于松下。这个素有"松树文化"之称的韩国，是全世界森林面积比例最大的国家之一。然而我印象最深的，却还是韩国的人！

记得是周末下午，我们在汉城（即今日的首尔）明洞地下商场购物后，搭乘4号线地铁回下榻饭店。汉城共有8条地铁，但仍很拥挤，车厢里有许多人站着，然而却有8只座位空在那里。原来这是有关部门规定照顾60岁以上退休老人的专座。乘客既然都不到规定年龄，只好让这些座位虚席以待着。列车一站站朝前驶去，乘客下去一批又上来一批，直到我们下车，这8只老人专座始终就空着，没人去碰它，甚至连丝毫觊觎的神情，都不曾在周围人们的脸上电光火石般稍纵即逝过。大家围着它们就这样默默地站着。这8只空座仿佛成了一种无言的认同，一种道德的集体意识，一种韩国人的素质标志！

在韩国逗留的日子，无论我走到哪里，眼前总浮现着这8只空着的老人专座。并由此想到，为什么1997年当亚洲金融风暴袭击韩国，银行倒闭，企业破产，国家面临大批到期外债无法偿还的空前巨大的压力时，许多韩国人主动拿出自己多年积攒下来的黄金首饰等硬通货，纷纷支助给国家，使韩国在受金融风暴影响的亚洲国家中较快地摆脱危机；我还由此想到，为什么被我们国人津津乐道的韩国人尽管有钱，但不买外国车只买国产车的义举，在韩国会如此普及，如此深入人心。其间的答案也就不难找到了。

老人专座当然只是件小事，背后却有"利他"的道德情怀在。漫步汉城街头，天天能碰到三三两两上学去的男女小学生，身穿白色上衣蓝色裙裤，稚嫩的肩头上除了一只比我国小学生轻巧得多的书包外，还斜挎着一只布口袋，里面放着一双干净的鞋子。学生们到了学校进教室时，从布袋里拿出干净鞋子换上，将脚上走街串巷的脏鞋子脱在门外，以保持教室的清洁。幼小的心灵，就这样天天被教育着：人活在世上，除了想着自己，还应想着别人。良好的学习环境靠大家来造就和维护。学生从学校毕业到社会上求职时，人事部门除了要其文凭、学位证书和相关业务考察报告外，还有一项必不可少的考查内容，就是在社会上服务"义工"（相当于我国的青年志愿者活动）的情况记录。"义工"服务得多，表现越是良好，就越有可能被优先录用。一个压根想不到去帮助需要帮助的人，怎么可能指望他日后为公司企业全力以赴呢？

情系他人冷暖，方能心寄家国盛衰！

记得全国作协开一年一次的全委会时，在讨论道德的会上，一位来自重庆的同行讲自己的亲历。重庆是座山城，搬运重物多靠一根棒棒来肩挑人扛，干这营生的因此也叫"棒棒"。一天，他雇"棒棒"搬运行李从一楼到五楼，付过钱后，"棒棒"便下楼回去。刚从韩国学成回家的儿子见后，立即跟出去，过了一会儿才上楼来。父亲问他干什么去了，儿子告诉说，刚才他看这位"棒棒"头发都斑白了，满头大汗，便跟了下去，特地向他表示谢意，并给了他10元。做父亲的有些不大理解，说我已给过他10元，你不是看见了吗？儿子回答：我是看见的。但你那10元，为的是那件行李。而我这10元，为的是你刚才考虑欠周。爸爸，以后若再雇"棒棒"，最好雇比你年轻一点的。我在韩国时，韩国人很在乎替别人着想，他们很欣赏我国传统美德，说这些是向你们中国学习的。可我们自己反倒常常忘了！

是的。生活在号称"礼仪之邦"的我们，实际又怎样呢？前不久，我和友人从北高峰下来坐807公交车回家，车在玉泉站上来一位带小女孩的年轻妇女，在我旁边站下来。我只好站起来让座，尽管我爬了一天山累得腰酸背痛。年轻的妈妈连声说"谢谢大伯！"，前座一位女孩轻声纠正说："谢谢大爷！"。

小女孩先是和妈妈挤着坐，不一会吵着要独享其座，非叫她妈妈站起来不可。邻座上的人说，让妈妈坐着，你坐在妈妈腿上，大人孩子两人都不累，有多好！不料小女孩不同意。旁边乘客异口同声说，你妈妈站着多累呀！小女孩抬起头来，很无所谓地扫视了大家一眼，大声宣称：妈妈说过，她不会累的！小女孩就一个人大模大样地坐着，年轻的妈妈却笑嘻嘻地站在女儿身旁，脸上是一副显得心甘情愿的高兴模样。

车到曲院风荷，又上来一位带小孩的老年妇女，想把小男孩塞过来和小女孩分享她的座位，不料竟遭到坚决拒绝。而这位年轻妈妈，对这一切竟然自始至终都报以嘀嘀的笑声。

这当然只是个例，但照顾座上大模大样地坐着不应照顾的人，则是司空见惯的了！对比韩国老人专座，不知怎的，我心里总常有一种说不出的滋味。

2003年8月8日

（载《浙江日报》2003年11月7日）

# 阿　旺

　　阿旺是我三妹家的看家狗。

　　在我家乡，乡人们称狗叫"黄狗"。不管黑狗，花狗，还是白狗，不分青红皂白，一律叫黄狗。张家的黄狗凶，会咬人；李家黄狗只会叫叫，不必怕它。我至今也弄不懂个中原因，也许是因为养狗的是黄种人，狗因人而成了黄狗。三妹家的阿旺，全身毛色淡黄，倒是条名副其实的"黄狗"。

　　三妹家在誉为"全国雷竹之乡"的溪口镇乡下山里。这几年，随着六亲不认的"斗争哲学"被人们唾弃，一度受到压制的亲情观念，终于拨乱反正逐步恢复正常。亲戚间的走动随着经济条件改善也日见增多。前不久，三妹和妹夫来电话，说大哥想看看家乡土特产羊尾笋干和油焖笋罐头的制作过程，眼下春笋旺季即将到来，邀我到乡下去住几天，感受春笋下来季节山民们收获山货的情景。说到最后，突然冲口而出来了句英语："拜拜！"便挂断电话。

　　我痴痴地拿着手机，一时竟没反应过来。算来三妹今年也是迈入耄耋之年的人了，命运在我们众多兄弟姐妹中是最为坎坷的。她只读过两年书，一直住在深山冷岙，与现代文明几乎绝缘。记得刚开始改革开放时，我回到阔别多年家乡，和三妹一起逛街，问她要什么，说大哥从未送过她礼物。她想了一会说自己在胶丸厂做工，啥也用不着，这次进城倒是想给女儿买件的确良花衬衫。说女儿大了，一直在乡下，没穿过花衬衫，说得我鼻子酸酸的。

可如今，她竟也像城里白领打起电话来喜欢最后来上句洋文"再见"，听来使用得十分娴熟流利，绝非一日之功。真让我感受到世风变化之烈！

我于是约了两位老友一起去分享山里人收获春笋的喜悦。

三妹家我多年前曾来过一次。那时，她所在的村办胶丸厂已经倒闭，集体资产被几个负责人缩水鲸吞，村民们生活大都只能勉强糊口，住房简陋破旧。印象最深的是房后紧挨着两支倒塌的老坟。黑洞洞的墓穴口，露着半截朽烂的棺材板，阴森森地对着三妹家厨房的窗口。如今，在过去三间老屋宅基地上，矗立起一座深灰色带阁楼阳台的三层欧式别墅。大门是漆成黑色的欧式镂花铁门，很有几分旧日城里有钱人家公馆的气派。见我们到来，老两口眉开眼笑从大门迎出来。这时，阿旺像道闪电划过天空，从主人身后"呼"地蹿出，气势汹汹朝我们扑来。

　　"阿旺！"

　　从宁波陪同我们来的三妹儿子阿五一声断喝，训斥道：
"这是大舅和大舅妈，是我们家里的自己人。记住，以后可不
能再这样了！"

　　阿旺立马安静下来，自知理亏似的低下头去。那神态活像
是个犯了过失的孩子，不好意思似的打量了我们一眼，然后伸
出湿漉漉的鼻子在我裤腿上嗅来嗅去。阿五在一旁解释：

　　"它这是在闻大舅身上的气息呢！"

　　果然，阿旺嗅过我后，又逐一地在我们每个人裤腿上嗅了
一遍，分别记下各人身上的气息。

　　午饭时，三妹做了满满一桌子菜，极其丰盛。大家在餐厅
里正吃得兴高采烈，发现阿旺站在门口，一直睁大眼睛怔怔地
望着我们大快朵颐。正要举杯浅酌的妹夫看到这情景，笑着对
大家说：

　　"我们吃饭时，阿旺从不进来钻在饭桌底下挤来钻去，干
扰大家吃饭！"

　　看着阿旺那副垂涎欲滴的可笑复可怜的样子，正在享用佳
肴的人，谁都忍不住要与它分享点什么。这时，一直在宁波做
生意的阿五夹起块酱牛肉朝门外扔去。阿旺立刻纵身跳起，极
其准确地一口叼在嘴里。三妹大叫起来：

　　"阿旺，这个你可不能吃！"

正要把这块到嘴美食吞下肚去的阿旺，立马呛了一下，把嘴里那块酱牛肉带着丝丝唾液吐在了地上，抬起头来祈求地望着三妹。那可怜巴巴的眼神，谁见了都会心动的。

我们都替阿旺向三妹求起情来。

但她却坚持原则不动摇，斩钉截铁地说："不能喂它牛肉！上回外孙来喂了它块牛肉，后来连猪肉鸡肉都不吃了，差点饿死。牲口与人一样，不能过于娇奢。享受过好东西后，要它把生活水平降下来，再吃原来清淡的食物，死活都不肯碰了！"

那天晚上，冷空气南下，山村气温骤降，我们关起门来围坐在楼下客厅里看电视。三妹从饼干盒里拿出儿女们从各地寄来的一样样零食来款待，有北京稻香村糕点，台湾唐村牛轧糖，宁波本地的大有酱油瓜子，和新西兰进口的猕猴桃。大家一边吃一边看电视一边天南海北地侃大山。那气氛颇有点除夕之夜家人团聚观看春晚节目。

整整一个晚上，阿旺从不挤到我们中间来干扰大家说话。它忠于职守一直待在门边，后来大概觉着有点乏味了，就在门边靠墙地方，用脑袋朝墙脚贴角线用力地蹭过去，仿佛那里有个洞能钻出去似的但又钻不出去，然后身子跟着靠过去，脑袋转过来又旋转着朝墙上蹭去。就这样连着转了三圈，整个躯体竟首尾相接像蛇一样的盘了起来，最后，"噗通"一声靠墙躺了下来，闭上眼睛睡着了。

大家对阿旺的行径有点大惑不解。

妹夫解释说："这就是黄狗盘窝。它要打个瞌睡，然后就整夜不睡地守在门外。"

第二天早晨，三妹骑着电瓶车去溪口镇上办点事。我们跟随妹夫上山掘笋。正在准备时，听见阿旺在大门口狂吠。妹夫手拿掘笋工具出去张望，原来是同村里收购春笋的人。妹夫忙喝住阿旺，对来人说："我们这才出去掘笋，要午饭前才拉回笋来，到时过来拿好了。"

三妹的竹山离家有三里地。妹夫驾驶农用三轮拉着掘笋小锄和装笋的编织袋先走了。我们由阿五陪着步行上山，阿旺一声不响地跟在我们身边也一起出来了。大家笑着对阿旺说：

"唷，你怎么擅自离开岗位出来玩了？"

阿旺抬起头来，似懂非懂地望着我们，眼神里流露出一种无辜的神情，然后低着脑袋依然默默地陪着我们朝下面大路口走去。

"大舅，它这不是出来玩。它是在送我们大家呢！"阿五在一旁连忙解释："我爸我妈送客人，每回都送到下面大路口上，都是阿旺陪着。日子长了，它也就养成送客人的习惯，可懂得礼貌了！"

大家对阿五的话似信非信，嘻嘻哈哈地说笑着到了大路口。果不其然，阿旺停下不再往前走了。它站在路口的一根水泥电线杆下，含情脉脉地望着我们一行继续前行，眼睛里流露着惜别的神情。大家向它招招手，笑着大声地说：

"阿旺，快回去吧，家里没人了。我们一会儿就给你拉回满满一车笋来！"

阿旺若有所失地又站了一会，终于回过头去，朝着原路无趣地独自跑着回去了。

竹山上空气清新，竹园地上到处铺着层厚厚的金黄色砻糠。妹夫解释说，这是为了保温，提高地表温度，促进竹笋生长。让春笋提早到过大年时就能上市。

走进竹园，只见漫山遍野，都是一株株裸露在砻糠上的苗壮春笋。新茶似的笋尖尖上，带着晶莹露珠，在初春的阳光下一闪一亮。我们这几个老翁老妪，见到眼前这竹园里的丰收景象，一个个都乐得成了小孩子，兴奋地大呼小叫，一边拿出手机来拍照，一边忙着掘笋。一时间，叫喊声此起彼伏，打破了山林的寂静，人人都报喜似的喊着自己掘到的春笋最好最大。

不一会儿，带去的两只大编织袋都装满了春笋。妹夫又领着我们到旁边毛竹山上去挖冬笋，说是我们难得来趟乡下，各种各样笋的味道都品尝品尝，还可以带些回杭州。

妹妹家的毛竹园在山上。初春时节，冬笋还长在土里，不像春笋已破土而出，一般人是找不到的。妹夫说，毛竹和人一样，也有男女之分。说着他叫大家抬头看长在竹竿上的竹梢，如果是单枝，说明是雄竹；如果双枝，就是母竹，笋一般长在母竹根上。

大家七嘴八舌地嚷嚷起来，竹根在土里往四面八方生长，我们又不知道笋长在哪条根上？不知道该往哪儿挖？

妹夫指着一株母竹上的第一枝竹梢说：就认住这第一枝竹梢的方向。它如果往东长，你就在地上对应地留意东边的根，如果发现地面有裂缝，土还有点微微往上隆起，你就拿小锄慢慢地往下挖，多半就能挖到冬笋。

我在妹夫悉心指导下，果不其然，挖到一株两头尖尖表面光洁的金黄色的冬笋。妹夫高兴地说，这种品相的笋，最为好吃。

整整一个上午，我们就沉浸在掘笋的喜悦中，完全把阿旺给忘了。

中午时分，当我们怀着丰收喜悦，拉着一满车笋快到路口时，妹夫的手机响了，是收购笋的乡人打来的，问妹夫还要多少辰光能到？他在门口已等了半个小时。妹夫抱歉地告诉对方马上就到，请他快进家坐坐。对方在电话上抱怨说，你家黄狗凶得不得了，不让他进门，他还是等在外面安全些。接完电话，妹夫才想起我三妹去镇上办事尚未回来。

当我们一行人说说笑笑地来到大门口时，只见阿旺嘴里发出低声的咆哮，虎视眈眈地注视着30米外蹲在树下抽烟的收购人。妹夫立刻向阿旺一声断喝，收购人这才走上前来，向妹夫控诉起阿旺来：

"按说你们家的黄狗也该认识我了，来过也不止一次了，怎么还认生呢？！"

妹夫连忙递过支烟去表示歉意。阿旺这时见我们过来，立马欢天喜地地跑上前来，围在我们身边大摇其尾巴，还不时地拿身体在我小腿上蹭来蹭去，做出一副"一日不见如隔三秋"的亲热劲。

阿五从车上拽起一只满满的编织袋帮父亲卸笋，一边凑在我耳边小声说：

"主要是没告诉阿旺他是我们自己家的人！"

2014年4月3日杭州

（载《文艺报》2014年7月25日）

# 范蠡救子留下的思考

　　陶朱公范蠡在我国历史上是个家喻户晓的人物。他在越国亡国的最困难日子里，陪同越王勾践夫妇作为人质，一起去吴国服苦役。三年里，他日夜不离地陪同勾践住在马厩旁边的山洞里（今苏州木渎镇姑苏山下），蓬头垢面，破衣烂衫，为吴王夫差牧马喂草，服侍他脱鞋上厕所，一边又为作战中被越国打死的老吴王阖闾守护坟墓，备受艰辛，尝尽屈辱。放回国后，范蠡又全力以赴地协助勾践奋发图强，报仇雪耻，十年生聚，十年教训，在我国历史上演绎了一段千古传颂的佳话。范蠡苦心戮力辅佐勾践先后共22年，为越国复兴立下了汗马功劳！

　　按说，他理应在我国名臣传里，当之无愧地占有一席之地，但事实却不是这样。原因就是他在晚年做错了一件事，有损于他的晚节。太史公在《史记》越王勾践世家里浓彩重墨地肯定他功绩的同时，不遮丑，不护短，对这件事作了详尽的如实记载，认为对后人有着警示和启迪作用。

事情前后经过是这样的。

范蠡辅佐勾践功成名就后，始终保持着清醒头脑。他通过对勾践22年零距离的接触和了解，又根据他对我国古代相书的深入研究，认为勾践"长颈鸟喙"，"只可共患难，不可同安乐"，毅然决然地离开了他，领着全家渡海来到齐国，在陶的地方（即今山东定陶西北）定居下来，改名陶朱公，从事生产，经营商贸，很快变成了一个有名的富翁。他有三个儿子：老大叫长男，老二叫中男，老三叫少子，一家人在陶的地方过着丰衣足食的日子。

谁知，那年老二中男回河南老家南阳时，跟人打架，失手把人家给打死了，关在楚国的监狱里。消息传来，家里一下子乱了套。当时法律有明确规定，杀人偿命。当娘的一听，知道自己老二大祸临头，要死在楚国，顿时哭天抹泪，叫老头子快想办法救救自己的亲骨肉。长男和少子，也终日泪汪汪地望着父亲。虽没说什么，但央求的目光里，分明也跟母亲一样，希望父亲快想营救的办法。陶朱公从前在越国为官，深明事理，尽管也亲情难舍，总还是懂得要遵法守纪的道理。可现在一家人整天哭哭啼啼，眼泪，哀求，催促，埋怨，他的原则立场，在这片哭求声中也慢慢地瓦解动摇了。他想起社会上有"千金之子不死于市"的说法，想到自己手中的财富，拿去贿赂楚国有关官员，说不定能免除自己儿子一死！

主意一经拿定，全家分头行动。打点钱财的打点钱财，准备交通工具的准备交通工具，两天工夫，用粗麻布包装起千镒黄金，准备好了一辆牛车。但在派谁去楚国的问题上，意见却发生了分歧。陶朱公本来是让老三少子去楚国的，但老大长男却三番几次的要求去楚国救弟弟，陶朱公始终不松口。最后长男急眼了，大声对父亲说："家有长子曰家督。如今弟弟出事了，我作为长兄不出头，却叫小弟去承担，哪像个长子的样子？这往后叫我没法做人呀！"说着拔出刀来就要自戕。当母亲的慌忙上去一把抢过刀来，急得对自己丈夫大叫大嚷："我看你把小儿子派去未必一定救得出老二。现在人还没走，这里老大倒要弄出人命来了。他要有个三长两短，我老婆子也不想活了！"

话说到这份儿上，陶朱公没法再坚持了，只得把去楚国的任务交给老大长男。临行前，他给在楚国的老朋友庄生写了封信，请他看在友情份上，设法营救中男。同时嘱咐长男，到楚国后立即将信和黄金一并交给庄生，并一再语重心长地叮嘱儿子：

"你千万要记住我的话：到了楚国，一切要听从庄生安排，别自作主张，千万千万！"

长男收好信，点头答应。为防不时之需，他还特地带了些自己的私房钱，就驾着牛车上路了。

　　从齐国到楚国，千里迢迢，一路的辛苦不必说了。长男到了楚国都城，按照父亲给的地址，在城郊旁边找到了庄生家。庄生家看上去很穷的样子，房子靠着城墙，门前荒草没径。当长男弄清楚确实是庄生后，将父亲的信和黄金一并交给了他。庄生看完信，感到有些为难，但出于对陶朱公的敬佩和友情，权且把黄金收下，然后对长男说：

　　"情况我都知道了。你快回去吧，这里已没你的事了，不要多逗留。记住，以后即使你弟弟放出来了，也别去打听究竟是为什么？"

　　长男嘴上应承着，心里却有些犯疑：这老头儿对救弟弟的事具体一句不提，却这么急着把我打发回去，莫非是贪财喜金，并不打算真正帮我们的忙？！

　　这样想着，他就忘了父亲的嘱咐，并未按庄生的吩咐去办，却悄悄地在楚国留下来，还把自己私下带来的几百两黄金，送给另一位楚国高官，试图通过别的途径来营救弟弟。

　　庄生虽然贫穷，家住陋屋穷巷，但其清廉正直，在楚国是家喻户晓的，赢得了包括楚王在内的所有楚国人的尊敬。他收下陶朱公一车黄金，并非作为贿赂打算落入自己腰包，而只是暂时代为保管一下，免得让社会上的人知道陶朱公派人上楚国活动来了，影响不好。等事情办成后，打算悄悄地原物退还。所以他在收下这车黄金后，特地关照自己老伴："这是陶朱公的黄金，你别去动。我们只是替他保存一下，等事完后，要全部还给人家的！"

当然，长男是不知道这些情况的。他既不了解父亲这位老朋友的为人，又不听从他的安排，把父亲临行时的嘱咐完全置之脑后，反而觉得这个庄生对父亲的事也没特别卖劲，自作聪明地又悄悄去另外找了条门路。

庄生为救陶朱公二儿子反复地思谋了很久，终于想出个办法。那天，他进宫去晋见楚王，说他近来看天上星宿的运行变化，预测到楚国将要有灾害，对大王不利。楚王向来敬重庄生，听了这话，心里有点发愁，忙问：

"那么请教庄老先生有何高见，能为寡人化解楚国的这场灾害？"

庄生想了想回答说："办法倒有一个，请大王修德宽刑，即可驱灾弥祸。"

楚王高兴地说："既然如此，那寡人就下令大赦天下罪犯，先生以为如何？"

庄生说："这样全国人民一定会感激大王！"

楚王于是下令全国各地，特别要求财政金融要害部门，事先务必做好安全保卫工作，防止抢劫盗窃事件发生。

第二天，一直留在楚国打探消息的长男，到那高官府上来问讯自己弟弟的情况。高官面露喜色，笑嘻嘻地对他说："告诉你一个好消息，楚王要大赦天下罪犯了！"

　　长男忙问："这消息可靠吗？"

　　那高官说："按照惯例，大王每次大赦天下，他必事先下令通知财政要害部门提高警惕，加强安全保卫工作，以免国家金库失窃被盗。昨天下午，楚王的使者已来宣布过了。你就回去等你二弟赦免的好消息吧！"

　　得到这一喜讯，压在长男心上的一块石头算是落了地。他高高兴兴地从高官家出来，边走边想，既然要大赦罪犯，那二弟放出来自然不成问题了。照此说来，庄生那里的一车黄金岂不是白送了，他一点忙也没帮我们，不如把金子要回来。这么想着想着，他就踅回到庄生家来了。

　　庄生见他进来，吃了一惊，忙问：

　　"你没有回去呀？"

　　长男说："我一直就在这里。起初为的是在外面好照料二弟，现今楚王大赦，他快要放出来了，我也准备回齐国去，今天特来向先生告辞。"

　　庄生明白他是想来要回先前那车黄金的，就对长男说："那黄金还在老地方，你自己进屋去拿吧，我们分文也没动过。"

　　长男也不客气，自己进屋去拿了黄金就走，也没对庄生说半个谢字。回来的路上，心里还乐得美不滋滋的。

然而庄生却深感人格受到侮辱，觉得陶朱公长男的做派太不上路，越想越气。第二天，他决定进宫去见楚王，说："大王，日前您为楚国修德驱灾，下令大赦天下，现在外面议论纷纷。"

楚王问："先生都听到什么了？"

庄生回答说："都说富豪陶朱公儿子杀人犯罪关在我们楚国，他派人来拿巨金贿赂了大王左右的人。所以大王的大赦，并非为了国家百姓，实际只是为了赦免陶朱公儿子，讨好陶朱公！"

楚王一听，气得大怒："寡人虽然不德，怎么可能做这样的事情，真是岂有之理！"说着，令人先杀了陶朱公儿子，然后再下令大赦。

留在楚国眼巴巴等着二弟出来一起回家的长男，最后等到的，却是二弟中男的一纸报丧信！

回到齐国，母亲和亲戚朋友听长男讲后，都悲痛欲绝，嚎啕大哭。惟有陶朱公仍以平常心来面对。他说：

"我早料到会是这样的结果！"

众亲友都问为什么？

做父亲的说："并非老大不爱他二弟，而是他从小与我生活在一起，经历过太多的苦难，知道金钱来之不易，把钱看得过重。而老三却不同。他来到这个世上时，我们家已经很富了，不很看重金钱。所以开始时，我决定叫少子去楚国办这件事，可是你们大家都反对嘛，到头来竟害了中男。事已至此，无足悲哉，本来按照法律，杀人也是要偿命的嘛！"

# 为什么贾似道是南宋一号权奸？

宋朝三百多年，先后出过包括镇压梁山好汉的蔡京，陷害岳飞的秦桧在内的共十五个国家级奸臣。如果从对江山社稷造成的危害程度说，还没有哪个超过贾似道。他是十五个奸臣中第一号大奸臣！当时的人，骂奸臣最厉害的话是死后遗臭万年。可贾似道还没等死，就已臭不可闻。他在南宋亡国前夕，被抄家罢官贬谪去婺州（今浙江金华）。婺州百姓听说后，纷纷贴出告示反对，掀起了声势浩大的驱逐贾似道的热潮。朝廷不得不因此改变决定，把他贬谪到更偏远一点的建宁府（今福建建瓯）。不料建宁的父老乡亲闻知后也一致反对，声言我们建宁是名儒朱熹故乡，连3岁小孩都懂得礼义廉耻。大家一听说这个千夫指万人骂的贾似道名字，已恶心得要吐，更看不得他本人了。建宁人坚决不能要他！最后，朝廷只好把他贬谪到更偏远的地方——循州！

为什么南宋朝野上下，举国同仇敌忾地痛恨贾似道，对他怀着咬牙切齿地仇恨？从宋史《奸臣传》看，因为他导致了南宋最后覆亡。他是祸国殃民的国贼，罪大恶极的权奸，恶贯满盈的罪臣！

　　贾似道原是个不学无术的纨绔子弟。年轻时整天混迹在市井无赖，由于他姐姐是宋理宗赵昀的爱妃，靠着这层裙带关系当上了官，很快做到右承相，参与掌控朝廷的军政大权。

　　宝祐六年（1258年），统一了中国北方的蒙古贵族首领蒙哥汗，兵分三路，一路由他亲自率领进军四川攻合州，一路派他弟弟忽必烈攻鄂州（今湖北武昌），另一路派大将兀良哈台，迂回至云南北上，破潭州（今湖南长沙），准备同忽必烈会师后直取南宋京城临安（今杭州）。

　　宋理宗赵昀闻报后，急令贾似道赴汉阳援救鄂州。可是身为宋军统帅的贾似道，没等交战，倒先吓破了胆，偷偷地派手下使臣前往蒙营求和，表示愿意称臣纳贡，但遭到忽必烈拒绝。不久，蒙哥汗在合州攻城战斗中，被宋军守将王坚的炮石击伤，回大营不久便死了。忽必烈接到爱妃密报，说他弟弟阿里不哥在一些蒙古贵族怂拥下，准备夺取汗位，催他赶紧回去。王坚将这些重大消息派人飞报贾似道，但畏敌如虎的这位宋军统帅，非但没有利用这一大好时机，向蒙古军发起进攻，却再次派使臣去磕头求和，提出割让江北，南宋称臣，每年上贡银子20万两，绢20万匹。这时的忽必烈，由于急于回去争夺汗位，没心思讨价还价，答应了贾似道求和条件后，就急急忙忙地带着部队回蒙古去了，同时令兀良哈台也一起北撤，鄂州的形势算是暂时缓和下来。

贾似道回到临安后，把私下求和的事，对宋理宗隐瞒得严严实实，谎称他击退了忽必烈进攻，解了鄂州之围，还胡诌他歼灭了江北一带的多少蒙古军。昏聩的理宗竟完全听信了贾似道这一弥天大谎，把他看作是解鄂州之围的"英雄"，认为是他拯救了大宋江山，对他大肆加官晋爵，加封少师，卫国公。

但贾似道毕竟做贼心虚，生怕自己在鄂州前线的丑行被揭发败露，便陷害对他曾表示不满的将领曹世雄和向士璧，污蔑他俩"盗取官钱"，迫害致死。就这样瞒天过海，隐瞒真相，总理了两年朝政。

不久，理宗病死，新上台的度宗赵禥想亲理朝政，限制贾似道的权力。不料狡猾的贾似道来了个以退为进的策略。他假装弃官隐退，回到家乡天台，暗中却指使亲信吕文德，从湖北抗蒙前线谎报军情，说忽必烈又杀回来了，有直取临安之势。新登基不久的度宗慌成一团，立即召集满朝文武，商议对策，却竟无一人出来主动请战。万般无奈，只好再去请所谓解鄂州之围的假"英雄"——贾似道出山。

贾似道先是搪塞一通，不肯复出，接着便张口要官要权。度宗迫于国难当头，只得满足他的要求，尊他为太师，给了他一直想要的平章军国重事即宰相的职位，还把宋高宗在西湖葛岭上的集芳园赏赐予他，贾似道这才回朝来"为国视事"。

这次军情由于是自己指使人编造出来的，贾似道心里一点也不慌张。临出发前，他故意大作其秀，装出为国家万死不辞的豪迈样，到湖北去逛了一圈回来，谎称蒙古军队又被他打跑了。不料度宗也像理宗一样昏聩，根本不去追查真伪，认为关键时刻满朝文武中，还只有贾似道"忠勇当前"，敢于挺身而出。从那以后，便把军政大权完全交付了他，自己当起逍遥皇帝来了。

贾似道独揽朝政后，飞扬跋扈，目无国法，胡作非为。他身为宰相，对官员的任用和提拔，既不看德，也不重才，而是以对方送他贿赂的多寡为标准。倘若所求官职稍高一些的，贿金自然就得高些。当时，有个叫赵缙的人，斗大的字没认得几个，又行为不端，劣迹斑斑。但他钻营有术，探得贾似道有喜欢美玉的爱好，便向他进献了两块稀世宝玉，果然如愿以偿，求得了一个美职肥缺。一些求官心切的人得悉后纷纷效仿，一时间，争献美玉的人竟在相府大门外排起了长队，等了几天都进不了门。有个叫陈奕的求官者，费尽心机，转弯抹角地去巴结贾府里加工玉器的工匠，通过与玉工结拜兄弟，才得以进献的机会。

贾似道引起举国公愤的，还是他推行"公田法"。这是他假借抵抗蒙军、增加国防开支需要，而巧立名目的一项政策。

"公田法"规定每户土地如超过一定数量，要将超过部分的三分之一卖给官府作为公田，其田租作为赋税充作国防经费，贾似道则从中大肆霸占民田。上千缗一亩的好地，官府规定只给40贯，地价与实际价格竟相差几百倍，而且一半用日益贬值的纸币（会子）支付，另一半则以毫无实用价值的官诰（荣誉头衔）和度牒（寺院执照）作抵偿，实际等于是无偿掠夺。有些地方官员为了多买"公田"，向贾似道邀功请赏，在统计时弄虚作假，把几户人家的地亩合起来计算，以达到收买的标准。倘有违抗，便动用重刑，逼得许多好端端人家，一夜间便家毁人亡，妻离子散。有的地方官员实在不忍执行这套倒行逆施，贾似道便派员去各地督查弹劾，强令推行，搞得全国民怨沸腾，万人唾骂。

此外，他还以堵塞赋税漏洞、为国家增加收入为名，施行"推排法"，实则增加各种苛捐杂税和老百姓的负担，使得当时江南地方，处处是税，百姓生活日益贫困悲惨。

而贾似道自己，却过着骄奢淫逸的生活。他依仗权势，在西湖葛岭大兴土木，营造楼台亭榭，为自己建造府第，起名"半闲堂"，堂上置放自己的像，叫道士日夜供奉着。他还在高宗遗留的集芳园内，修建了金碧辉煌的飞楼、层台、凉亭和奥馆，还有许多从各地征集来的年轻美貌的女子，供他日夜取乐。

贾似道虽然妻妾美女无数，荒淫无耻，可又残忍无比。一次，他带着一群妻妾游西湖，一个侍妾在湖边看到一位风度翩翩的少年书生，随口说了句"美哉，少年！"，引得他妒火中烧，立即处死那侍妾，还把她那颗血淋淋的头颅割下来盛放在盘子里，强令其他侍妾一个个传着看，有的人当场就吓得晕死过去。这一发生在美丽西子湖畔的令人发指的惨剧，后来被一些戏剧家改编成京剧《红梅阁》，昆剧《李慧娘》等，在民间广为流传。

贾似道的贪婪成性，几乎到了丧心病狂的地步。有一回，他听说前朝兵部尚书、抗蒙名将余玠死时，有一条名贵的玉带随葬。他就派人炸毁坟墓，撬开棺材，将玉带从余玠尸体上解下来据为己有！

贾似道喜欢吃自己家乡天台的桐蕈。但桐蕈采摘下来后，经过长途运输送到杭州，色香味都受到影响。为保证其新鲜程度，吃起来可口，贾似道竟命令人将桐木砍下来，与生长在上面的桐蕈一起，运来西湖葛岭供他享用。

贾似道还喜欢玩蟋蟀。为了给他物色上品的蟋蟀，爪牙们不但给百姓们派任务，逼着他们给宰相进献蟋蟀，还亲自深入民间捕捉物色。若是听到谁家房屋墙脚下传出好蟋蟀的叫声，不惜拆墙毁房，捉来供贾似道玩乐开心。身为南宋宰相的贾似道，置军国大事于不顾，将三天一上朝改为十天一上朝，经常不去宰相衙门上班理事，整日在自家相府里恣情淫乐。有一次，他正与一群妻妾蹲在地上玩斗蟋蟀玩得正起劲时，有关官员忽来葛岭禀报前线战况，他根本没心思听，气得属下讽刺他说："难道这也是做宰相的军国大事吗？！"

贾似道就这样欺上瞒下，自欺欺人地当着宰相，等回到蒙古去的忽必烈，平息贵族内讧，夺得大汗帝位，改国号为元，想起和约的事，派使者来南宋要贡品，被贾似道悄悄扣下。忽必烈知道后大为震怒，指责南宋破坏和约，发兵进攻战略重镇湖北襄阳，形势十分危急。守将请求救援，贾似道竟敢把这关系整个战局的十万火急的军情一手压下，不予理会。第二天上朝时，度宗问他："听说襄阳被围多日，现在前线情况怎么样？"贾似道回答说："启禀陛下，元军早已败退。陛下从哪儿听到这消息的？"度宗未加思索说："是听一位妃子说的。"没过三天，贾似道查出这个走漏消息的妃子，派人将她活活勒死。后来，襄阳终于陷落，南宋存亡受到严重威胁，大臣们纷纷上书献计献策，贾似道又一概压下，还把有些上书的人罢官放逐，对度宗严加封锁，完全置国家安危于不顾。

没过多时，度宗驾崩，贾似道立年仅4岁的赵显为帝，越发一手遮天了。不久，鄂州前线传来举国震惊的消息，守将投降，鄂州陷落，元承相伯颜率20万大军东下，直取临安，沿江守军，或降或逃，形势极其危急。听政的太皇太后严令贾似道率十三万精兵前去御敌。他拖拖拉拉地到了芜湖，又故伎重演，派使臣到元营求和，遭到伯颜拒绝。元军在长江两岸发起进攻，宋军全线崩溃。到了这时，南宋覆亡，已危在旦夕了。

　　贾似道只身逃回临安后，举国上下，纷纷要求严惩，朝廷迫不得已抄了他家，把他贬去循州。负责押送的是山阴县尉郑虎臣。郑虎臣本来就痛恨贾似道，这次监押途中，所到之处，一路上看到听到的，又都是对这个国贼的唾骂和讨伐，他便暗暗下定决心，要为国除害！在建宁起解时，贾似道身边仍留有几十个侍妾伺候，还带着许多珠宝财物。郑虎臣令人将其搜刮来的财宝分给穷苦百姓，遣散贾似道身边的所有侍妾。当时，正是农历七月，三伏天，路途酷热，大家都走得满身大汗，郑虎臣看着贾似道还坐在轿子里，心里很不痛快，喝令人将轿顶揭去，一路上直晒得老贼昏头涨脑，口干舌燥，暗暗叫苦。郑虎臣还把贾似道的罪行丑事，编成杭州曲调，教轿夫们唱，冷嘲热讽，嬉笑怒骂。轿夫们越唱越高兴，越骂越过瘾，贾似道只好坐在轿里听挨骂。

　　出了漳州城，郑虎臣命令贾似道下轿步行。贾知情不妙，勉强随行十几里，到了木棉庵前歇脚时，贾似道向郑虎臣磕头苦苦哀求，说自己年迈体衰，实在走不动了。郑虎臣眼睛一瞪，喝道："事到如今，你老贼还舍不得一死以谢罪于天下？"贾似道一听个死字，当即魂飞魄散，嗫嚅着说："太皇太后许我不死，有诏死，似道怎敢不死？"郑虎臣一听，火冒三丈，大声喝骂："皇家保你不死，但天下人恨不能吃你的肉，扒你的皮，抽你的筋。你这祸国殃民的狗东西，竟如此贪生怕死，今天我郑虎臣只好替天行道了！"贾似道吓得在地上鸡啄米似的磕头求饶，拼死狂嚎："郑监押，郑天使，你，你杀不得我，你要杀了我，也不免要获罪的！"郑虎臣气得牙咬得格铮铮响，义正词严地大声说道：

"呸！我为天下除害，虽死何憾！"说罢，像老鹰抓小鸡似的结果了这南宋的一号权奸！

至于郑虎臣监押究竟如何处死贾似道的，传说纷纭。有说是拳头打死的，有说是刀劈死的，有说是剑刺死的，有说是用铁锤砸死的，还有的说扔到粪缸里活活淹死的。总之，君王不诛监押诛，父仇国恨一时掳。至今，福建漳州城外木棉庵大榕树下，耸立着一方石碑，上刻"宋郑虎臣诛贾似道于此"十个大字。

# 代后记：远行与还乡

像许多青年人一样，我年轻时也千方百计地想着要离开家乡，向往着外面的精彩世界。及至两鬓霜染，老之将至，又魂牵梦萦地思念起家乡来，千方百计地要圆还乡梦。家乡对我来说，是人生扬帆启航的出发地，又是美好祥和的圆满归宿。

1953年，那年我17岁在奉化一中毕业时，也像许多人一样想往外面世界，不顾亲友劝阻，报考了华北地区的北京大学，从锦绣江南一脚跨过了黄河。1958年北大毕业时，继续远行，北出长城，来到敕勒川阴山下的呼和浩特，供职在内蒙古工学院（即现在的内蒙古科技大学），不久便调入文联《草原》文学月刊编辑部任编辑。这一呆，就是二十六年。

26年来，虽说身份一直没变，是文学编辑，但其间下放机械厂劳动锻炼，当过一年多翻砂工，又去河套地区当了一年多农村基层干部，还当了一年多生产建设兵团机枪连的战士。可以说，对工农兵生活并不陌生，都接触过一下，也品尝到了人生的甜酸苦辣。从传统的观点看来，我在创作之前，应该说已有了一定的准备和积累。

1957年1月，我在《中国青年报》上发表第一篇诗作。现在想来，这并不是偶然的。那时，我还在北大念书，1956年的燕园，春风吹拂，阳光和煦，大学生们在当时较为宽松的政治气氛感召下，国家开展大规模经济建设，知识界倡导向科学进军，思想活跃，青春富有展望，对我们大学生来说，是一段令人心动的岁月。建国以来一些影响很大的作品，也是在那个时期问世的。当然，我自己那时的作品十分幼稚，谈不上是真正的文学创作。直到1962年10月《上海文学》刊载了我和温小钰合作的第一个小说《小站》，才开始对自己确立起一点信心来。《小站》带给我们的鼓舞，可以说是震撼性的。北京的新闻单位和报刊率先撰文推介，同时又收到不少读者热情洋溢的来信，这些对一个刚参加工作不久的青年人来说，会产生什么样效应，是不难想象的。我至今仍清楚记得我和温小钰关在宿舍里收听中央人民广播电台著名演员金乃千广播《小站》时的情景，听着听着，两人竟默默地流下泪来，连自己也搞不清是喜极而泣，还是被小说的细节所感动？

不管怎么说，如火如荼的创作热情就这样被唤发出来。这之后，新作品有如雨后春笋，在《萌芽》《人民文学》《上海文学》《新港》（天津文学）《长春》（即《作家》）《北方文艺》《解放军文艺》《民族团结》《剧本》和《光明日报》

等创作园地上破土而出，北京的《农村读物出版社》（即《人民文学出版社》）出版了我的第一个集子《大兴安岭人》，上海的出版社正在编辑出版我们的小说集，海燕和天马两家电影制片厂准备将我们两个小说《琐屑的故事》和《妻子同志》搬上银幕，全国总工会话剧团正在北京舞台上演我的话剧《大兴安岭人》。正当我们开足马力在废寝忘食地大干时，先是"中间人物论"等黑八论的批判锋芒，开始朝我们袭击过来，接着一场铺天盖地的阶级斗争大浩劫，顷刻间将我们的创作积极性彻底打了下去。

等再拿起笔来，已到了20世纪80年代。对我们这一代人来说，这是一段节日般的岁月，一段令人怀念、值得大书特书的美好日子。我怀念80年代。1949年以来的中国知识分子，一直被告诫着要夹着尾巴做人。在我的记忆里，只有三个时间段里才感觉心情舒畅一点，即反右前的1956年前后，阶级斗争天天讲出台前的60年代初，和80年代以来的新时期。记得那时，我和许多同行一样刚从噩梦中醒来，世事沧桑，人生百态，心中郁积了那么多欲罢不能的感受，有那么多欲忘难忘的话想诉说，而自己早先熟悉的短篇小说容量却无法承载，于是就试着开始写中篇。第一部中篇小说《土壤》（与温小钰合作）在《收获》1980年第6期上发表时（人民文学出版社出版时韦君宜总编辑把它列为长篇小说），强烈的反响超过当年的《小站》，几乎掀起一个巨大的社会轰动效应。《人民日报》《光明日报》《文艺报》《文学评论》等中央各大报刊，相继发表评论加以推荐介绍；转载率高得出人意料；北影、长影和西影三家电影厂争着要改编《土壤》搬上银幕，还有要改编话剧和其他戏曲的。1981年，全国第一届（1977—1980年）优秀中篇小说评奖时，《土壤》获优秀中篇小说奖。紧接着，第二部中篇小说《苦夏》，又获第二届（1981—1982年）全国优秀中篇小说奖。我的一些较有影响的作品大都是这个时期的成果。辽阔的内蒙古大草原，土地虽然贫瘠，但对我的馈赠和恩惠，却是慷慨和难忘的！

为了更好投身创作，1982年，领导上将我从《草原》编辑部调入内蒙古作家协会从事专业写作。4年后，一个偶然机会，浙江省委宣传部以引进人才的需要，将我这个远在他乡的游子，从祖国北疆调回江南家乡，安排在省作家协会从事专业创作，使我在未到迟暮之年便圆了蕴藏在心中的还乡梦，省去了一般人为调动而付出的种种烦恼和周折。每念及此，揆情度理，心里常有几分无功受禄的惶恐。

大概因为这个缘故，我在后来任浙江省作家协会副主席、《江南》文学杂志社社长兼主编，参与省作协领导工作时，始终不敢懈怠，黾勉从事，做好职责内的各项工作。1990年，我代表中国作家赴墨西哥城参加第23届国际小说研讨会。1996年第五次全国作家代表大会上，我被推选为全委会委员，全国当代文学研究会常务理事。20世纪90年代开始享受国务院特殊津贴。现已出版《大兴安岭人》《人生如瀑》《土壤》（与温小钰合作）等十二部著作，其中《积蓄》等译成英、法和俄文。

　　生活善待了我，与同代人比起来，我还算是个幸运者。社会给予我的多，而自己奉献的却少。我没有资格放松自己，尽管我去年已退休，但仍担任着作协顾问。我还要努力，不敢放下手中的笔，但愿能在有生之年，为这片生我养我的土地和父老乡亲，留下一点像样的东西。

2004年3月3日

（载《解放日报》2004年3月21日）

**图书在版编目（CIP）数据**

远影 / 汪浙成著 . —北京：民主与建设出版社，
2017. 10

（名家散文自选集）

ISBN 978-7-5139-1727-8

Ⅰ.①远… Ⅱ.①汪… Ⅲ.①散文集—中国—当代
Ⅳ.① I267

中国版本图书馆 CIP 数据核字（2017）第 239216 号

© 民主与建设出版社，2017

**远影**
YUANYING

| | | |
|---|---|---|
| 出 版 人 | 许久文 | |
| 总 策 划 | 李继勇 | |
| 责任编辑 | 刘树民 | |
| 封面设计 | 宋双成 | |
| 出版发行 | 民主与建设出版社有限责任公司 | |
| 电 话 | （010）59417747　59419778 | |
| 社 址 | 北京市海淀区西三环中路 10 号望海楼 E 座 7 层 | |
| 邮 编 | 100142 | |
| 印 刷 | 三河市腾飞印务有限公司 | |
| 版 次 | 2017 年 10 月第 1 版　2017 年 11 月第 2 次印刷 | |
| 开 本 | 787mm×960mm　1/16 | |
| 印 张 | 24 印张 | |
| 字 数 | 218 千字 | |
| 书 号 | ISBN 978-7-5139-1727-8 | |
| 定 价 | 39.80 元 | |

注：如有印、装质量问题，请与出版社联系。